APENAS
UM
DIA

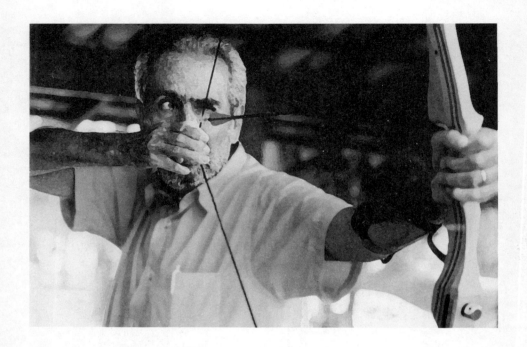

O ARQUEIRO

GERALDO JORDÃO PEREIRA (1938-2008) começou sua carreira aos 17 anos, quando foi trabalhar com seu pai, o célebre editor José Olympio, publicando obras marcantes como *O menino do dedo verde*, de Maurice Druon, e *Minha vida*, de Charles Chaplin.

Em 1976, fundou a Editora Salamandra com o propósito de formar uma nova geração de leitores e acabou criando um dos catálogos infantis mais premiados do Brasil. Em 1992, fugindo de sua linha editorial, lançou *Muitas vidas, muitos mestres*, de Brian Weiss, livro que deu origem à Editora Sextante.

Fã de histórias de suspense, Geraldo descobriu *O Código Da Vinci* antes mesmo de ele ser lançado nos Estados Unidos. A aposta em ficção, que não era o foco da Sextante, foi certeira: o título se transformou em um dos maiores fenômenos editoriais de todos os tempos.

Mas não foi só aos livros que se dedicou. Com seu desejo de ajudar o próximo, Geraldo desenvolveu diversos projetos sociais que se tornaram sua grande paixão.

Com a missão de publicar histórias empolgantes, tornar os livros cada vez mais acessíveis e despertar o amor pela leitura, a Editora Arqueiro é uma homenagem a esta figura extraordinária, capaz de enxergar mais além, mirar nas coisas verdadeiramente importantes e não perder o idealismo e a esperança diante dos desafios e contratempos da vida.

APENAS UM DIA

GAYLE FORMAN

Título original: *Just One Day*

Copyright © 2013 por Gayle Forman

Copyright da tradução © 2021 por Editora Arqueiro Ltda.

Trechos de *Como gostais*: tradução de Beatriz Viégas-Faria (L&PM, 2009).

Todos os direitos reservados. Nenhuma parte deste livro pode ser utilizada ou reproduzida sob quaisquer meios existentes sem autorização por escrito dos editores.

tradução: Mariana Serpa
preparo de originais: Rayssa Galvão
revisão: Luíza Côrtes e Pedro Staite
diagramação: Valéria Teixeira
ideograma da p. 75: cortesia Shutterstock
capa: Elisabeth Vold Bjone
adaptação de capa: Gustavo Cardozo e Miriam Lerner | Equatorium Design
imagens de capa: Shutterstock / danm12, Bocman1973, amenic181
impressão e acabamento: Lis Gráfica e Editora Ltda.

CIP-BRASIL. CATALOGAÇÃO NA PUBLICAÇÃO
SINDICATO NACIONAL DOS EDITORES DE LIVROS, RJ

F82a

Forman, Gayle, 1970-
   Apenas um dia / Gayle Forman ; [tradução Mariana Serpa]. - 1. ed. - São Paulo : Arqueiro, 2021.
   320 p. ; 23 cm.

   Tradução de : Just one day
   ISBN 978-85-306-0162-1

   1. Ficção americana. I. Serpa, Mariana. II. Título.

20-67443
CDD: 813
CDU: 82-3(73)

Camila Donis Hartmann - Bibliotecária - CRB-7/6472

Todos os direitos reservados, no Brasil, por
Editora Arqueiro Ltda.
Rua Funchal, 538 – conjuntos 52 e 54 – Vila Olímpia
04551-060 – São Paulo – SP
Tel.: (11) 3868-4492 – Fax: (11) 3862-5818
E-mail: atendimento@editoraarqueiro.com.br
www.editoraarqueiro.com.br

Para Tamar: irmã, amiga, companheira de viagem – e que, por um acaso do destino, foi lá e se casou com o holandês dela

UM LOUCO IMPULSO

Ele olha para mim, e sou tomada por uma onda de empolgação. Vou mesmo fazer isso?

– E aí, Lulu? O que acha? Que tal um bate e volta até Paris?

Seria uma loucura. Eu nem conheço esse cara, e meus pais podem descobrir tudo. Sem falar que não dá para conhecer Paris direito em um dia só. Fato é que essa história tem tudo para ser um desastre, eu sei disso. Mas nada tira minha vontade de ir.

Então, desta vez, no lugar de dizer não, vou tentar algo diferente.

Eu digo sim.

"O mundo é um palco,
Os homens e as mulheres, meros artistas
Que entram nele e saem;
Muitos papéis cada um tem no seu tempo..."

Como gostais, WILLIAM SHAKESPEARE

PARTE UM

Um dia

Um

AGOSTO
*Stratford-upon-Avon,
Inglaterra*

E se Shakespeare tiver entendido tudo errado?

Ser ou não ser: eis a questão é a frase mais famosa de *Hamlet*, talvez até de toda a obra de Shakespeare. No segundo ano tive que decorar a fala inteira para uma aula de inglês e até hoje sei de cor. Na época, não refleti muito a respeito. Só queria repetir as palavras direito para tirar a nota máxima. Mas e se Shakespeare – e Hamlet – tiver feito a pergunta errada? E se a verdadeira questão não fosse sobre ser ou não ser, mas sobre *como* ser?

Bem, o fato é que eu não sei se teria feito essa pergunta a mim mesma – *como* ser – se não fosse por *Hamlet*. Talvez eu tivesse continuado a ser a mesma Allyson Healey de sempre, fazendo o que tinha que fazer – nesse caso, assistir a *Hamlet*.

– Meu Deus, que calor. Eu achava que a Inglaterra nunca ficava tão quente assim. – Minha amiga Melanie prende o cabelo loiro em um coque alto e abana a nuca suada. – Enfim... que horas vão abrir as portas?

Olho para a Sra. Foley, que Melanie e quase todo o restante do grupo apelidaram secretamente de Nossa Líder Destemida. Ela conversa com Todd, um dos estudantes de história que ajudam a guiar o grupo, sem dúvida repreendendo-o por algum motivo. De acordo com o folheto

Jovens Viajantes! – Viva delírios culturais que meus pais me entregaram assim que me formei na escola, dois meses atrás, universitários como Todd eram chamados de "consultores históricos" e tinham a função de contribuir para o "valor educacional" do tal programa da Jovens Viajantes. Até agora, porém, Todd contribuíra muito mais para nossas ressacas, levando o grupo para beber quase todas as noites. Tenho certeza de que esta noite o pessoal vai perder a linha. Afinal de contas, é a nossa última parada: Stratford-upon-Avon, uma cidade supercultural! E, no caso, "cultura" pode ser traduzido como uma quantidade absurda de bares com nomes inspirados em Shakespeare e frequentados por jovens ostentando tênis brancos chamativos.

A própria Sra. Foley exibe tênis brancos como a neve, além de calça jeans justa e camiseta polo com a estampa da Jovens Viajantes. Às vezes, quando o restante do grupo está fora para curtir a noite, ela vem comentar comigo que está pensando em ligar para o escritório central e reclamar de Todd. Mas parece que nunca reclama. Acho que é porque ele sempre flerta um pouco para se esquivar das broncas. Até com a Sra. Foley – quer dizer, principalmente com a Sra. Foley.

– Acho que começa às sete – respondo a Melanie. Olho meu relógio de ouro maciço, outro presente de formatura, com os dizeres INDO LONGE gravados na parte de trás. Sinto seu peso em meu punho suado. – São seis e meia.

– Nossa, esses ingleses adoram ficar em fila. São tão organizados... Deviam aprender com os italianos, que estariam se amontoando na frente da porta. Ou talvez os italianos devessem aprender com os ingleses... – Melanie ajeita a minissaia, ou *saia bandage*, como ela chama, e a cropped. – Meu Deus, que saudade de Roma. Parece que faz um ano.

Roma? Fazia o quê... seis dias? Ou dezesseis? A Europa inteira se transformara em uma grande confusão de aeroportos, ônibus, prédios antigos e almoços executivos de frango com molhos variados. Confesso que fiquei meio relutante quando meus pais me ofereceram essa viagem como um superpresente de formatura, mas minha mãe garantiu que tinha pesquisado bem. A Jovens Viajantes era uma empresa muito conceituada, famosa pelo viés educacional das excursões e pelo extremo cuidado com seus clientes. Eu seria muito bem tratada. Meus pais tinham prometido que eu não seria largada sozinha. E, claro, eu ainda teria a companhia de Melanie.

Meus pais estavam certos. Sei que o pessoal não gosta do olhar atento da Sra. Foley, mas fico feliz de vê-la sempre conferindo se está faltando alguém e até censurando os passeios noturnos aos bares, embora a maioria de nós já tenha idade para beber, de acordo com a lei europeia. Não que alguém aqui siga esse tipo de lei.

Não vou aos bares. Em geral volto para o quarto de hotel que divido com Melanie e fico vendo TV. Quase sempre está passando algum filme do tipo que nós duas gostávamos de ver em casa, enchendo a pança de pipoca no meu quarto ou no dela.

– Estou derretendo – resmunga minha amiga. – Parece até que é meio-dia!

Olho para cima. O sol ainda está alto, e as nuvens deslizam pelo céu. Gosto de observá-las avançando rápido pelo azul, sem nenhum obstáculo. Só de olhar para o céu é possível perceber que a Inglaterra é uma ilha.

– Pelo menos não está chovendo, que nem quando a gente chegou.

– Você tem algum prendedor de cabelo? – pergunta Melanie. – Não, claro que não... E aposto que neste momento está amando esse seu corte mais do que nunca.

Levo a mão à nuca; ainda não me acostumei com o fato de ela estar tão exposta. A excursão da Jovens Viajantes tinha começado em Londres. Logo na segunda tarde, tivemos umas horas livres para compras – acho que conta como passeio cultural. Foi aí que Melanie me convenceu a cortar o cabelo. Tudo parte do plano de nos reinventarmos para a faculdade, que ela tinha me explicado durante o voo. "Ninguém lá vai saber que éramos do grupo dos nerds, e na faculdade todo mundo é inteligente. E nós duas somos bem bonitas, vamos poder ser do grupo inteligente *e* descolado. Agora uma coisa não vai mais excluir a outra."

Para Melanie, a tal reinvenção significou encher o armário de roupas curtíssimas, o que lhe custara metade da mesada, e ser chamada de Mel – que eu nunca me lembro de usar, mesmo ela me chutando por baixo da mesa. A minha reinvenção foi o corte de cabelo que ela me convenceu a fazer.

Surtei quando me olhei no espelho. Uso o cabelo comprido e sem franja desde sempre, e a garota de frente para mim no espelho do salão não se parecia nada comigo. Estávamos viajando havia apenas dois dias, mas, naquele momento, senti um aperto no coração de tanta saudade de casa. Desejei estar no meu quarto, na minha cama, com minhas paredes cor de pêssego e minha coleção de relógios antigos. Fiquei me perguntando como sobreviveria à faculdade se não conseguia aguentar nem um corte de cabelo.

Acabei me acostumando com o novo visual, e a saudade de casa tinha diminuído – e, mesmo que não tivesse, a viagem está acabando. Amanhã, o grupo quase todo pegará um ônibus até o aeroporto, de onde vai voar de volta para casa. Melanie e eu vamos embarcar em um trem para Londres, onde passaremos três dias com a prima dela. Melanie está querendo voltar ao salão para fazer uma mecha rosa, e já combinamos de ver o musical *Let It Be* no West End. Voltaremos para casa no domingo, e logo depois começam as aulas na faculdade. Vou para uma perto de Boston, e a de Melanie fica em Nova York.

– Libertem Shakespeare!

Ergo os olhos. Um grupo de mais ou menos dez pessoas percorre a fila de cima a baixo, entregando folhetos em várias cores neon. Percebo na hora que não são americanos – ninguém está de tênis brancos nem calça cargo. São todos muito altos e magros, com um aspecto meio diferente... como se até a estrutura óssea fosse estrangeira.

– Opa, eu quero um folheto!

Melanie usa o papel para abanar a nuca.

– O que diz aí? – pergunto, examinando o grupo.

Ali, na turística Stratford-upon-Avon, eles se destacam como papoulas laranja em um campo verde.

Melanie examina o folheto, franzindo o cenho.

– Teatro de Guerrilha?

Uma garota com mechas rosa do jeito que Melanie queria se aproxima de nós, explicando:

– É Shakespeare para as massas.

Leio o folheto. *Teatro de Guerrilha. Shakespeare sem Fronteiras. Shakespeare Livre. Shakespeare de Graça. Shakespeare para Todos.*

– Shakespeare de graça? – questiona Melanie.

– Pois é – responde a moça do cabelo rosa, em um inglês com sotaque carregado. – Sem lucros. Como Shakespeare queria que fosse.

– Você acha que ele não queria vender ingressos e ganhar dinheiro com as peças?

Não estou tentando bancar a espertinha, mas lembro muito bem que naquele filme, *Shakespeare apaixonado*, ele sempre tentava dar um jeito de ganhar dinheiro.

A garota revira os olhos, e baixo a cabeça me sentindo meio boba. Uma sombra recai sobre mim, bloqueando um pouco o brilho do sol. Ouço uma risada e olho para cima. Não consigo enxergar a pessoa porque ela está envolta em sombras, uma claridade reluzindo atrás dela. Mas consigo ouvi-la.

– Acho que ela tem razão – comenta uma voz masculina. – Ser um artista morto de fome não é tão romântico assim quando você começa a sentir fome de verdade.

Pisco um pouco, tentando ajustar a visão à luz, então vejo que é um rapaz magro e alto, uns 30 centímetros a mais que eu. Cem tons de loiro reluzem em seu cabelo, e os olhos são quase pretos de tão castanhos. Tenho que levantar bastante o rosto para encará-lo – e ele está abaixando a cabeça para olhar para mim.

– Mas Shakespeare está morto, não tem como receber direitos autorais do além. E nós... nós estamos vivos. – Ele abre bem os braços, como se para abraçar o universo. – O que vocês vieram assistir?

– *Hamlet* – respondo.

– Ah, *Hamlet*. – Seu sotaque é quase imperceptível. – Acho que uma noite como esta não deveria ser desperdiçada com uma tragédia. – Ele fica me olhando, como se estivesse esperando uma resposta minha, e então sorri. – Nem dentro de um teatro. Nós vamos encenar *Noite de reis*. Ao ar livre.

Ele me entrega um folheto.

– A gente vai *pensar* no assunto – responde Melanie, tímida.

O rapaz ergue um dos ombros ao mesmo tempo que inclina a cabeça, quase tocando a escápula, em uma expressão que diz "é uma pena".

– Como preferirem – fala ele, só que olhando para mim.

Então se afasta e vai se juntar ao restante da trupe.

Melanie os observa enquanto vão embora.

– Nossa, eles podiam trabalhar na Jovens Viajantes, né? Eu adoraria conhecer melhor essa cultura.

Fico observando o grupo, sentindo um estranho ímpeto nascer dentro de mim.

– Sabe, e eu já vi *Hamlet*...

Melanie me encara, erguendo as sobrancelhas desenhadas em linhas finas demais.

– Eu também. Vi na TV, mas ainda assim...

– A gente podia... assistir a essa outra peça. Tipo, seria diferente. Uma experiência cultural. Foi para isso que nossos pais pagaram essa excursão.

Melanie ri.

– Olha ela, toda rebelde! Mas e Nossa Líder Destemida? Ela já está se preparando para conferir se estão todos aqui.

– Bem, é que você está tão incomodada com o calor...

Melanie me observa por alguns segundos, então entende. Ela umedece os lábios, abre um sorriso e revira os olhos.

– Ai, sim. Acho até que estou com insolação. – Ela se vira para Paula, do Maine, concentrada na leitura de um guia de viagem. – Paula, estou muito tonta.

– Está quente demais – comenta Paula, compadecida. – Seria bom você se hidratar.

– Acho que vou desmaiar, sei lá. Estou vendo uns pontinhos pretos.

– Também não precisa exagerar, né? – sussurro.

– Precisamos de um bom álibi – responde Melanie, também aos sussurros, curtindo a encenação. – Ai, acho que vou desmaiar!

– Sra. Foley! – chamo.

Nossa guia, que ticava os nomes na lista de chamada, ergue a cabeça. Ela se aproxima, mostrando-se tão preocupada que me sinto meio mal pela mentira.

– Acho que a Melanie... quer dizer, a Mel, está com insolação.

– Puxa, coitada! Mas já vamos entrar, e é bem mais agradável e fresco dentro do teatro.

A Sra. Foley fala de um jeito diferente, um sotaque britânico misturado com o do Meio-Oeste americano. Todo mundo debocha, diz que é forçado... Eu acho que é só porque ela é do Michigan, mas passa tempo demais na Europa.

– Acho que vou vomitar – completa Melanie, mantendo a encenação. – Eu odiaria ter que fazer isso dentro do Teatro Swan.

A Sra. Foley faz uma cara de desgosto, mas não sei se é porque imaginou Melanie botando tudo para fora no meio do Swan ou se foi por ter ouvido a palavra *vomitar* tão perto da Royal Shakespeare Company.

– Ah, querida... É melhor eu levar você de volta para o hotel.

– Pode deixar que eu levo – me ofereço.

– Sério? Ah, não! Não seria justo. Você tem que ver *Hamlet*.

– Imagina, não tem problema. Pode deixar que eu levo.

– Não! É minha responsabilidade. Não posso largar esse fardo em cima de você.

Consigo ver em seu rosto tenso a batalha interna entre a vontade de assistir à peça e a necessidade de cumprir seus deveres de líder.

– Tudo bem, Sra. Foley. Eu já vi *Hamlet* e o hotel fica logo ali, do outro lado da praça.

– Sério? Ah, que gentileza a sua. Acredita que, mesmo guiando esses passeios há anos, eu nunca vi uma montagem da RSC para *Hamlet*?

Melanie solta um gemidinho, para dar o tom dramático. Dou uma cotovelada sutil nela e abro um sorriso para a Sra. Foley.

– Bom, então a senhora não pode perder de jeito nenhum!

Ela assente com seriedade, como se estivéssemos discutindo um assunto importante como a ordem de sucessão ao trono ou coisa do tipo. Então, pega a minha mão.

– Tem sido um prazer enorme viajar com você, Allyson. Vou sentir sua falta. Eu queria que mais jovens fossem assim... Você é uma... – Ela faz uma pausa, buscando a palavra certa. – Uma boa menina.

– Obrigada – respondo no automático.

Mas aquele elogio me deixa com um vazio no peito. Não sei se é porque ela disse algo muito legal a meu respeito ou se é porque não estou sendo tão boa assim.

– Boa menina o cacete – diz Melanie aos risos, quando saímos da fila e ela já pode parar com a encenação.

– Para com isso. Não gosto de mentir assim.

– Ah, mas você é muito boa nisso! Uma atriz promissora, se quer saber minha opinião.

– Não quero. Então, onde é esse lugar? – Eu olho o folheto. – Bacia do Canal? O que é isso?

Melanie pega o celular – que, ao contrário do meu, funciona na Europa – e abre o aplicativo de mapas.

– Parece ser a bacia de um canal.

Alguns minutos depois, chegamos a uma orla tão apinhada de gente que parece até Carnaval. Barcas atracadas vendem de tudo, de sorvete a pinturas, mas não vejo teatro algum. Nem palco, cadeiras ou atores. Examino o folheto outra vez.

– Será que é na ponte? – pergunta Melanie.

Fazemos o caminho de volta por uma ponte medieval arqueada, mas vemos apenas mais do mesmo: turistas como nós aproveitando a cidade sob o calor da noite.

– Eles disseram que seria hoje à noite mesmo? – pergunta Melanie.

Lembro-me do tal cara de olhos muito escuros dizendo "uma noite como *esta* não deveria ser desperdiçada com uma tragédia", mas, olhando em volta, me parece óbvio que não haverá peça nenhuma ali. Só pode ter sido uma pegadinha que fazem com turistas desavisados.

– Vamos tomar um sorvete, para não dizer que não fizemos nada – sugiro.

Na fila da sorveteria, ouvimos uma melodia de violões acústicos e o eco de batidas de bongô. Apuro os ouvidos, subo em um banco próximo e olho em volta. Nenhum palco brotou em um passe de mágica, mas uma multidão acabou de se materializar sob algumas árvores.

– Acho que está começando – digo, pegando a mão de Melanie.
– Mas e o sorvete?
– Depois! – retruco, puxando-a em direção à multidão.
– *Se a música é o alimento do amor, não parem de tocar.*

O sujeito no papel do duque Orsino não se parece nada com nenhum ator de Shakespeare que eu já tenha visto, exceto talvez a versão de *Romeu e Julieta* com Leonardo DiCaprio. Ele é alto, negro, usa dreadlocks e está vestido feito um astro de *glam rock*: calças justíssimas de vinil, sapatos de bico fino e uma camiseta regata de tela que deixa à mostra o peitoral musculoso.

– Nossa, essa *foi mesmo* a escolha certa – sussurra Melanie em meu ouvido.

Sinto um arrepio percorrer a espinha enquanto Orsino entoa o solilóquio de abertura, ao som dos violões e bongôs.

Assistimos ao primeiro ato, seguindo os atores pela orla. Andamos junto com eles, como se fôssemos *parte* da peça, e deve ser isso que faz toda a diferença. Já assisti a outras peças de Shakespeare no teatro da escola ou no Philadelphia Shakespeare Theatre, mas sempre fiquei com a sensação de que a peça tinha sido encenada em uma língua desconhecida. Sempre precisei me esforçar para prestar atenção, e volta e meia me pegava lendo e relendo o programa sem parar, como se aquelas poucas linhas pudessem me ajudar a entender melhor o que estava acontecendo.

Mas, desta vez, tenho um estalo. Parece que meus ouvidos sintonizaram aquele estranho idioma, e sou completamente tragada pela história. Consigo *senti-la*, como acontece quando assisto a um filme. Vendo Orsino cobiçar a fria Olivia, sinto o mesmo frio na barriga que experimentei todas as vezes que me apaixonei por caras que nem sequer notavam minha existência. Quando Viola lamenta a morte do irmão, sinto sua solidão. Quando ela se apaixona por Orsino, que a enxerga como homem, acho ao mesmo tempo engraçado e comovente.

Ele só aparece no segundo ato. Está no papel de Sebastian, irmão gêmeo de Viola, que tinha sido dado como morto – o que inclusive condiz com a realidade, porque eu já estava começando a acreditar que o cara nem existia, que tinha sido fruto da minha imaginação.

Ele corre pelo gramado, seguido pelo leal Antonio, e nós vamos atrás. Dali a pouco, crio coragem para pedir a Melanie:

– Vamos mais para perto.

Ela segura minha mão. Chegamos lá na frente bem na hora em que Feste, serviçal de Olivia, se aproxima de Sebastian. Os dois discutem, e Sebastian manda o homem embora. Um instante antes disso, por não mais que meio segundo, nossos olhares parecem se cruzar.

O dia quente vai dando lugar à noite branda. Cada vez mais imersa no ilusório mundo de Ilíria, fico com a sensação de que adentrei um estranho espaço alienígena onde tudo pode acontecer, onde as pessoas podem mudar de identidade como trocam de sapato, os mortos voltam à vida e todos são felizes para sempre. Admito que isso é meio cafona, mas a brisa está muito agradável, as árvores estão frondosas, os grilos cricrilam e, pela primeira vez na vida, é como se todas as possibilidades se abrissem para mim.

A peça termina cedo demais para o meu gosto. Sebastian e Viola se reencontram. Viola revela a Orsino que na verdade é mulher, e Orsino, claro, quer se casar com ela. E Olivia percebe que Sebastian não é a pessoa com quem pensava ter se casado, mas não liga: ama-o mesmo assim. Feste entoa o solilóquio final, e os músicos voltam a tocar. Os atores começam a se curvar em mesuras, cada um fazendo uma firula boba: um dá uma cambalhota, outro finge tocar guitarra... Quando chega a vez de Sebastian, ele examina a plateia e para bem na minha frente. Abrindo aquele meio sorriso engraçado, tira do bolso uma moeda cenográfica e a atira para mim. Está escuro e a moeda é pequena, mas consigo pegá-la – o público aplaude, e parece que aquelas palmas são para mim também.

Com a moeda na mão, também bato palmas, até as mãos doerem. Aplaudo como se isso tivesse o poder de prolongar a noite, de transformar a *Noite de reis* em uma noite eterna. Aplaudo porque sei o que vai acontecer quando eu parar – é o mesmo que acontece quando termino de ver um filme muito bom, desses ao qual me entrego completamente: serei lançada de volta à realidade, com um vazio enorme no peito. Tem uns filmes que eu vejo milhares de vezes só para reviver aquela sensação de fazer parte de algo real, o que eu sei que não faz o menor sentido.

Mas não tem como assistir de novo à peça de hoje à noite. A plateia começa a se dispersar, os atores vão indo embora. Da trupe, sobram apenas dois músicos, que vão passando o chapéu para coletar contribuições. Abro a carteira e pego uma nota de 10 libras.

Melanie e eu ficamos lá, em silêncio.

– Uau – reage ela, depois de um tempo.

– Pois é. Uau.

– Foi incrível. E olha que eu odeio Shakespeare.

Concordo com a cabeça.

– E foi impressão minha, ou aquele gato que falou com a gente na fila, o que interpretou o Sebastian, não tirou os olhos da gente?

Da gente? Mas ele jogou a moeda para *mim*! Ou será que só calhou de eu conseguir pegá-la? Será que o alvo de seus olhares era Melanie, com aqueles cabelos loiros e a blusinha regata? A Mel 2.0, como ela se intitula, é muito mais interessante que a Allyson 1.0.

– Não sei.

– E ele ainda jogou aquela moeda para nós! Aliás, bela recepção, a sua. Podíamos ir atrás deles, o que acha? Para beber, ou coisa assim.

– Mas eles já foram.

– Já, mas esses dois ainda estão aqui. – Ela aponta para os músicos passando o chapéu. – Podemos perguntar aonde o elenco costuma ir.

Balanço a cabeça.

– Duvido que eles vão querer sair com duas adolescentes americanas bobonas.

– Não somos bobonas, e a maioria dos atores não parecia muito mais velha que nós.

– É melhor voltarmos logo para o hotel. Sem falar que daqui a pouco a Sra. Foley deve passar lá no quarto para ver como estamos.

– Por que você sempre faz isso? – indaga Melanie, revirando os olhos.

– Faço o quê?

– Você diz não para tudo. Parece que tem alergia a aventura.

– Ei, eu não digo não para tudo.

– Para nove em cada dez coisas. Nós vamos para a faculdade. Temos que viver um pouco.

– Eu já vivo bastante. E esse meu jeito nunca tinha incomodado você antes, né?

Melanie e eu somos melhores amigas desde que ela se mudou para duas casas depois da minha, no verão antes do segundo ano. Desde então, não nos desgrudamos mais: perdemos os dentes de leite na mesma época, menstruamos em períodos parecidos e arrumamos namorados mais ou menos ao mesmo tempo. Comecei a ficar com Evan poucas semanas depois de Melanie começar a sair com Alex (os dois também eram melhores amigos); ela e Alex terminaram em janeiro, mas eu e Evan resistimos até abril.

Passávamos tanto tempo juntas que praticamente criamos um idioma secreto, de tantos olhares e piadas internas. Brigávamos bastante, claro. Nós duas somos filhas únicas, então às vezes agimos feito irmãs. Até quebramos um abajur durante uma briga, mas nunca foi do jeito que é hoje em dia. Na verdade, eu nem sei muito bem que jeito é esse, só sei que, desde o início da excursão, estar com Melanie é como estar perdendo uma corrida da qual eu nem sabia que estava participando.

– Eu vim aqui hoje – retruquei baixinho, na defensiva. – Menti para a Sra. Foley para a gente poder vir.

– Veio mesmo! E foi superdivertido! Então por que não continuamos a aventura?

Faço que não com a cabeça.

Ela remexe na bolsa, pega o celular e lê as mensagens de texto.

– *Hamlet* também acabou de acabar. O Craig falou que o Todd levou o pessoal para um pub chamado Dirty Duck. Gostei do nome. Vamos, vai ser ótimo!

Eu já tinha ido a um bar com Melanie e o pessoal da excursão, isso logo na primeira semana. Àquela altura eles só tinham saído umas duas vezes. E, por mais que Melanie só conhecesse o pessoal havia uma semana – o mesmo tempo que eu –, ela já compartilhava um monte de piadas internas com todos e fazia brincadeirinhas que *eu* não entendia. Fiquei sentada com aquele monte de gente, segurando meu copinho de bebida,

21

me sentindo uma criança excluída que tinha mudado de escola no meio do ano.

Confiro o relógio, que deslizou pelo braço. Ajeito-o de volta no lugar, escondendo a marca de nascença vermelha em meu pulso.

– Já são quase onze horas, e amanhã a gente tem que acordar cedo para pegar o trem. Então, se não se importar, vou carregar para o quarto meu corpinho alérgico a aventura.

Quando estou com muita raiva, falo igualzinho à minha mãe.

– Beleza. Vou contigo até o hotel, daí de lá vou para o pub.

– E se a Sra. Foley passar no quarto?

Melanie dá uma risada.

– Você diz que o que eu tive foi insolação. E não está mais quente. – Ela sai andando, subindo a ladeira em direção à ponte. – O que foi? Está esperando alguma coisa?

Olho para baixo, em direção à água, às barcas agora vazias. Os lixeiros estão muito ocupados. O dia está acabando e o tempo não vai voltar.

– Não, não.

Dois

Nosso trem para Londres parte às oito e quinze da manhã – ideia de Melanie, para termos o máximo de tempo possível para as compras. Só que quando o alarme toca às seis, ela cobre a cabeça com o travesseiro.

– Vamos pegar o trem mais tarde – resmunga.

– Não, já está tudo comprado! Você dorme no trem. E você prometeu que desceria às seis e meia para se despedir do pessoal.

E eu prometi que me despediria da Sra. Foley.

Arrasto Melanie para fora da cama e a enfio debaixo do chuveiro sofrível do hotel. Preparo um café instantâneo para ela e ligo rapidinho para minha mãe, que estava esperando acordada até uma e meia da manhã, lá na Pensilvânia, para falar comigo. Às seis e meia, descemos as escadas. A Sra. Foley, como sempre de jeans e camiseta polo da Jovens Viajantes, cumprimenta Melanie com um aperto de mão. Depois, me envolve em um abraço ossudo e me entrega um cartão de visitas, me dizendo para não hesitar em entrar em contato caso precise de qualquer coisa durante a estadia em Londres. A próxima excursão dela começa no domingo, e ela também estará na cidade até lá. Ela avisa que pediu um táxi para nos levar à estação de trem, pergunta mais uma vez se alguém vai nos receber em Londres (sim, vai), repete que sou uma boa menina e me diz para tomar cuidado com os batedores de carteira no metrô.

Deixo Melanie voltar para a cama e dormir por mais meia hora, e ela perde o tempo habitual para sua rotina de beleza. Às sete e meia, embarcamos no táxi à nossa espera. Quando chega o trem, arrasto as malas para dentro e encontro um par de assentos vazios. Melanie se larga na poltrona junto à janela.

– Me acorda só em Londres.

Eu a encaro por um tempinho, mas ela já se encolheu junto à janela e fechou os olhos. Solto um suspiro, empurro a mochila dela para debaixo do assento e deixo meu suéter na poltrona ao lado, para desencorajar eventuais ladrões ou velhos assanhados. Vou andando até o vagão-restaurante. Perdi o café da manhã do hotel, e sinto meu estômago roncando e minhas têmporas sinalizando o início de uma dor de cabeça.

Por mais que a Europa seja a terra dos trens, ainda não tínhamos pegado nenhum na viagem: usamos avião para as distâncias maiores e ônibus para os deslocamentos menores. Conforme vou cruzando os vagões, as portas automáticas se abrem com um barulhinho agradável, e o trem sacoleja de leve sob meus pés. Lá fora, a paisagem verdejante passa ligeira.

No vagão-restaurante, confiro as ofertas sem graça e acabo pedindo sanduíche de queijo, chá e um saquinho das viciantes batatas chips sabor sal e vinagre. Pego uma lata de Coca para Melanie e acomodo tudo em uma caixinha de papelão. Eu me viro para fazer o caminho de volta quando vejo uma mesa vaga junto à janela. Hesito por um momento. Seria melhor ficar junto de Melanie, mas ela está dormindo e, portanto, não vai dar a mínima para o que estou fazendo. Pensando nisso, sento-me à mesa e observo a paisagem. O cenário campestre é totalmente britânico, verde e límpido, com gramados entrecortados por sebes e pontilhados de ovelhas fofas que mais parecem nuvens.

– Que café da manhã confuso.

Aquela voz. Depois de ouvi-la ao longo de quatro atos ontem à noite, eu a reconheço de imediato.

Ergo a cabeça e me deparo com ele bem na minha frente, abrindo aquele meio sorriso preguiçoso de quem acabou de acordar.

– Como assim confuso? – pergunto.

Eu devia estar surpresa, mas sabe-se lá por que não estou. Preciso morder o lábio para não escancarar um sorriso.

Ele não responde. Só vai até o balcão e pede um café. Quando o recebe, inclina a cabeça na direção da minha mesa. Faço que sim.

– De muitas formas – responde ele, sentando-se à minha frente. – Parece um estrangeiro sofrendo com o jet lag.

Olho para o sanduíche, o chá e as batatinhas.

– Como é que isso aqui parece um estrangeiro com jet lag? De onde você tirou isso?

Ele sopra o café.

– Fácil. Para começar, não são nem nove da manhã, então o chá até que faz sentido, mas daí tem o sanduíche e as batatas, que considero comida de almoço. Isso sem falar na Coca. – Ele dá uma batidinha na lata. – Está tudo fora de sincronia, entende? Seu café da manhã está sofrendo de jet lag.

Dou risada.

– As rosquinhas estavam meio nojentas – respondo, apontando para o balcão.

– Concordo. Por isso eu sempre trago minha própria comida.

Ele tira um embrulho de papel-manteiga amassado da mochila.

– Ei, isso aí parece muito com um sanduíche! – acuso.

– Mas não é. É pão com *hagelslag*.

– *Ha* o quê?

– Se fala *rá-rêu-slar*.

Ele abre o embrulho para me mostrar. É pão com manteiga e chocolate granulado por cima.

– E você chama o *meu* café da manhã de confuso? Isso aí é sobremesa!

– Na Holanda, isso é café da manhã. E muito tradicional. Isso e *uitsmijter*, que é basicamente ovo frito com presunto.

– Isso não vai cair na prova, né? Porque não consigo nem tentar reproduzir essa palavra.

– *Áits-mêiter*. A gente pode treinar isso depois. O que nos traz ao segundo ponto: esse café da manhã parece um estrangeiro. Mas continue comendo, eu consigo conversar enquanto isso.

– Valeu. Que bom que consegue fazer duas coisas ao mesmo tempo.

E dou risada. É tudo muito estranho, porque as coisas estão acontecendo de um jeito muito natural. Ao que parece, estou flertando no meio do café da manhã enquanto falo sobre o café da manhã.

– Como assim estrangeiro? – pergunto.

– Essa comida é como uma pessoa que mora longe do país onde nasceu. Olha só: tem um sanduíche, que é muito americano; e chá, que é superinglês. Daí tem as batatas chips, ou salgadinhos, sei lá como você chama, que podem ser americanas ou inglesas. Mas você está comendo a versão de sal e vinagre, muito britânica, só que no café da manhã, que é coisa de americano. E Coca. De manhã. É isso que as pessoas comem no café da manhã nos Estados Unidos? Coca e batata chips?

– Como você sabe que eu sou dos Estados Unidos?

– Tirando o fato de que você estava em uma excursão cheia de americanos e de que tem sotaque americano?

Ele morde o sanduíche de hagel-sei-lá-o-quê e toma mais um gole de café.

Novamente mordo o lábio para conter um sorriso.

– Sim. Tirando isso.

– Ah, essas foram minhas únicas pistas. Na verdade você não parece muito americana.

– Sério? – Abro o saquinho de batatas, e um cheiro forte de vinagre artificial invade o ar. Ofereço uma, mas ele recusa e dá mais uma mordida no pão dele. – Como é que as americanas são?

Ele dá de ombros.

– Loiras. Com muito... – Ele gesticula, dando a entender que ia falar "seios". – Feições suaves. – Passa a mão pelo rosto. – Bonitas. Que nem sua amiga.

– E eu não sou assim?

Nem sei por que me dou ao trabalho de perguntar. Conheço muito bem minha aparência: cabelo escuro, olhos escuros, traços marcados, sem curvas, seios pequenos. Não desperto muita empolgação. Então ele só veio conversar para perguntar sobre Melanie?

– Não. – Ele me encara com aqueles olhos que até ontem eu achava que eram escuros, mas que agora, de perto, vejo que contêm uma gama de cores: cinza, castanho e até um toque de dourado dançando naquela escuridão. – Sabe com quem você se parece? Louise Brooks.

Eu o encaro, inexpressiva.

– Não conhece? A estrela do cinema mudo?

Faço que não com a cabeça. Nunca fui muito chegada em cinema mudo.

– Foi famosa na década de 1920. Americana. Uma atriz maravilhosa.

– E não era loira. – Minha intenção foi fazer graça, mas parece que não funcionou.

Ele dá outra mordida no pão. Um único granulado fica grudado no canto da boca dele.

– O que mais tem na Holanda é gente loira. Eu me olho no espelho e vejo loiro. A Louise Brooks era morena. Tinha uns olhos meio tristes mas incríveis, e traços muito marcados. E o cabelo era parecido com o seu. – Ele passa a mão no próprio cabelo, tão desgrenhado quanto ontem à noite. – Você é tão parecida com ela! Devia se chamar Louise.

Louise. Eu gosto.

– Louise, não, Lulu. Era o apelido dela – explica ele.

Lulu. Gosto mais ainda.

Ele estende a mão.

– Oi, Lulu, eu me chamo Willem.

Seu aperto de mão é quente e firme.

– Muito prazer, Willem. Mas acho que vou chamar você de Sebastian, já que estamos assumindo novas identidades.

Ele sorri, e ruguinhas brotam ao redor de seus olhos.

– Ah, não, prefiro Willem. O Sebastian é tipo... passivo, digamos assim. Ele se casa com a Olivia, que na verdade quer ficar com a irmã dele. Isso acontece muito em Shakespeare. As mulheres vão atrás do que querem enquanto os homens acabam bancando os bobos, sendo enrolados.

– Ah, eu gostei de ver todo mundo com um final feliz.

– Sim, é uma ótima fábula, mas não passa disso: uma fábula. Acho que Shakespeare se sentia na obrigação de dar finais felizes aos personagens das comédias porque era cruel demais nas tragédias, tipo em *Hamlet* ou *Romeu e Julieta*. Ele era quase sádico. – Willem balança a cabeça. – O Sebastian é bacana, mas não toma as rédeas do próprio destino. Shakespeare concede esse privilégio à Viola.

– Então você toma as rédeas do seu próprio destino?

Quase não acredito ao me ouvir falando aquilo. Quando eu era pequena, costumava ir a um rinque de patinação no gelo perto de casa. Na minha imaginação, eu conseguia fazer vários saltos e rodopios, só que, na hora de patinar, mal conseguia ficar de pé. Fui crescendo e passei a fazer o mesmo com as pessoas: por dentro, sou direta e ousada, mas o que sai sempre parece muito tímido e polido. Nem com Evan, que namorei durante os dois últimos anos do ensino médio, consegui dar os saltos, os rodopios e as corridas que imaginava. Hoje parece que estou conseguindo patinar.

– Ah, nem um pouco. Vou aonde o vento me leva. – Ele para e reflete. – Talvez exista um bom motivo para que eu interprete o Sebastian.

– E para onde o vento está levando você? – pergunto, na esperança de que ele fique em Londres.

– Lá de Londres, vou pegar um trem de volta para a Holanda. Minha temporada acabou ontem.

– Ah... – murmuro, meio desanimada.

– Você não comeu seu sanduíche. Cuidado que aqui eles passam manteiga nos sanduíches de queijo. Aliás, acho que é margarina.

– Estou sabendo.

Removo os tomates molengas e tristes e tiro o excesso de margarina com o guardanapo.

– Ficaria melhor com maionese – diz Willem.

– Só se o sanduíche fosse de peru.

– Não, queijo e maionese é bom demais.

– Acho meio estranho.

– É só usar a maionese certa. Ouvi dizer que a maionese americana não é boa.

Não consigo segurar o riso e o chá escapa um pouco pelo meu nariz.

– O que foi? – pergunta Willem.

– Essa história de maionese certa – explico, agora morrendo de rir. – Parece que tem uma maionese má, imoral e criminosa, e outra boazinha, que sabe se portar. E pelo visto o meu problema é que não fui apresentada a ela.

– É exatamente isso – responde ele, rindo também.

Ainda estamos gargalhando quando Melanie entra no vagão-restaurante, trazendo sua bolsa e o meu suéter.

– Eu não achava você em lugar nenhum! – reclama, meio emburrada.

– Você me mandou só te acordar em Londres.

Olho pela janela. A bela paisagem campestre inglesa deu lugar aos arredores cinzentos da cidade.

Quando vê Willem, Melanie arregala os olhos.

– Olha, parece que você não morreu no naufrágio, no fim das contas! – comenta.

– Não – responde ele, ainda olhando para mim. – Não fique chateada com a Lulu, a culpa foi minha. Eu que a prendi aqui.

– *Lulu?*

– Pois é, é um apelido para Louise, meu novo alter ego.

Olho para Melanie, implorando que ela não me entregue. Estou curtindo ser Lulu e ainda não estou pronta para abandonar esse papel.

Melanie esfrega os olhos, ainda sonolenta, e então dá de ombros e se larga no banco ao lado de Willem.

– Beleza, seja quem você quiser. Eu queria ser alguém com outra cabeça.

– Ela não tem muita experiência com ressacas – informo a Willem.

– Cala a boca – retruca Melanie.

– O que foi? Prefere que eu fale que você é velha?

– Parece que alguém acordou toda engraçadinha hoje.

– Aqui. – Willem pega um potinho na mochila e sacode sobre a mão de Melanie, deixando cair algumas bolinhas brancas. – Deixe dissolver debaixo da língua. Daqui a pouco você vai se sentir melhor.

– O que é isso? – pergunta ela, desconfiada.

– É fitoterápico.

– Tem certeza de que não é um "boa noite, cinderela"?

– Ah, claro! Ele quer que você desmaie bem aqui, no meio do trem – retruco.

Willem mostra o rótulo a Melanie.

– A minha mãe é naturopata e indica esse remédio para dor de cabeça. Acho que ela não iria querer que eu desmaiasse.

– Olha só, meu pai também é médico – comento.

Só que meu pai é o oposto de naturopata. É pneumologista, superadepto da medicina ocidental.

Melanie observa os comprimidos por um segundo, até enfim botá-los debaixo da língua. Quando o trem chega à estação, dez minutos depois, a dor de cabeça já passou.

Por algum acordo tácito, nós três desembarcamos juntos: Melanie e eu com as malas de rodinhas abarrotadas, Willem carregando uma mochila compacta. Pisamos na plataforma sob o sol quente de verão e então entramos no relativo frescor da estação de Marylebone.

– A Veronica avisou que vai se atrasar – anuncia Melanie. – Mandou a gente esperar perto da WHSmith, o que quer que seja isso.

– É uma livraria – explica Willem, apontando para algumas lojas por ali.

A estação é linda, toda de tijolos vermelhos, mas fico meio decepcionada por não ser um daqueles terminais ferroviários gigantescos que eu esperava, com o quadro enorme e ruidoso indicando as chegadas e partidas. Em vez disso, vejo apenas um monitor de TV com a relação de partidas. Dou uma olhada. Nenhum destino muito exótico, só nomes como High Wycombe e Banbury, que pelo que se sabe até podem ser lugares legais. Sei que é bobeira pensar nisso, mas é que acabei de fazer uma excursão por grandes cidades europeias – Roma, Florença, Praga, Viena, Budapeste, Berlim, Edimburgo, agora novamente em Londres –, estava contando os dias para chegar em casa, mas não sei por que de repente me bateu uma vontade de continuar viajando.

– O que foi? – pergunta Melanie.

– Ah, achei que aqui teria um daqueles quadros imensos de chegadas e partidas, igual aos que vimos em alguns aeroportos.

– A Central Station de Amsterdã tem um – diz Willem. – Sempre fico parado na frente dele, imaginando que posso escolher qualquer lugar e partir.

– Sim! É isso mesmo!

– Qual é o problema com esse quadro? – pergunta Melanie, observando os monitores. – Não se animou com Bicester North?

– Não parece tão empolgante quanto Paris – respondo.

– Ah, para. Não acredito que você ainda está chateada com isso. – Melanie se vira para Willem. – A nossa ideia inicial era ir para Paris depois de Roma, mas rolou uma greve dos controladores de tráfego aéreo e todos os voos foram cancelados. Como era muito longe, não dava para irmos de ônibus. Ela ainda está chateada com isso.

– Os franceses estão sempre fazendo greve – comenta Willem, meneando a cabeça.

– Então a excursão seguiu para Budapeste – conto. – Eu até gostei de lá, mas não acredito que estou tão perto de Paris e não vou lá conhecer!

Willem me encara atentamente. Enrosca o dedo na cordinha da mochila.

– Então vai, ué – sugere.

– Para onde?

– Paris.

– Não dá mais. Tiraram do roteiro.

– Então vai agora.

– A excursão acabou. Sem falar que a greve ainda deve estar rolando.

– Dá para ir de trem. São duas horas de Londres a Paris. – Ele olha para o relógio enorme na parede. – Dá para chegar lá antes do almoço. Inclusive, os sanduíches de lá são bem melhores...

– Mas, mas... eu não falo francês. Não tenho guia de viagem.

Sigo enumerando vários motivos para *não poder* ir a Paris, e fica parecendo até que Willem sugeriu que eu embarcasse em um foguete para a lua. Sei que é bem simples e rápido visitar vários países na Europa e que tem gente que faz isso, mas eu não sou assim.

Ele continua me encarando, a cabeça meio inclinada para o lado.

– Não daria certo – concluo. – Não conheço nada de Paris.

Willem olha o relógio na parede. Então, um segundo depois, vira-se para mim.

– *Eu* conheço Paris.

Sinto uma palpitação ridícula no coração, mas minha mente sempre racional continua listando todos os motivos pelos quais não tem como isso dar certo.

– Não sei se tenho dinheiro. Quanto custa a passagem?

Meto a mão na bolsa para contar quanto me resta. Tenho umas libras para o fim de semana, um cartão de crédito e mais uma nota de 100 dólares que minha mãe me deu para emergências, caso o cartão não funcionasse. Mas isso está longe de ser uma emergência. E meus pais saberiam se eu usasse o cartão.

Willem tira algumas notas do bolso.

– Não esquenta com isso, ganhei um bom dinheiro no verão.

Olho para a mão dele. É sério isso? Ele quer me levar para Paris? *Por que* ele faria isso?

– Compramos ingressos para ver *Let It Be* amanhã à noite – comenta Melanie, personificando a Voz da Razão – e vamos voltar para casa no domingo. Além disso, sua mãe ia surtar. Sério, se fizer isso ela vai matar você.

Olho para Willem, mas ele simplesmente dá de ombros, como se não pudesse fazer nada em relação a isso.

Estou prestes a recusar o convite quando Lulu parece assumir o controle. Eu me viro para Melanie.

– Ela não vai ter motivo para me matar se não ficar sabendo de nada.

– A *sua* mãe? – retruca Melanie, debochada. – Ela *vai* ficar sabendo.

– Não se você me der cobertura.

Melanie fica em silêncio.

– Por favor, eu já te ajudei tanto nesta viagem! – insisto.

Ela solta um suspiro dramático.

– Para ir a bares, não a outro país!

– Você *acabou* de me criticar por nunca fazer esse tipo de coisa.

Melanie fica sem argumento e muda de tática.

– O que eu vou falar quando a sua mãe me ligar? Porque ela vai ligar. Você sabe que vai.

Mamãe tinha ficado furiosa porque meu celular não estava funcionando na Europa. A operadora tinha garantido que funcionaria direitinho, mas, quando minha mãe ligou superestressada para reclamar, soube que não havia o que fazer: ao que tudo indicava, era um problema de frequência. Mas no fim das contas não fez diferença. Ela tem uma cópia do itinerário da excursão e sabia quando eu estaria no quarto do hotel. Quando não conseguia me encontrar, ligava para o celular de Melanie.

– E se você deixar o telefone desligado, para cair direto na caixa postal? – sugiro. Olho para Willem, ainda com o dinheiro na mão. – E você, tem *certeza* disso? Achei que fosse voltar para a Holanda.

– Eu também achava. Talvez os ventos estejam soprando para outra direção.

Eu me viro para Melanie. Agora é com ela. Minha amiga encara Willem, estreitando os olhos verdes.

– Se você estuprar ou matar a minha amiga, eu te mato.

– Tsc, tsc... Vocês, americanos, são tão violentos! Eu sou holandês. O pior que posso fazer é atropelar a moça com uma bicicleta.

– Porque vai estar doidão! – acrescenta Melanie.

– Verdade, tem o lance das drogas – admite Willem.

Ele olha para mim, e sou tomada por uma onda de empolgação. Vou mesmo fazer isso?

– E aí, Lulu? O que acha? Que tal um bate e volta até Paris?

Seria uma loucura. Eu nem conheço esse cara, e meus pais podem descobrir tudo. Sem falar que não dá para conhecer Paris direito em um dia só. Fato é que essa história tem tudo para ser um desastre, eu sei disso. Mas nada tira minha vontade de ir.

Então, desta vez, no lugar de dizer não, vou tentar algo diferente.

Eu digo sim.

Três

Embarco suada e ofegante no Eurostar, um trem amarelo de frente arrebitada, todo salpicado de lama. Willem e eu estamos correndo desde que nos despedimos de Melanie, depois de nós duas termos tramado um plano, trocado informações e combinado um ponto de encontro para amanhã. Saímos da Marylebone, descemos as ruas apinhadas de Londres e pegamos o metrô, onde travei um duelo com as roletas. Elas se recusaram três vezes a me deixar passar, mas enfim cederam – e fecharam na minha mala, arrancando a etiqueta de identificação da Jovens Viajantes, que foi parar debaixo da máquina de bilhetes.

– Acho que agora sou uma rebelde completa – digo a Willem.

Na cavernosa estação de St. Pancras, Willem foi conferir o quadro de chegadas e partidas, naquele barulhento troca-troca de informações, e então me conduziu ao balcão de passagens do Eurostar, onde usou seu charme para trocar a passagem até a Holanda por uma ida a Paris. Depois, gastou um monte de libras comprando um bilhete para mim. Mostramos os passaportes e fizemos o check-in na correria. Por um segundo, temi que Willem visse no meu passaporte que não era da Lulu, e sim da Allyson – e ainda por cima a versão de 15 anos da Allyson, com a cara cheia de espinhas. Mas ele não viu. Descemos até o saguão de embarque futurístico bem a tempo de embarcar.

Quando enfim nos acomodamos em nossos lugares, pude recuperar o fôlego e pensar no que tinha acabado de fazer. Estou indo para Paris. Com um estranho. Com *aquele* estranho.

Finjo remexer na mala, mas na verdade estou examinando Willem. O rosto dele me remete àquelas combinações de roupas que só as garotas mais estilosas conseguem sustentar: peças que parecem não combinar com nada, mas que funcionam muito em determinados conjuntos. Possui ângulos marcantes, quase agudos, lábios vermelhos e carnudos e maçãs do rosto tão grandes que daria para fazer uma torta. Ele parece jovem e velho ao mesmo tempo; meio durão, mas também delicado. Não é bonito como Brent Harper, que tem uma beleza previsível e ganhou o prêmio de mais lindo no último ano da escola. Mesmo assim, não consigo parar de olhar para Willem.

Parece que não sou a única. Duas garotas com mochila nas costas cruzam o corredor, os olhos escuros e sonolentos. *Nosso café da manhã foi sexo*, parecem dizer. Uma delas sorri para Willem e solta algum comentário em francês. Ele responde, também em francês, e ajuda a garota a botar a mala no compartimento acima. As duas se sentam do outro lado do corredor, uma fileira atrás de nós. A mais baixa diz alguma coisa, e os três dão risada. Quero perguntar qual é o assunto, mas de repente me sinto muito infantil e deslocada, como uma criança excluída da mesa dos adultos no jantar do dia de Ação de Graças.

Se pelo menos eu tivesse estudado francês na escola... Eu até quis, no início do nono ano, mas meus pais me incentivaram a aprender mandarim. "A China é a bola da vez. Se aprender chinês, você vai estar muito mais preparada para o mercado", dissera minha mãe. Mesmo sem entender muito bem que mercado seria esse, passei os últimos quatro anos estudando mandarim – e devo continuar os estudos no mês que vem, quando começar a faculdade.

Fico esperando Willem voltar a atenção para mim, mas ele me encara e então olha as garotas francesas, que seguiram rebolativas pelo corredor, depois de guardar seus pertences.

– Viajar de trem me deixa com fome. E você nem comeu seu sanduíche! Vou até o vagão-restaurante pegar mais comida. O que você vai querer, Lulu?

Lulu provavelmente iria querer algo exótico. Morangos com chocolate. Ostras. Allyson está mais para sanduíche de pasta de amendoim. E eu não sei o que quero.

– Pode ser qualquer coisa.

Fico observando-o enquanto se afasta. Pego uma revista no bolsão da poltrona da frente e começo a ler vários fatos sobre o trem: o Túnel do Canal tem 50 quilômetros de comprimento e foi inaugurado em 1994, depois de seis anos em construção. O Eurostar viaja à velocidade máxima de 300 quilômetros por hora. É o mesmo tipo de curiosidade que a Sra. Foley leria para nós de uma de suas folhas impressas. Deixo a revista de lado.

O trem dá a partida, mas o movimento é tão suave que só percebo que estamos andando quando vejo a plataforma se afastar – como se ela, não o trem, estivesse em movimento. Ouço a buzina. Lá fora, os grandes arcos reluzentes da estação de St. Pancras se despedem enquanto entramos em um túnel. Observo o vagão à minha volta. Todos parecem felizes e distraídos lendo revistas, trabalhando em notebooks, digitando no celular, falando ao telefone ou conversando com a pessoa ao lado. Olho para trás, mas não vejo nem sinal de Willem. As garotas francesas também ainda não voltaram.

Pego a revista outra vez e leio a crítica de um restaurante, mas não absorvo as palavras. Mais minutos se passam. O trem ganha mais velocidade, cruzando os feiosos armazéns de Londres com toda a arrogância de um Eurostar. O condutor anuncia a primeira parada, e um inspetor vem conferir minha passagem.

– Tem alguém aqui? – pergunta, apontando para o assento vazio de Willem.

– Tem.

Só que as coisas dele não estão lá. Não há nenhuma prova de que ele sequer esteve ali.

Olho meu relógio. São 10h43. Faz quase quinze minutos que saímos de Londres. Depois de um tempo, o trem para em Ebbsfleet, uma estação moderna e iluminada. Algumas pessoas embarcam. Um senhor de maleta na mão para junto à poltrona de Willem e faz menção de se sentar, mas confere o bilhete outra vez e avança pelo corredor. O trem apita, as portas se fecham e partimos outra vez. O cenário urbano de Londres vai dando lugar ao verde e vejo um castelo ao longe. O trem avança, engolindo a paisagem, e o imagino deixando uma nuvem de poeira para trás. Agarro os apoios de braço, cravando as unhas como se estivesse na interminável primeira subida de uma das montanhas-russas enjoativas para onde Melanie gosta de me arrastar. Apesar do frio do ar-condicionado, um filete de suor desce pela minha testa.

Nosso trem cruza com outro, e pulo de susto com aquele *vush* assustador. Dali a dois segundos, o outro trem já sumiu. Fico com a estranha sensação de que Willem está lá – o que é impossível, claro. Só se ele pudesse viajar no tempo, para chegar à estação seguinte antes de ter embarcado no outro trem.

Isso, claro, não significa que ele ainda esteja *neste* trem.

Olho o relógio. Faz vinte minutos que ele saiu para o vagão-restaurante. Nosso trem não tinha nem saído da plataforma. Aposto que desceu com aquelas duas parisienses antes de o trem partir, ou talvez tenha descido na estação anterior. Talvez tenha sido isso que conversaram em francês. *Por que não larga essa americana chata e vem ficar com a gente?*

Ele não está mais no trem.

A certeza percorre meu corpo todo na mesma intensidade com que o trem desbrava os trilhos. Willem mudou de ideia, não quer mais ir a Paris nem ficar comigo.

A decisão de ir a Paris tinha sido impulsiva, como quando pegamos alguma coisa sem pensar no mercado, aquelas porcarias que a gente só percebe que não precisa quando já está pagando.

E outra dúvida me aflige: e se tudo tiver sido um plano? Encontrar a americana mais ingênua possível, atraí-la até um trem, largá-la em um lugar e mandar... sei lá... uns bandidos para roubá-la? Minha mãe tinha gravado uma reportagem do jornal sobre essas coisas. Então foi *por isso* que ele ficou me encarando ontem à noite, que me procurou hoje mais cedo no trem de Stratford-upon-Avon? Será que tinha só escolhido uma presa fácil? Já vi Animal Planet o suficiente para saber que os leões sempre vão atrás das gazelas mais fracas.

Por mais inverossímil que seja, essa possibilidade me traz um pouco de conforto. O mundo volta a fazer sentido. *Isso* pelo menos explicaria por que *eu* estou *neste* trem.

Alguma coisa cai na minha cabeça. É frágil e leve, mas mesmo assim levo um baita susto.

Outra coisa cai. Pego o objeto: um pacote de batatinhas sabor sal e vinagre.

Ergo os olhos. É Willem com um sorriso malicioso de quem acabou de roubar um banco – e ainda por cima nem consegue carregar a mercadoria, que escapa de suas mãos: uma barra de chocolate, três copos de bebidas quentes, uma garrafinha de suco de laranja debaixo de um braço, uma lata de Coca debaixo do outro.

– Desculpe a demora. O restaurante é do outro lado do trem, só abriu depois que saímos de St. Pancras e ainda por cima já tinha fila quando eu cheguei. Fiquei na dúvida se você preferia café ou chá, então comprei os dois, mas daí me lembrei da Coca de mais cedo, então voltei. E, no caminho de volta, trombei com um belga rabugento, e o café caiu na minha roupa toda. Tive que fazer um desvio até o banheiro, mas acho que acabei piorando tudo.

Ele larga dois copinhos de papelão e a lata de refrigerante sobre a mesinha à minha frente. Então aponta para a calça jeans, com uma mancha enorme e úmida bem na frente.

Não sou do tipo que curte um humor escatológico. Quando Jonathan Spalicki peidou na aula de fisiologia, no ano passado, e a aula teve que acabar mais cedo porque a turma ficou histérica, a professora me agradeceu por ter mantido a compostura.

Então não faz o meu tipo morrer de rir por causa de uma calça molhada.

Mas quando abro a boca para explicar que não tomo refrigerante, que aquela Coca era para a ressaca de Melanie, o que sai é uma risadinha. Começo a gargalhar tanto que fico sem ar. As lágrimas de pânico que ameaçavam inundar meus olhos encontram um excelente motivo para enfim se libertarem.

Willem revira os olhos e examina a própria calça com uma cara de "é, eu sei", e então pega uns guardanapos da bandeja.

– Não achei que estivesse *tão* ruim. – Ele tenta secar um pouco o jeans. – Será que café mancha?

Outro ataque de riso me acomete. Willem abre um sorriso torto e paciente. Já está grandinho o bastante para aceitar ser alvo de piada.

– Ai, desculpa! – solto, ofegante. – Não. Estou. Rindo...

Estou tentando me recompor, quando vejo uma das francesas voltando pelo corredor. Ela se aproxima de Willem e pousa a mão no braço dele por um segundo. Diz qualquer coisa em francês, então volta para seu lugar.

Willem nem olha para ela. Em vez disso, vira-se de volta para mim, os olhos escuros cheios de dúvida.

– Achei que você tivesse descido do trem – confesso, do nada, em meio àquela sensação de alívio.

Ai, meu Deus. Eu falei mesmo isso? Dou um sorriso constrangido e chocado. Estou até com medo de olhar para ele. Se Willem não tinha pensado em me largar no trem antes, agora devia estar decidido a fazer isso.

Sinto o acolchoado afundar de leve quando ele se senta ao meu lado. Enfim reúno coragem para encará-lo e descubro, surpresa, que sua expressão não é de choque nem de desgosto. É só aquele sorriso de quem está rindo por dentro.

Ele vai abrindo as porcarias que comprou e tira uma baguete meio torta da mochila. Depois de acomodar tudo sobre as bandejas, ele olha para mim.

– E por que eu desceria do trem? – pergunta, por fim, em uma voz baixa e provocante.

Eu poderia inventar uma mentira, dizer que achava que ele tinha esquecido alguma coisa OU que tinha lembrado que precisava mesmo voltar para a Holanda e não teve nem tempo de avisar. Qualquer justificativa ridícula, porém menos incriminadora. Mas não invento.

– Achei que tivesse mudado de ideia.

Fico esperando uma reação de surpresa, desprezo ou pena, mas parece que ele continua achando graça da situação e talvez também esteja um tanto intrigado. Sinto uma tontura inesperada, como se alguma droga tivesse acabado de surtir efeito. E, como se estivesse sob a influência de algum soro da verdade, revelo o restante:

– E então pensei que isso tudo pudesse ter sido um golpe, que você me venderia como escrava sexual ou algo assim.

Olho para ele, me perguntando se fui longe demais, mas Willem apenas sorri, alisando o queixo.

– Como é que eu faria isso?

– Sei lá. Ia ter que me deixar inconsciente, para começar. O que as pessoas usam hoje em dia? Clorofórmio? Botam em um lencinho e pressionam contra o nariz da vítima, que cai dura.

– Acho que isso só acontece nos filmes. Seria mais fácil batizar sua bebida, como a sua amiga suspeitou.

– Mas você trouxe três bebidas diferentes, e só uma delas está lacrada. – Pego a lata de Coca-Cola. – E, aliás, eu não bebo refrigerante.

– Então você destruiu meu plano. – Ele solta um suspiro exagerado. – Que pena... Você renderia uma boa grana no mercado clandestino.

– Quanto acha que eu valeria? – pergunto, surpresa por ter passado de medrosa a objeto de consumo com tanta rapidez.

Ele me examina de cima a baixo.

– Bom, isso depende de vários fatores.

– Tipo o quê?

– Idade. Quantos anos você tem?

– Dezoito.

Ele assente.

– Medidas?

– Tenho 1,60 metro. E uns 50 quilos.

– Alguma coisa estranha no corpo, alguma cicatriz? Uma prótese?

– Isso importa?

– Os fetichistas pagam mais por esse tipo de coisa.

– Não, nada de próteses.

Então me lembro da minha marca de nascença, que é feia, quase uma cicatriz – por isso costumo escondê-la sob o relógio –, mas estranhamente fico tentada a mostrá-la, a me expor. Deslizo o relógio pelo braço e mostro a ele.

– Tenho isto aqui.

Ele a observa e balança a cabeça.

– Você é virgem? – pergunta, em um tom displicente.

– Isso me tornaria mais ou menos valiosa?

– Tudo depende do mercado.

– Você fala como se fosse especialista.

– Eu cresci em Amsterdã – responde, como se isso explicasse.

– E aí? Quanto é que eu valho?

– Você não respondeu a todas as perguntas.

Sou tomada por uma sensação estranhíssima, como se estivesse de roupão e tivesse apenas duas opções: amarrar a faixa com mais força ou... soltá-la.

– Não, não sou. Virgem.

Ele assente, me encarando de um jeito perturbador.

– Boris vai ficar muito decepcionado – comento.

– Quem é Boris?

– O ucraniano da máfia que vai ter que fazer o serviço sujo. Você era só a isca.

Ele solta uma gargalhada, jogando a cabeça para trás.

– Normalmente eu trabalho com búlgaros – explica, quando recupera o fôlego.

– Pode debochar à vontade, mas já vi essas coisas na TV. *E nem conheço você direito.*

Ele para e me encara.

– Tenho 20 anos, 1,90 metro, 75 quilos na última vez que me pesei e tenho isto aqui. – Ele aponta para uma cicatriz em zigue-zague no pé. Então me encara com firmeza. – E não.

Levo um minuto para perceber que está respondendo às mesmas quatro perguntas que me fez. Quando me dou conta, sinto o rubor começando a subir pelo pescoço.

– E, poxa, tomamos café da manhã juntos – acrescenta. – Só tomo café da manhã com gente que conheço *muito bem.*

Agora o rubor toma meu corpo todo. Tento bolar uma resposta sarcástica, mas é difícil pensar rápido com alguém me olhando desse jeito.

– Achou mesmo que eu ia largar você aqui? – pergunta ele.

A pergunta faz um estranho contraste com aquela brincadeira sobre mercado de exploração sexual. Penso um pouco sobre isso. Eu estava *mesmo* achando que ele faria isso?

– Não sei. Acho que foi só uma crise de ansiedade, porque não sou muito de agir por impulso.

– Tem certeza? Afinal de contas, você está aqui.

– Estou aqui – reafirmo.

E estou mesmo. Aqui. A caminho de Paris. Com ele. Continuo olhando para ele. Willem está com aquele meio sorriso, como se algo em mim fosse divertidíssimo. Talvez eu tenha tido aquela crise porque não costumo agir de forma impulsiva mesmo, ou então pode ter sido o balanço do trem, o fato de que nunca mais nos veremos depois de hoje ou de não ter mais como voltar atrás. Talvez eu só estivesse ali porque me deu vontade. Então solto a faixa e deixo o roupão cair no chão.

– Achei que você tivesse descido do trem porque estou com um pouco de dificuldade de acreditar que você entrou no trem comigo, entende? Sem nenhum motivo terrível por trás disso.

Essa é a verdade. Apesar de ter só 18 anos, já entendi muito bem que o mundo é dividido em dois grupos: os que fazem e os que assistem. As pessoas que vivem a vida e o restante de nós, simplesmente se arrastando por aí. As Lulus e as Allysons.

Jamais me ocorreu que só de *fingir* ser uma Lulu eu poderia passar para o outro lado, mesmo que apenas por um dia.

Fico olhando para Willem, esperando uma resposta, mas antes que ele possa dizer qualquer coisa, o trem mergulha na escuridão. Entramos no Túnel do Canal. Segundo as curiosidades que li na revista, em menos de vinte minutos estaremos no Calais e, uma hora depois, em Paris. Porém, neste exato momento, tenho a sensação de que o trem não está só me levando até Paris. Estou indo para um lugar totalmente novo.

Quatro

Paris

Os problemas começam assim que chegamos. O guarda-volumes do subsolo do terminal ferroviário está fechado por causa de uma greve dos funcionários das máquinas de raios X, por onde passam as bagagens que serão guardadas no depósito. Ou seja, os armários onde a minha mala poderia caber estão lotados. Willem diz que tem outro terminal ali perto, onde podemos tentar guardar as malas, mas que, se todos os funcionários estiverem em greve, teremos o mesmo problema por lá.

– Posso levar a mala no passeio. Ou então largá-la no Sena – sugiro, de brincadeira, embora abandonar qualquer vestígio de Allyson seja uma ideia *muito* atraente.

– Uma amiga minha trabalha em uma boate aqui perto...

Ele pega um caderninho de couro surrado na mochila. Estou prestes a zombar da cara dele, dizendo que aquilo parece uma agenda telefônica, até que vejo todos os nomes, números e e-mails anotados. É *mesmo* uma agenda telefônica.

– Ela trabalha no escritório, então costuma estar lá à tarde – completa.

Depois de encontrar o número, pega um celular jurássico e aperta algumas vezes o botão de ligar.

– Sem bateria. O seu está funcionando?

Faço que não com a cabeça.

– Não funciona aqui na Europa. Só a câmera.
– Então vamos andando. É pertinho.
Vamos até as escadas rolantes. Antes de chegarmos às portas automáticas, Willem se vira para mim e pergunta:
– E aí, preparada para Paris?
Com todo o estresse da mala, acabei esquecendo que o objetivo era ver a cidade. Fico meio nervosa.
– Espero que sim – respondo, baixinho.
Saímos para o calor tremeluzente da cidade. Aperto os olhos, já preparada para uma decepção ofuscante. A verdade é que, até agora, eu só me frustrei nessa viagem. Talvez eu assista a filmes demais. Em Roma, quis viver a mesma experiência de Audrey Hepburn em *A princesa e o plebeu*, mas a Fontana di Trevi estava lotada, sem falar que tinha um McDonald's bem na base da escadaria da Piazza di Spagna e as ruínas fediam a xixi. O mesmo aconteceu em Praga: eu estava doida por um pouco da boemia de *A insustentável leveza do ser*, mas não vi nenhum artista incrível, nenhum cara que sequer lembrasse Daniel Day-Lewis. Até vi um sujeito misterioso lendo Sartre em um café, mas, quando ele atendeu o celular, percebi que tinha um sotaque do Texas.
E teve Londres. Melanie e eu nos perdemos no metrô quando decidimos conhecer Notting Hill, mas o que encontramos foi só um bairro chique e caro, cheio de lojas luxuosas. Nenhuma livraria excêntrica, nenhum grupo de amigos adoráveis com quem eu gostaria de ir a festas e jantares. Parece que, quanto maior a expectativa que os filmes criam em mim, maior a decepção. E já vi muitos filmes ambientados em Paris.
A cidade que me recebe não é a Paris dos filmes. Não vejo a torre Eiffel nem qualquer butique de algum estilista famoso. Só uma rua comum, repleta de hotéis e agências de câmbio, apinhada de táxis e ônibus.
Olho em volta, para as fileiras de prédios velhos e acinzentados que parecem formar uma onda de construções, com flores decorando suas janelas e portas. Há dois cafés bem em frente à estação, em diagonais opostas. Nenhum parece muito chique, mas os dois estão lotados, com gente reunida em mesas redondas de vidro, sob os toldos e guarda-sóis. É tudo muito normal e, ao mesmo tempo, muito estrangeiro.

Willem e eu começamos a caminhar. Atravessamos a rua, passando por um dos cafés. Vejo uma mulher sozinha, sentada em uma das mesas, bebendo vinho rosé e fumando um cigarro, com um pequeno buldogue ofegante parado junto a suas pernas. Quando passamos, o cachorro dá um salto e começa a cheirar minha saia, emaranhando a coleira em minhas pernas.

A mulher deve ter a idade da minha mãe, mas usa minissaia e salto anabela, com uma tira subindo pelas pernas torneadas. Ela repreende o cachorro e desembola a coleira. Eu me agacho para fazer um carinho nele, a mulher comenta algo em francês que faz Willem rir.

– O que foi que ela disse? – pergunto, quando nos afastamos.

– Que o cachorro fica farejando como um porco trufeiro quando vê uma garota bonita.

– Sério?

Sinto que ruborizo com o elogio, uma reação meio boba, já que é só um cachorro, e nem sei o que é um porco trufeiro.

Cruzamos um quarteirão cheio de sex shops e agências de viagem, depois dobramos a esquina de algum bulevar impronunciável. É a primeira vez que me dou conta de que bulevar vem da palavra francesa *boulevard*. Essas avenidas são como as ruas muito movimentadas lá dos Estados Unidos, e aqui está um *verdadeiro* bulevar: um rio de vida, imenso, largo, transbordante, com uma praça no meio, cercado de árvores graciosas, arqueadas umas sobre as outras.

Paramos em um sinal vermelho, esperando para atravessar. Um cara gatinho, usando terno justo e montado em uma bicicleta elétrica, para na ciclovia ao lado e me observa de cima a baixo, até que um sujeito de mobilete atrás dá uma buzinada e ele segue em frente.

Já aconteceu duas vezes em cinco minutos. A primeira vez foi um cachorro, é verdade, mas isso tem lá seu valor. Nas últimas três semanas, foi Melanie que recebeu todos os olhares – eu, com um pouco de inveja, achava que era por causa da cabeleira loira e das roupas chamativas. Até cheguei a reclamar algumas vezes sobre a objetificação do sagrado feminino, mas Melanie só revirava os olhos e dizia que eu não estava entendendo nada.

Então, enfim sentindo aqueles olhares, começo a me perguntar se ela não tinha razão. Talvez a ideia não seja querer se mostrar para os caras, e sim sentir-se vista, notada, aceita. É estranho, porque eu achava que, de todos os povos e culturas da Europa, eu seria ainda mais invisível aos parisienses, mas, ao que parece, não sou. Em Paris, consigo mais do que só andar de patins: talvez eu possa até competir nas Olimpíadas!

– É oficial – declaro. – Eu amo Paris!

– Que rápido.

– Quando há certeza, não há dúvida. Acabo de eleger esta aqui a minha cidade preferida.

– Ela causa mesmo esse efeito nas pessoas.

– Tudo bem que não foi uma competição muito acirrada, visto que não curti tanto a excursão como um todo.

Mais uma vez, as palavras vão simplesmente saindo. Pelo visto, quando só temos um único dia, nos sentimos livres para dizer qualquer coisa. *A viagem foi um saco.* Como é bom enfim poder admitir isso. Eu não podia contar aos meus pais, que só queriam me presentear com *a viagem da minha vida*. E também não podia contar a Melanie, que estava de fato fazendo *a viagem da vida dela*, nem à Sra. Foley, cujo trabalho era garantir que eu fizesse *a viagem da minha vida*. Mas é verdade. Eu tinha passado as últimas três semanas tentando me divertir, porém sem o menor sucesso.

– Talvez viajar seja como assobiar ou dançar – prossigo. – Algumas pessoas têm um dom... Você parece que tem. Tipo, há quanto tempo está viajando?

– Dois anos.

– Dois anos, mas com intervalos, né?

Ele balança a cabeça.

– Faz dois anos que não vou à Holanda.

– Sério? E ia voltar hoje? Depois de dois anos?

Ele ergue os braços para o alto.

– Que diferença faz um dia a mais, depois de dois anos?

Para ele não deve mesmo ser muito. Para mim, talvez represente mais.

– Isso só prova que eu tenho razão. Você tem talento para viajar, mas já não tenho tanta certeza se esse é o meu caso. Sempre ouço falar que viajar expande os horizontes... Nem sei direito o que isso significa, só sei que não expandiu nada meu, porque não tenho esse dom.

Ele passa quase todo o restante do trajeto em silêncio, enquanto cruzamos uma ponte enorme e coberta de grafites e pichações, passando por cima de vários trilhos de trem.

– Não precisa de talento para viajar – diz, por fim. – É só ir. É quase como respirar.

– Discordo. Respirar eu sei, e direitinho.

– Tem certeza? Já pensou a respeito?

– Provavelmente mais do que você imagina. Meu pai é pneumologista.

– O que eu estou tentando dizer é: você já parou para reparar em *como* respira? Dia e noite? Enquanto dorme. Enquanto come. Enquanto fala.

– Não muito.

– Então pense.

– Como é que se pensa em respirar?

Então, de repente, estou imersa em pensamentos sobre a respiração – na mecânica da coisa, em como meu corpo sabe respirar até quando estou dormindo, chorando, soluçando. Mas o que aconteceria se ele esquecesse? Como era de se esperar, fico com dificuldade de respirar, como se estivesse subindo uma ladeira, por mais que esteja descendo a ponte.

– Nossa, que bizarro.

– Viu só? Você pensou demais. É assim com as viagens. Não dá para ficar refletindo muito, senão vira trabalho. Temos que nos render ao caos, aos acidentes da vida.

– Então agora para me divertir eu tenho que me atirar na frente de um ônibus?

Willem solta uma risada.

– Não, eu quero dizer acidental. Estou falando das pequenas coisas da vida, dessas que parecem insignificantes, mas que podem mudar tudo.

– Isso tudo é muito Jedi para o meu gosto. Pode ser mais específico?

– Imagine que um sujeito dá carona para uma garota em um país distante. Um ano depois, quando o dinheiro dela acaba, a garota acaba na porta dele. Seis meses mais tarde, os dois se casam. Acidentes.

– Você se casou com uma garota que estava pedindo carona, é?

Ele abre um sorriso largo como a vela de um barco desfraldada.

– É só um exemplo.

– Então me dê um exemplo *real*.

– Como você pode saber que não é real? – provoca ele. – Mas, beleza, vou contar uma coisa que aconteceu comigo: ano passado, em Berlim, perdi o trem para Bucareste e acabei indo de carona até a Eslováquia. O pessoal era de uma companhia de teatro. Um dos atores tinha acabado de quebrar o tornozelo, e precisavam de um substituto. Aprendi as falas durante a viagem de seis horas até Bratislava e fiquei com a companhia até o tornozelo do cara melhorar. Pouco depois, conheci o pessoal da Arte de Guerrilha, que estava desesperado atrás de alguém que conseguisse encenar Shakespeare em francês.

– E esse alguém era *você*?

Ele faz que sim.

– Você é poliglota?

– Não, sou holandês. E me juntei à Arte de Guerrilha. – Ele estala os dedos. – E do nada virei ator.

Fico impressionada.

– Nossa, parece que você atua há muito mais tempo.

– Ah, mas comecei de forma totalmente acidental, isso é temporário. Até o próximo acaso me mandar para outro lugar. A vida é assim.

Meu coração acelera.

– Acha mesmo que a vida é assim? Que tudo pode mudar *sem mais nem menos*?

– Acho que tudo pode acontecer a todo momento, mas a gente acaba perdendo as chances se não segue os caminhos que se abrem. E quem viaja dá a cara a tapa. Nem tudo são flores, claro, às vezes é horrível, mas às vezes... – Ele abre bem os braços, como se abraçasse Paris, depois olha de esguelha para mim. – Às vezes não é tão ruim.

– É só tomar cuidado para não ser atropelado por um ônibus – completo.

Ele ri. E me dá razão.

– É só tomar cuidado para não ser atropelado por um ônibus.

Cinco

Chegamos à boate onde a amiga de Willem trabalha. O lugar parece sem movimento, mas, quando ele bate à porta, um homem altíssimo e de pele bem escura vem atender. Os dois trocam algumas palavras em francês e, dali a um minuto, somos conduzidos a um salão imenso e úmido, com um pequeno palco, um balcão estreito e um monte de mesas com cadeiras empilhadas. Willem e o tal gigante conversam mais um pouco em francês, até que meu parceiro de viagem se vira para mim e fala:

– A Céline não curte surpresas, talvez seja melhor eu ir primeiro.

– Claro!

Minha voz sai meio aguda naquele silêncio, e percebo que estou ficando nervosa.

Willem se dirige a uma escadaria nos fundos do bar. O gigante vai para o outro lado do balcão e começa a polir as garrafas. Fica bem óbvio que ele não recebeu o memorando que informa que Paris me ama. Eu me sento em um dos banquinhos giratórios – parecem os da Whipple's, a sorveteria aonde meus avós me levavam quando eu era criança. Ignorada pelo gigante, começo a rodopiar em cima do banco. Fico lá, me distraindo, até que acho que giro depressa demais, pois o banquinho se solta da base e eu saio voando.

– Droga! Ai!

O gigante vai até onde estou, caída no chão. Seu rosto é o retrato da indiferença. Ele pega o assento do banquinho, enrosca-o de volta no lugar e então volta para trás do balcão. Fico mais um tempinho ali, caída, tentando decidir o que é mais humilhante: continuar estatelada no chão ou me sentar outra vez no banquinho.

– Você é americana?

O que me denuncia? A falta de elegância? Será que nenhum francês é como eu? Eu até que sou bem graciosa, fiz oito anos de balé! Eu devia era mandar o homem consertar o banco, antes que leve um processo. Se bem que melhor não, se eu disser isso, não vão restar dúvidas de que sou americana.

– Como é que você sabe?

Não sei por que me dou ao trabalho de perguntar. Desde o instante em que o avião aterrissou em Londres, parece que botaram uma placa de neon cintilante em cima da minha cabeça: TURISTA, AMERICANA, ESTRANGEIRA. Eu já devia ter me acostumado, mas, desde que cheguei a Paris, sentia que talvez estivesse conseguindo disfarçar um pouco. Claramente isso era uma ilusão minha.

– O seu amigo me contou – revelou ele. – O meu irmão mora em Roché Estair.

– Ah, é? – Eu devia saber onde fica isso? – É perto de Paris?

Ele ri, uma gargalhada gutural.

– Não, fica em Nova York! Perto do lago grandão.

Roché Estair?

– Ah! Rochester.

– Isso. Roché Estair. Lá é muito frio, neva demais. Meu irmão se chama Aliou Mjodi. Será que você o conhece?

Faço que não com a cabeça.

– Eu moro na Pensilvânia, o estado vizinho.

– E neva muito na *Penisvânia*?

Contenho a risada.

– Até que neva bem na *Pen-sil-*vânia – respondo, enfatizando a pronúncia –, mas não tanto quanto em Rochester.

Ele estremece.

— Frio demais, ainda mais para a gente. Nós nascemos em Paris, mas temos sangue senegalês. E meu irmão foi estudar computadores em Roché Estair, na universidade. – O gigante parece muito orgulhoso. – Ele não gosta nada de neve e fala que no verão aparecem mosquitos enormes, que nem no Senegal.

Dou risada. O gigante escancara um sorrisão.

— Quanto tempo vai ficar em Paris?

Olho meu relógio.

— Cheguei faz uma hora e vou ficar só um dia.

— Um dia? E o que está fazendo aqui?

Aponto para a minha mala.

— Precisamos de um lugar para guardar isso.

— Leva lá para baixo. Você não pode gastar seu único dia aqui nesse buraco. Quando o sol sai, temos que ir para a rua. A neve está sempre à espreita.

— O Willem me pediu para esperar, disse que a Céline...

— *Pff* – interrompe ele, balançando a mão, então sai de trás do balcão e ergue minha mala sobre os ombros, sem o menor esforço. – Vem, eu levo isso lá para baixo.

Na base da escada tem um corredor escuro, abarrotado de alto-falantes, amplificadores, cabos e luminárias. Alguém bate à porta no andar de cima, e o gigante tem que subir de volta, mas me manda deixar a mala no escritório.

Vejo duas portas. Vou até a primeira e bato. Quando abro, vejo uma saleta com uma escrivaninha de ferro, um computador velho e uma pilha de papéis. A mochila de Willem está lá, mas ele, não. Quando volto para o corredor, ouço o francês ligeiro de uma mulher e a voz lânguida de Willem em resposta.

— Willem? – chamo. – Está aí?

Ele responde qualquer coisa, mas não entendo.

— Oi?

Ele diz mais alguma coisa, mas ainda não consigo entender, então abro a porta. É uma pequena despensa cheia de caixas, e vejo Willem ali, de pé, muito perto de uma moça. A tal de Céline. Mesmo à meia-luz, percebo que ela é linda, como eu jamais poderia fingir ser. Ela fala com Willem em uma voz rouca enquanto puxa a camiseta dele por cima da cabeça dele. Ele, claro, está rindo.

Bato a porta e corro de volta para a escada, tropeçando na mala.

Alguém sacode a maçaneta.

– Lulu, abra a porta! Ficou emperrada!

Volto e vejo que minha mala está prendendo a porta. Corro para tirá-la do caminho e voltar para a escada, e a porta se escancara.

– O que está fazendo? – pergunta Willem.

– Indo embora.

Nós dois não temos nenhum compromisso, mas mesmo assim... ele me largou lá em cima para dar uma rapidinha?

– Volte aqui!

Já ouvi muita coisa sobre os franceses e já vi muito filme francês. A maioria tem cenas eróticas, alguns até com um toque de perversão. Quero ser Lulu, mas não *tanto* assim.

– Lulu! – A voz de Willem é firme. – A Céline disse que só guarda a sua mala se eu trocar de roupa. Falou que estou parecendo um velho imundo que acabou de sair de uma sex shop.

Ele aponta para a virilha.

Levo um minuto para entender. Quando a ficha cai, fico vermelha.

Céline diz algo em francês, e Willem ri. Beleza, talvez não seja o que eu estava pensando. Mesmo assim, está bem claro que interrompi *alguma coisa.*

Willem se vira de volta para mim.

– Eu falei que até posso trocar de calça, mas que minhas outras camisetas estão sujas, então ela está tentando me arrumar uma.

Céline segue tagarelando em francês, como se eu não existisse.

Até que encontra o que está procurando: uma camiseta cinza canelada com um imenso SOS estampado em vermelho. Willem tira a que está vestindo e pega a outra. Céline diz alguma coisa e estende a mão para desafivelar o cinto dele, que ergue as mãos, rendido, e abre o botão. A calça cai no chão e Willem fica ali, parado, em seus quase dois metros, só de cueca boxer.

— *Excusez-moi* — pede licença, passando tão perto de mim que seu torso nu roça meu braço.

Está escuro, mas tenho quase certeza de que Céline reparou que fiquei vermelha, o que configura uma desvantagem. Segundos depois, Willem volta com a mochila, remexe lá dentro e pega uma calça jeans meio amassada, porém limpa. Tento não ficar olhando enquanto ele se veste e afivela outra vez o cinto surrado. Céline percebe que estou olhando, e desvio o rosto, constrangida, como se ela tivesse me flagrado fazendo algo errado. E flagrou. Assistir a ele se vestindo parece mais proibido que vê-lo tirar a roupa.

— *D'accord?* — pergunta Willem. Céline o avalia, as mãos na cintura.

— *Mieux*, agora sim — responde.

— Lulu? — pergunta Willem.

— Ótimo.

Céline enfim parece notar minha presença. Ela fala alguma coisa, gesticulando muito, então para.

Diante da ausência de resposta, Céline ergue uma sobrancelha em um perfeito arco. Eu já tinha visto mulheres de Florença a Praga fazerem a mesma coisa. Devem aprender isso nas escolas europeias.

— Ela está perguntando se você já ouviu falar na *Sous ou Sur* — explica Willem, apontando para o SOS na própria camiseta. — É uma banda de punk-rap famosa por aqui, fazem músicas bem intensas sobre igualdade social.

Faço que não, sentindo-me idiota por nunca ter ouvido falar na banda descolada francesa anarquista justiceira sei-lá-o-quê.

— Desculpa, eu não falo francês.

Céline faz cara de desdém. Mais uma americana idiota que não se dá ao trabalho de aprender outros idiomas.

— Mas falo um pouquinho de mandarim — tento, esperançosa. Não impressiono.

— Mas o seu nome é francês, *non*? Lulu? — pergunta Céline, se conformando em mudar para o inglês.

Há uma pequena pausa, como o intervalo entre uma música e outra em um show. É a hora perfeita para comentar, em um tom displicente, que "na verdade, eu me chamo Allyson".

– É apelido de Louise – responde Willem, dando uma piscadela para mim.

Céline aponta para a minha mala, revelando as unhas pintadas de roxo.

– É essa a bagagem?

– Isso, essa mesma.

– É enorme!

– Não é *tão* grande assim.

Lembro-me das malas de algumas meninas da excursão, com secadores de cabelo, adaptadores e uma quantidade de roupas que possibilitava três mudas por dia. Olho para Céline, que veste uma túnica de tecido preto transparente que vai até a coxa e uma microssaia preta pela qual Melanie pagaria uma fortuna. Suspeito que ela não ficaria muito impressionada por eu ter sido mais econômica que aquelas meninas.

– Pode deixar no depósito.

– Está ótimo. Só preciso pegar amanhã.

– A faxineira chega às dez da manhã. E toma aqui. Tem um monte sobrando, pode ficar com uma também – diz, me entregando uma camiseta igual à de Willem, só que pelo menos um tamanho maior.

Faço menção de abrir a mala para guardar a blusa, mas me lembro do que tem lá dentro: as pragmáticas saias e camisetas escolhidas pela minha mãe; meu diário de viagem, repleto do que eu esperava que seriam relatos de aventuras empolgantes, mas que acabaram iguais a uma série de telegramas: *Hoje fomos ao Castelo de Praga. Ponto. Depois vimos* A flauta mágica *no State Opera House. Ponto. Comi costeleta de frango no jantar. Ponto*; os cartões-postais das famosas cidades europeias, todos em branco, pois, depois de enviar os dos meus pais e da minha avó, não tinha mais a quem mandar; e o saquinho plástico com fecho hermético com uma única folha de papel dentro. Antes da viagem, minha mãe preparara uma imensa lista de coisas a levar e fez cópias, uma para cada parada, de modo que eu pudesse conferir cada item e ter certeza de que não tinha deixado nada para trás. Só restava uma folha, para a parada em Londres, supostamente a última.

Enfio a camisa na bolsa de mão.

– Vou levar comigo. Para dormir hoje à noite.

Céline ergue a sobrancelha outra vez. Decerto nunca dormiu de camisa. Deve dormir com a pele sedosa totalmente desnuda, mesmo nas noites mais frias de inverno. Imagino ela dormindo sem roupa ao lado de Willem.

– Obrigada pela camisa! E por guardar minha mala.

– *Merci* – retruca Céline, e fico me perguntando por que *ela* está agradecendo *a mim*, então entendo que ela quer que eu agradeça em francês. E obedeço, mas pronuncio os fonemas como seriam ditos em inglês.

Nós três subimos as escadas. Céline vai conversando com Willem, e começo a entender de onde veio aquele francês tão fluente dele. Como se já não estivesse muitíssimo claro que Céline é a cachorra dona do poste Willem, quando chegamos ao topo da escada ela oferece o braço a ele e o conduz lentamente até o balcão do bar. *Oi? Esqueceram de mim?* Quase pergunto em voz alta.

Sinto a empolgação de mais cedo definhar quando vejo os dois trocando beijos na bochecha. Eu me sinto insignificante, quase uma vassoura velha ao lado de Céline, com seus sapatos de salto agulha, cabelos escuros com uma mecha platinada e o rosto perfeitamente simétrico, ao mesmo tempo maculado e melhorado por tantos piercings. E fico me perguntando, mais uma vez, por que ele me trouxe até aqui. Lembro-me de Shane Michaels.

Passei todo o primeiro ano do segundo grau superapaixonada por Shane, um garoto mais velho. A gente saía, ele dava em cima de mim, me convidava para vários lugares e até pagava coisas, e compartilhava vários segredos, inclusive sobre as garotas com quem saía, mas esses rolos nunca duravam mais que algumas semanas. Eu sempre dizia a mim mesma que estávamos ficando cada vez mais íntimos e que, no fim das contas, ele se apaixonaria por mim. Meses se passaram, e nada. Melanie ficava dizendo que nunca ia acontecer. "Você tem síndrome de melhor amiga", repetia. Na época, achei que ela estivesse com ciúmes, mas no fim estava certa, claro. E de repente percebo que há grandes chances de eu passar o resto da vida sendo a *melhor amiga*.

Fico com a sensação de que estou encolhendo, e a maravilhosa receptividade de Paris parece diminuir. Como fui idiota de achar que um cachorro me cheirando e um cara aleatório me secando tivessem algum significado. Paris ama garotas como Céline. As Lulus de verdade, não as falsificadas.

Então, quando chegamos à porta, o gigante sai de trás do bar, pega minha mão e beija minha bochecha, com um gentil "*à bientôt*".

Sinto uma quentura no peito. É a primeira vez em toda a viagem que um nativo é legal de verdade comigo – e porque quis, não porque estava sendo pago. Impossível não notar que Willem tirou os olhos de Céline e está me observando com curiosidade. Não sei se é por isso ou por alguma outra coisa, mas prefiro acreditar que aquele cumprimento foi um gesto – que imagino ter sido apenas um gesto de amizade, como um aperto de mão com beijinho – muito significativo. Foi como se toda a Paris tivesse me recebido.

Seis

– Lulu, precisamos conversar sobre um assunto muito importante.

Willem me encara, muito sério, e sinto um nó no estômago de tanta ansiedade. Fico esperando outra surpresa desagradável.

– O que foi agora? – pergunto, tentando não soar nervosa.

Ele cruza os braços e coça o queixo. Será que vai me mandar embora? *Ah, não! Chega! Já tive essa paranoia hoje!*

– O quê? – pergunto outra vez, com a voz aguda, apesar de todo o esforço para me acalmar.

– A gente perdeu uma hora de fuso aqui na França, já passa das duas da tarde. É hora do almoço. Estamos em Paris e só temos um dia, temos que considerar muito bem as opções.

– Ah. – Solto um suspiro, aliviada. Ele está fazendo de propósito, não está? – Não me importo. Qualquer coisa que não seja pão com chocolate granulado, por favor. Pode até ser o prato mais famoso da sua cidade, mas não é muito francês – solto, sem saber muito bem por que estou tão irritada.

Só sei que Céline ainda parece nos acompanhar, por mais que já estejamos a vários quarteirões de distância da boate.

Willem finge se ofender.

– Ei, pão com chocolate granulado não é o prato mais famoso da minha cidade! – Ele escancara um sorriso. – Pelo menos não o único. E é *muito* francês. Já ouviu falar em croissant de chocolate? Podemos comer amanhã, no café da manhã.

Café da manhã. Amanhã. *Depois de hoje.* Começo a sentir Céline um pouco mais distante.

– A não ser, claro, que você prefira as batatinhas – continua ele. – Ou panqueca. Essas coisas de americano. Talvez batatinhas com panqueca?

– Eu não como *batatinha* de café da manhã, mas às vezes como panqueca no jantar. Sou bem rebelde.

– Crepe! – exclama ele, estalando os dedos. – Vamos comer crepe. É muito francês. E você pode ser rebelde.

Continuamos andando, olhando os cardápios dos cafés até encontrar um que sirva crepe. Paramos em um café em uma esquina tranquila. O cardápio é escrito à mão, em francês, mas não peço a Willem para traduzir. Depois daquela história com Céline, a falta de fluência está começando a ser um obstáculo. Vou olhando o menu e paro em *citron*, que tenho certeza que significa limão ou laranja, ou alguma fruta cítrica. Resolvo pedir um *citron crêpe* e um *citron pressé* para beber, esperando que seja algum tipo de limonada.

– O que você vai pedir? – pergunto.

Ele coça o queixo bem no ponto onde tem um agrupado de pelinhos loiros.

– Estou pensando em pedir crepe de chocolate, mas é tão parecido com pão com chocolate que talvez você perca o respeito por mim. – Ele abre aquele meio sorriso preguiçoso.

– Não esquenta. Eu perdi o respeito quando vi você tirando a roupa para a Céline, lá no escritório – brinco.

E lá vem o olhar de surpresa e divertimento.

– Aquele não é o escritório dela – responde Willem, devagar, alongando as palavras. – E eu diria que foi ela que tirou a minha roupa.

– Ah, então deixa pra lá. Pode pedir seu chocolate.

Ele me encara por um tempo.

– Não. Para me redimir, vou pedir com Nutella.

– Isso não é redenção. Nutella é praticamente chocolate.

– Mas é de avelã.

– E chocolate! É nojento.

– Você só diz isso porque é americana.

– Nada a ver! Você parece ter um estômago sem fundo quando o assunto é pão com chocolate, e mesmo assim não fico achando que é porque você é holandês.

– O que tem a ver?

– Cacau holandês? Vocês controlam a produção mundial de cacau.

Willem dá risada.

– Acho que você está nos confundindo com os belgas. E, se eu sou uma formiga, é por causa da minha mãe, que nem holandesa é. Ela conta que passou a gravidez toda com desejo de chocolate, por isso que eu gosto tanto.

– Que surpresa. A culpa é da mulher.

– Quem falou em culpa?

A garçonete chega com as bebidas.

– Então, essa Céline... – começo, sabendo que devia deixar esse assunto de lado, mas não consigo, não sei por quê. – Ela faz o que lá? Contabilidade?

– Ela trabalha no escritório.

Sei que é ridículo, mas fico feliz de saber que ela tem um trabalho muito chato...

Willem elabora:

– Mas não na contabilidade. Ela agenda os shows das bandas, por isso conhece tantos músicos. – Como se não bastasse, ele acrescenta: – E também faz umas artes para alguns cartazes.

– Ah. – Murcho um pouco. – Deve ser muito talentosa. Vocês dois se conhecem do teatro?

– Não.

– Então como se conheceram?

Ele brinca com a embalagem do meu canudo.

– Entendi – concluo, sem saber por que me dou ao trabalho de perguntar o que está tão escancarado. – Vocês eram um casal.

– Não, não é isso.

59

– Ah.

Surpresa. E alívio.

– A gente já foi apaixonado – explica, num tom incrivelmente despretensioso.

Tomo um gole do *citron pressé*, mas engasgo. Não é limonada, só limão espremido na água. Willem me entrega um cubo de açúcar e um guardanapo.

– *Apaixonado?* – retruco, depois de me recuperar.

– Já faz tempo.

– E agora?

– Somos bons amigos. Como você viu.

Não sei bem se foi exatamente isso o que vi.

– Então você não a ama mais?

Deslizo o dedo pela borda do copo.

Willem me encara.

– Eu nunca disse que a amava.

– Você *acabou* de dizer que se apaixonou por ela.

– E é verdade.

Eu o encaro, confusa.

– Lulu, existe um abismo enorme entre *paixão* e *amor*.

Sinto o rosto esquentar, mas nem sei bem por quê.

– Não é uma consequência, tipo, B vem logo depois de A?

– Normalmente uma vem antes da outra, mas amor e paixão são duas coisas bem diferentes. – Willem me encara por entre os cílios entreabertos. – Você já se apaixonou?

Evan e eu terminamos no dia em que ele enviou o depósito da matrícula da faculdade pelo correio. O término não foi nenhuma surpresa. Já tínhamos combinado que terminaríamos quando fôssemos para a faculdade, caso escolhêssemos instituições distantes. Ele ia estudar em St. Louis, eu queria ir para Boston. Mas o que me espantou foi o momento. Evan concluiu que fazia mais sentido "arrancar logo o band-aid", em vez de terminar em junho, quando seria a formatura, ou em agosto, quando partiríamos para a universidade. Terminamos em abril.

Apesar da leve humilhação por causa dos boatos de que tinha sido largada e da decepção por não ter par na festa de formatura, não fiquei exatamente triste por perder Evan. Reagi com surpreendente indiferença ao fim do meu primeiro namoro. Era como se Evan nunca tivesse sido muito relevante na minha vida. Eu não sentia falta dele, e Melanie logo preencheu todas as lacunas que ele deixara na minha agenda.

– Não – respondo. – Nunca amei ninguém.

No mesmo instante, a garçonete chega com nossos crepes. O meu é meio marrom, meio dourado, e exala um aroma doce e ácido de limão com açúcar. Eu me concentro na comida, corto um pedaço e levo à boca. O crepe se dissolve na ponta da língua feito um floco de neve quentinho e adocicado.

– Não foi isso que eu perguntei – diz Willem. – Eu perguntei se você já *se apaixonou*.

Ele fala com certo deboche, que incomoda como uma coceira que não quer passar. Eu o encaro, me perguntando se ele tem esse hábito de implicar com a semântica.

Willem baixa o garfo e a faca.

– *Isto* é se apaixonar.

Ele suja a ponta do dedo com um pouco de Nutella do recheio do crepe e encosta no meu pulso. É quente e meio molenga. Sinto o creme começar a derreter na pele pegajosa, mas, antes que a gota de creme de avelã com chocolate deslize e caia na mesa, Willem lambe o dedão, esfrega na Nutella no meu pulso e o leva à boca. Tudo muito depressa, como um lagarto abocanhando uma mosca.

– E *isto aqui* é amar.

Ele pega meu outro braço, o do relógio, e desloca a pulseira até ver o que estava procurando. Então, lambe o polegar. Desta vez, porém, esfrega minha marca de nascença, como se tentasse removê-la.

– Amar é como uma marca de nascença? – brinco, puxando o braço de volta.

A voz sai um pouco trêmula, e sinto uma ardência no ponto onde ele encostou o polegar úmido.

61

– É uma coisa que nunca vai embora, não importa o quanto a gente deseje.

– Está comparando o amor a uma... mancha?

Willem se inclina tanto para a frente que os pés da cadeira arranham o chão. Ele parece muito satisfeito, mas não sei se é com o crepe ou consigo mesmo.

– Exatamente.

Lembro-me da mancha de café na calça dele. E da fala de Lady Macbeth, outra que precisei decorar para a aula de inglês: "Sai, mancha maldita."

– *Mancha* é uma palavra meio feia para descrever o amor – retruco.

Willem simplesmente dá de ombros.

– Talvez seja só o idioma. Em holandês, é *vlek*. Em francês, *tache*. – Ele balança a cabeça, rindo. – Não, é feia mesmo.

– Em quantos idiomas você foi manchado?

Ele lambe o dedo outra vez e estende a mão em direção ao meu punho, onde deixou sobrar um restinho de Nutella. Desta vez, ele limpa tudo... me limpa.

– Nenhuma. Sempre sai.

Ele bota o restante do crepe na boca e raspa a Nutella do prato com o lado não afiado da faca. Então corre o dedo pela borda do prato, removendo até o último resquício da Nutella.

– Sei – respondo. – Por que ficar manchado, quando se lambuzar é tão mais divertido?

Volto a sentir o limão na boca e me pergunto onde foi parar toda a doçura.

Willem não responde, só toma um gole de café.

Três mulheres entram no recinto. São todas absurdamente altas, quase tanto quanto ele, com pernas que não acabam mais. Parecem uma estranha espécie de mulheres-girafas. Modelos. Eu nunca tinha visto uma modelo ao vivo, mas essas três não deixam dúvida. A que está com um short minúsculo e sandálias plataforma dá uma conferida em Willem, que escancara aquele meio sorriso, mas de repente se liga e olha de volta para mim.

– Sabe o que eu acho? – pergunto. – Que você gosta mesmo é de vadiar. Não tem problema, mas pelo menos assuma. Não fique inventando essa mentirada de diferença entre amor e paixão.

Ouço minha própria voz. Pareço toda certinha e carola. O oposto de Lulu. E nem sei por que estou tão incomodada. Que diferença faz ele achar que se apaixonar é diferente de amar ou se acredita que o amor é um presentinho da fada do dente?

Ergo o rosto e vejo que Willem está sorrindo, com um olhar meio caído, como se eu fosse uma boba da corte. Fico meio irritada, feito uma criancinha prestes a ter um ataque de birra por um desejo não atendido – um pônei, talvez, ou algum outro exagero que ela sabe que não pode ter.

– Você provavelmente nem acredita no amor – concluo, petulante.

– Acredito, sim. – A voz dele é tranquila.

– Sério? Então defina o amor. O que seria essa "mancha"? – pergunto, fazendo aspas com os dedos e revirando os olhos.

Ele nem pensa antes de dizer:

– É como Yael e Bram.

– Quem são esses? Algum casal famoso e *perfeito* da Holanda? Aí não conta, porque ninguém sabe como é a vida dos famosos de verdade.

Fico observando as modelos desaparecerem dentro do estabelecimento, onde sem dúvida vão se refestelar em um banquete de café e ar. Imagino um futuro cheio de gordura e chatice para elas – nenhuma beleza assim dura para sempre.

– Famoso? – pergunta Willem, distraído. Ele tira uma moeda do bolso e a equilibra na junta entre dois dedos, então dá um peteleco e a joga para outra junta.

Fico olhando a moeda, observando suas mãos. São grandes, mas com dedos delicados.

– Sim, como as estrelas de Hollywood.

– Yael e Bram são meus pais – explica ele, baixinho.

– Seus pais?

Ele completa uma volta da moeda, então a arremessa no ar.

– Os dois manchados. Gostei da ideia. Yael e Bram: manchados há 25 anos.

Ao ouvir aquele tom, de afeição e tristeza ao mesmo tempo, um embrulho se forma em meu estômago.

– Os seus pais são assim? – pergunta ele, baixinho.

– Ainda estão casados, já faz quase 25 anos, mas... manchados? – Não consigo evitar uma risada. – Sei lá se um dia foram. Eles se conheceram na faculdade, em um encontro planejado pelos amigos. Sempre tiveram mais jeito de parceiros de trabalho que de casal apaixonado. E o resultado desse trabalho fui eu, e só.

– *E só?* Então você é sozinha?

Sozinha? Acho que, considerando a barreira linguística, ele está perguntando se sou *filha única*. Porque nunca estou sozinha: vivo acompanhada de mamãe e seu calendário colorido na porta da geladeira, garantindo o preenchimento de cada momento de folga, zelando para que todas as áreas da minha vida sejam alegremente geridas. Mas quando paro e reflito sobre como me sinto em casa, à mesa de jantar, com mamãe e papai falando sem parar, mas não *conversando* comigo, e na escola, com um monte de pessoas que nunca foram meus amigos de verdade, compreendo que ele acertou em cheio, mesmo sem querer.

– Isso – respondo.

– Eu também.

– Nossos pais pararam enquanto estavam ganhando – digo, repetindo o que mamãe e papai sempre respondem quando alguém pergunta se sou filha única. *Nós paramos enquanto estávamos ganhando.*

– Tem umas expressões que eu não consigo entender – comenta Willem. – Se a pessoa está ganhando, por que vai parar?

– Acho que tem a ver com apostas.

Mesmo assim Willem balança a cabeça.

– Acho que faz parte da natureza humana seguir em frente enquanto está ganhando, não importa a situação. A gente só desiste quando começa a perder. – Ele me encara outra vez e acrescenta, mais que depressa, como se percebesse que talvez tivesse me ofendido: – Mas com certeza não é o seu caso.

Meus pais tinham decidido ter mais um filho, quando eu era pequena. Primeiro tentaram o caminho natural, então resolveram tentar fertilização artificial. Mamãe passou por vários procedimentos horríveis que não deram em nada. Então partiram para a adoção, e já tinham preenchido toda a papelada quando mamãe engravidou. Ela ficou tão feliz... Eu estava na primeira série, e ela trabalhava desde que eu era bebê, mas, quando meu irmãozinho nascesse, tiraria licença-maternidade da empresa onde trabalhava, no ramo farmacêutico, para voltar depois, talvez só em meio período. Até que, no quinto mês, ela perdeu o bebê. Então meus pais resolveram parar de tentar enquanto ainda estavam ganhando. Foi o que disseram. Só que, mesmo naquela época, acho que percebi a mentira. Eles queriam outro filho, mas teriam que se contentar apenas comigo, e eu teria que ser boa o suficiente para sustentar a farsa de que aquele era o verdadeiro desejo dos dois.

– Talvez você tenha razão – digo a Willem. – Talvez ninguém desista enquanto está ganhando. Meus pais sempre dizem isso, mas a verdade é que só não tiveram mais filhos porque não conseguiram, e não porque eu bastava.

– Ah, tenho certeza de que *você* bastou.

– E *você*? – pergunto.

– Acho que fui até demais – responde ele, em um tom misterioso.

Daria para achar que ele estava se gabando, mas não é essa a sensação.

Ele volta a mexer a moeda. Ficamos sentados, quietos, e fico olhando a moeda, sentindo um suspense se formar na minha barriga, pensando se ele vai deixar a moeda cair. Mas não deixa. Continua rodopiando por entre os dedos. Quando termina, dá um peteleco e manda a moeda para mim, como na noite de ontem.

– Posso fazer uma pergunta? – solto, depois de um minuto.

– Pode.

– Isso aí fazia parte do espetáculo?

Ele inclina a cabeça.

– Tipo, você sempre joga uma moedinha para alguma garota, nas apresentações, ou eu fui especial?

Ontem à noite, de volta ao hotel, passei um tempão examinando a moeda que ele jogara para mim. Era uma coroa tcheca, o que vale cerca de um níquel. Mesmo assim, guardei em um compartimento separado da carteira, longe das outras moedas estrangeiras. Pego a moeda, que cintila sob o sol da tarde.

Willem também olha para ela. Não sei se a resposta que virá vai ser verdadeira ou simplesmente ambígua a ponto de ser absurda – talvez ambos. A resposta é exatamente o que eu esperava:

– Talvez as duas coisas.

Sete

Quando saímos do restaurante, Willem pergunta que horas são. Viro o relógio no pulso. Parece mais pesado que nunca, e a pele por baixo está pálida e sensível depois das últimas três semanas escondida debaixo daquele naco de metal. Eu não o tirara do pulso nem por um segundo.

Tinha sido um presente dos meus pais, embora mamãe que tivesse entregado. Foi na noite da formatura, depois da comemoração com a família de Melanie, num restaurante italiano, onde recebemos a notícia da viagem.

– O que é isso? – eu tinha perguntado. Estávamos sentados à mesa da cozinha, recuperando-nos das emoções do dia. – Vocês já me deram um presente de formatura.

Ela sorriu, respondendo:

– Tem mais um.

Abri a caixa e fiquei admirando o relógio, delineando as pesadas escamas de ouro da pulseira. Li a gravação.

– Isso é demais. É exagero.

E era. Em todos os sentidos.

– O tempo não para nunca – dissera mamãe, com um sorriso triste. – Você merece um bom relógio, para não perder tempo.

Ela prendeu a pulseira no meu pulso, mostrou o fecho extra de segurança que mandara colocar e informou que o relógio era à prova d'água.

– Não vai cair nunca. Você pode cruzar a Europa inteira com ele.

– Ah, não. É muito caro – respondi.

– Tudo bem. A gente fez seguro. Além do mais, joguei seu Swatch fora.

– Jogou? – perguntei, surpresa.

Eu tinha passado os últimos anos da escola usando meu Swatch de zebrinha.

– Você agora é uma adulta. Precisa de um relógio de adulto – explicara minha mãe.

E, ali em Paris, olho para o relógio. São quase quatro da tarde. Se estivesse na excursão, soltaria um suspiro de alívio, pois era o horário em que a parte mais movimentada do dia chegava ao fim. Em geral fazíamos uma pausa por volta das cinco, e, quase todas as noites, lá pelas oito, eu já estava no quarto assistindo a algum filme.

– Melhor a gente começar a ver alguns pontos turísticos – sugere Willem. – Você sabe o que quer fazer?

Dou de ombros.

– Podíamos começar pelo Sena. Não é esse rio aqui?

Aponto para um aterramento de concreto sob o qual passa um riacho. Willem dá risada.

– Não, isso é um canal.

Descemos por uma ruazinha de pedras, e Willem pega um guia da Europa, um livro grosso. Abre em um pequeno mapa de Paris e aponta mais ou menos onde estamos, uma área chamada Vilette.

– O Sena fica aqui – diz, traçando uma linha pelo mapa.

– Ah.

Olho para um barco no canal, preso entre dois portões metálicos, o chão embaixo se enchendo de água. Willem explica que é uma comporta, uma espécie de elevador que transporta os barcos por diferentes profundidades do canal.

– Como é que você sabe tanto sobre tudo?

Ele ri.

– Sou holandês.

– E os holandeses por acaso são gênios?

– Só quando se trata de canais. É como diz o ditado: "Deus criou o mundo, mas os holandeses criaram a Holanda."

Ele me conta sobre o aterramento de uma enorme parte do país, os passeios de bicicleta que dava junto às barreiras que contêm a água. Conta que é um ato de fé circular de bicicleta abaixo dos diques, sabendo que ficam abaixo do nível do mar, porém não cobertos pela água. Ele conta tudo com um ar tão alegre e jovial que quase imagino um menininho loiro de olhos grandes encarando os canais infinitos, imaginando onde vão parar.

– Será que a gente pode pegar um daqueles? – pergunto, apontando para as barcas que acabamos de ver passando pelo dique.

Os olhos de Willem se iluminam, e por um segundo vejo aquele menininho outra vez.

– Não sei. – Ele abre o guia de viagem. – Aqui não tem muita informação sobre essa área.

– Vamos perguntar?

Willem pergunta a alguém em francês e recebe uma resposta muito complicada, cheia de gestos. Vira-se para mim, claramente empolgado.

– Você estava certa. O cara falou que tem alguns passeios de barco saindo da bacia.

Cruzamos o caminho de pedras até chegar a um lago grande, repleto de canoas com remadores. De um dos lados, perto de um píer de cimento, vemos um par de botes atracados. Quando chegamos lá, descobrimos que são barcos particulares. As barcas para turistas já devem ter encerrado as atividades.

– A gente pode pegar uma barca no Sena – sugere Willem. – São bem mais famosas e funcionam o dia inteiro.

Ele diz aquilo com os olhos baixos. Percebo a decepção, como se ele tivesse me deixado na mão.

– Ah, não tem problema. Eu não me importo.

Ele encara a água, meio melancólico, e percebo que *ele* se importa. Sei que mal o conheço, mas posso jurar que ele está com saudade de casa. Dos barcos, dos canais, daquela água toda. Então, por um segundo, penso em como deve ser passar dois anos longe de casa e ainda postergar o retorno em um dia. E ele fez isso. Por mim.

Há uma fileira de botes e barcas amarrados, balançando sob a brisa agitada. Olho para Willem; com uma expressão profundamente melancólica, aprofundando as linhas do rosto. Olho outra vez para os barcos.

– Na verdade, eu me importo, sim – digo. Meto a mão na bolsa, pego a carteira e retiro a nota de 100 dólares dobrada lá dentro. Começo a balançá-la no ar. – Quero dar um passeio pelos canais! E tenho grana para pagar!

Willem vira para mim.

– Lulu, o que você está fazendo?

Saio andando.

– Alguém topa nos dar uma carona pelos canais? – grito. – Pago com a boa e velha verdinha americana!

Um sujeito de cara inchada, feições marcadas e um cavanhaque ralo aparece ao lado de uma barca azul.

– Quantas verdinhas? – pergunta, com forte sotaque francês.

– Essa!

Ele pega a nota de 100 e encara, bem de perto. Então, cheira. A nota deve cheirar a dinheiro de verdade, pois ele assente.

– Se meus passageiros concordarem, levo vocês até o Arsenal, perto da Bastilha. É onde vamos atracar hoje à noite. – Ele aponta para os fundos da barca, onde um quarteto de grisalhos está sentado a uma mesinha, jogando bridge ou coisa do tipo. Ele chama um dos homens.

– Fala, capitão Jack – responde o sujeito. Deve ter 60 anos, e tem cabelos brancos e o rosto vermelho, queimado de sol.

– Tem uma dupla aqui querendo subir a bordo com a gente.

– Eles sabem jogar pôquer? – pergunta uma das mulheres.

Eu jogava algumas variações em casa, com meu avô, quando ele era vivo. Apostávamos centavos. Ele sempre dizia que eu blefava muitíssimo bem.

– Nem adianta. Ela me entregou todo o dinheiro que tinha – responde o capitão Jack.

– Quanto ele está cobrando? – pergunta um dos homens.

— Ofereci 100 dólares – respondo.

— Para ir aonde?

— Descer os canais.

— Por isso que a gente colocou esse nome de capitão Jack – conclui um dos amigos. – O cara é um pirata!

— Nada disso. É porque meu nome é Jacques, e eu sou o capitão.

— Cem dólares, Jacques?! – pergunta uma mulher de cabelo comprido trançado e impressionantes olhos azuis. – É um exagero, até para você.

— Foi ela que ofereceu. – Jacques dá de ombros. – Além disso, agora tenho mais dinheiro para perder para vocês no pôquer.

— Ah, bom argumento – responde ela.

— Vocês vão sair agora? – pergunto.

— Daqui a pouco.

— Mas que horas?

Já passa das quatro. O dia está voando.

— Não dá para apressar essas coisas. – Ele abana a mão no ar. – O tempo é feito a água. Fluido.

O tempo não me parece nada fluido. Parece real, desperto e duro feito pedra.

— O que ele quer dizer – explica o sujeito de rabo de cavalo – é que a viagem até Arsenal demora um pouco, e a gente ainda ia abrir uma garrafa de vinho tinto. Vem, capitão Jack, vamos zarpar. Por 100 pratas, podemos deixar o vinho para mais tarde.

— Vamos continuar com esse excelente gim francês – diz a moça das tranças.

Ele dá de ombros e guarda minha nota no bolso. Eu me viro para Willem e dou risada, então aceno para o capitão Jack. Ele estende a mão para me ajudar a subir a bordo.

Os quatro passageiros se apresentam. São dinamarqueses aposentados. Segundo contam, todo ano alugam um barco e passam quatro semanas cruzando algum país europeu. Agnethe é a mulher de trança; Karin tem o cabelo curto e espetadinho; Bert ostenta uma cabeleira branca; Gustav é meio calvo e tem um visual superestiloso, de sandálias com meias. Willem se apresenta, e eu, sem nem pensar, me apresento como *Lulu*. Parece que me transformei nela. E talvez tenha mesmo. Allyson jamais teria feito o que acabei de fazer.

Capitão Jack e Willem soltam a corda. Abro a boca para dizer que talvez seja melhor pegar uma parte do dinheiro de volta, se Willem vai bancar o imediato, mas então percebo que ele está todo alegre e saltitante. E claramente sabe se virar a bordo.

A barca começa a deixar a larga bacia, proporcionando uma vista ampla de um prédio antigo com colunas brancas e de outro, mais moderno, com domo prateado. Os dinamarqueses retornam ao jogo de pôquer.

– Não percam todo o dinheiro – alerta o capitão Jack. – Senão vão ficar sem nada para perder para mim.

Vou até a proa e admiro a paisagem. Está mais frio ali no canal, sob as estreitas passarelas em arco. O cheiro também é diferente. Antigo, embolorado, como se aquelas paredes úmidas guardassem a história de muitas gerações. Fico me perguntando os segredos que elas poderiam revelar, se falassem.

Quando chegamos à primeira comporta, Willem escala a lateral da barca para me mostrar como funciona o mecanismo. Os portões de metal antiquíssimos, no mesmo tom ferroso da água, se fecham atrás de nós, os escoadouros drenam a água sob a barca, e os portões reabrem na área mais baixa.

Esta parte do canal é tão estreita que a barca ocupa quase toda a extensão de uma margem a outra. Aterros íngremes conduzem às ruas e, acima, choupos e elmos (segundo o capitão Jack) formam uma pérgula, proporcionando uma trégua do sol quente da tarde.

Uma lufada de vento sacode as árvores, e um punhado de folhas dançantes invade o deque.

– Vem chuva por aí – comenta o capitão Jack, farejando o ar feito um coelho.

Confiro o céu, depois olho para Willem, e reviro os olhos. O céu está límpido, e faz dez dias que não chove naquela parte da Europa.

Lá em cima, Paris continua em pleno funcionamento. Mães tomam café, de olho atento às crianças que andam de patinete nas calçadas. Vendedores de rua oferecem frutas, legumes e verduras. Os namorados se abraçam, apesar do calor. No alto da ponte, um tocador de clarinete preenche o cenário com sua serenata.

Eu quase não tinha tirado fotos da viagem. Melanie ficava implicando, e eu sempre respondia que preferia viver a experiência do que ficar obcecada em registrá-la. Lá no fundo, porém, a verdade era que, ao contrário dela (que queria se lembrar do pessoal da excursão, do mímico, do garçom gatinho e até do vendedor de sapatos), eu não estava ligando muito para tudo aquilo. No início da viagem, até fotografei alguns pontos turísticos. O Coliseu. O Palácio Belvedere. A Praça do Mozart. Mas parei. As fotos nunca saíam muito boas, e dava para comprar cartões-postais desses lugares.

Mas não existem cartões-postais disto aqui. Da vida.

Fotografo um homem passeando com quatro cachorros peludos. Uma garotinha usando a saia mais preguada que eu já vi tirando pétalas de uma flor. Um casal se agarrando sem o menor pudor, deitado na praia falsa que margeia a água. Os dinamarqueses, ignorando tudo aquilo, imersos na curtição de seu carteado.

– Ah, deixa eu tirar uma de vocês dois – sugere Agnethe, levantando-se, meio trôpega, e afastando-se do jogo. – Você é muito preciosa! – Ela se vira para a mesa. – Bert, eu já fui preciosa assim?

– Ainda é, meu amor.

– Quanto tempo de casamento? – pergunto.

– Treze anos – responde ela. Fico me perguntando se os dois são manchados, até que ela acrescenta: – E dez de divórcio, claro.

Ela nota minha confusão.

– Nosso divórcio é mais bem-sucedido que a maioria dos casamentos – explica.

Eu me viro para Willem.

– Que tipo de mancha é essa? – sussurro, e ele ri, bem na hora que Agnethe tira a foto.

Um sino de igreja toca ao longe. Agnethe me entrega o celular de volta, e tiro uma foto dela e de Bert.

– Me manda essa? Me manda todas?

– Claro. Assim que tiver sinal. – Eu me viro para Willem. – Posso te mandar também, se me der o teu número.

– O meu celular é tão velho que nem recebe fotos.

– Quando eu chegar em casa, passo as fotos para o computador e te mando por e-mail – digo, sabendo que precisarei dar um jeito de escondê-las da minha mãe. Não é inconcebível ela fuxicar o meu telefone ou computador. Por outro lado, agora percebo que isso vai ser só por mais um mês. Depois, estarei livre. Como agora.

Ele examina uma das fotos por um longo tempo. Então, olha para mim.

– Vou guardar você aqui – diz, com um tapinha na têmpora. – Onde não tem como perder.

Mordo o lábio para conter um sorriso e guardo o celular, mas, quando o capitão Jack chama Willem para segurar o leme enquanto vai ao banheiro, pego o telefone de volta. Vou rolando as fotos e paro em uma das que Agnethe tirou de nós dois. Estou de perfil, com a boca aberta. Ele está rindo. Sempre rindo. Toco o rosto dele com o polegar, quase esperando que emane um certo calor.

Guardo o celular de volta e observo Paris passar, tranquila, relaxada, quase embriagada por uma sonolência alegre. Dali a pouco, Willem retorna. Ficamos sentados em silêncio, escutando o barulho das ondas, a conversa dos dinamarqueses. Willem pega uma moeda e faz aquele truque do rodopio entre as juntas dos dedos. Eu observo, hipnotizada pela mão dele, pelo balanço gentil das águas. Tudo está em paz, até que os dinamarqueses aumentam o tom, perdidos em uma discussão. Willem traduz: parece que estão debatendo sobre a participação de uma atriz francesa famosa em um filme pornô.

– Você fala *dinamarquês* também? – pergunto.

– Não, mas é parecido com holandês.

– Quantas línguas você fala?

– Com fluência?

– Ai, meu Deus. Não está mais aqui quem perguntou.

– Com fluência, quatro. Mas também me viro em alemão e espanhol.

Balanço a cabeça, impressionada.

– Ah, mas você disse que falava *chinês* – comenta ele.

– Ah, não posso dizer que *falo*. Acho que assassino a língua. Não tenho a menor aptidão para a música, não identifico nenhuma nota, nenhum som, e o mandarim é muito tonal.

– Deixa eu ouvir.

Olho para ele.

– *Ni zhen shuai.*

– Fala outra coisa.

– *Wo xiang wen ni.*

– Agora ouvi. – Ele cobre a cabeça. – Para. Vai matar meus ouvidos.

– Fecha essa boca, senão vou fazer ela fechar – ameaço, dando um empurrão de brincadeirinha.

– O que você falou?

Olho assustada para ele. Não tem a menor chance de eu contar.

– Você inventou – conclui Willem.

– Você nunca vai saber – respondo, dando de ombros.

– O que quer dizer?

Escancaro um sorriso.

– Você vai ter que pesquisar.

– Você sabe escrever? – Ele pega o caderninho preto e abre em uma página em branco, perto do verso. Remexe outra vez na mochila, antes de perguntar: – Tem caneta?

Eu tenho uma caneta fina, uma *roller ball* que afanei do meu pai, com os dizeres RESPIRE BEM COM PULMOCLEAR. Escrevo os caracteres para lua, sol e estrelas. Willem assente, admirado.

– Olha esse aqui, eu adoro esse. Significa dupla felicidade.

囍

– Está vendo como são dois caracteres simétricos?

– Dupla felicidade – repete Willem, passando o indicador sobre o desenho.

– É uma expressão popular. Sempre aparece nos restaurantes, nas lojas. Acho que tem a ver com sorte. Na China, parece que é superimportante nos casamentos. Com certeza por conta da história da origem da expressão.

– Qual é a história?

– Um rapaz estava viajando para fazer uma prova muito importante, para virar sacerdote. No caminho, ao passar por uma aldeia em uma montanha, acaba adoecendo. É tratado por um médico local e, durante a recuperação, conhece por acaso a filha dele, e os dois se apaixonam. Pouco antes de o rapaz ir embora, numa conversa dos dois, a moça recita um verso. Ele parte para a capital, faz a prova e se sai muito bem. O imperador fica muito impressionado e resolve recitar a linha de um verso para testar seu conhecimento. Reconhecendo o verso como parte do misterioso dístico que a moça entoara, o rapaz completa o teste, repetindo as palavras dela. O imperador fica duplamente impressionado, e o garoto consegue o emprego. Daí ele volta e se casa com a garota. Então acho que essa é a noção de dupla felicidade: ele conseguiu o emprego e a esposa. Os chineses curtem muito essa coisa de sorte, entende?

Willem balança a cabeça.

– Acho que essa dupla felicidade é o encontro das duas metades. Que nem o dístico.

Eu nunca tinha pensado nisso, mas claro que fazia sentido.

– Você lembra como era? – pergunta Willem.

Faço que sim com a cabeça.

– Verdes árvores na chuva, sob o céu de primavera, enquanto o céu cobre as árvores da primavera de escuridão. Flores vermelhas salpicam a terra no encalço da brisa, e a própria terra se cobre de vermelho, enrubescendo com o beijo.

O último trecho do canal é subterrâneo. As paredes em arco são tão baixas que consigo erguer o braço e tocar os tijolos úmidos e escorregadios. Ali embaixo é bem quieto, e as vozes ecoam nas paredes. Até os dinamarqueses barulhentos ficam quietos. Willem e eu ficamos sentados, balançando as pernas na beira da barca, vez ou outra chutando a lateral do túnel.

Ele cutuca meu tornozelo com o dedão do pé.

– Obrigado.

– Pelo quê?

– Por organizar isso tudo. – Ele indica o barco.

– Foi um prazer. Eu que agradeço por organizar *isso tudo*. – Gesticulo para cima, para Paris, onde o dia, sem sombra de dúvida, continua.

– Disponha. – Ele olha em volta. – É legal isso aqui. O canal. – Ele olha para mim. – Você.

– Aposto que você diz isso para todos os canais.

Mesmo assim, enrubesço em meio à escuridão.

Ficamos ali durante o restante do passeio, balançando as pernas na lateral da barca, escutando as risadas e a música de Paris que volta e meia escapa para dentro do túnel. Parece que a cidade guarda seus segredos ali, acessíveis apenas aos que decidem escutar.

Oito

A Marina Arsenal é uma espécie de estacionamento de barcos, espremida entre píeres de cimento às margens da água. Willem ajuda o capitão Jack a atracar no espacinho estreito, saltando para fazer os complicados nós das cordas nos pilares da doca. Nós nos despedimos dos dinamarqueses, agora realmente bêbados, e anoto o número do celular de Agnethe, prometendo enviar as fotos assim que possível.

Quando saltamos, o capitão Jack nos cumprimenta com um aperto de mão.

– Estou me sentindo meio mal por levar seu dinheiro – comenta.

– Não, não precisa se sentir mal.

Penso no olhar de Willem, quando passávamos por aquele trecho subterrâneo. Só aquilo já valeu os 100 dólares.

– Daqui a pouquinho a gente tira essa grana das suas mãos! – grita Gustav.

Jacques dá de ombros. Ele dá um beijo de despedida na minha mão enquanto me ajuda a descer da barca, depois praticamente abraça Willem.

Quando nos afastamos, Willem cutuca meu ombro.

– Você reparou no nome da barca?

Eu não tinha reparado. Está bem no fundo, entalhado em letras azuis junto ao desenho da bandeira da França, com uma listra azul, uma branca e uma vermelha. *Viola. Deauville.*

– Viola? A Viola de Shakespeare?

– Não. Jacques queria que o barco se chamasse *Voilà*, mas o primo dele pintou errado. Acabou que ele gostou do nome, então ficou *Viola*.

– Nossa... mesmo assim é meio estranho.

Como sempre, Willem sorri.

– Pequenos acidentes? – pergunto, sentindo um breve arrepio subir pela espinha.

Willem assente, quase solene.

– Pequenos acidentes – confirma.

– Mas e aí, o que significa? Que a gente estava destinado a pegar *aquela* barca? Que algo melhor ou pior teria acontecido se a gente *não* tivesse pegado a barca? Será que pegar a barca *alterou* o curso das nossas vidas? Será que a vida é realmente tão aleatória assim?

Willem apenas dá de ombros.

– Ou será que significa que o primo do Jacques não sabe escrever direito? – concluo.

Willem dá outra risada. O som é claro e forte como um sino e me enche de alegria; pela primeira vez na vida, compreendo de verdade como uma risada consegue espalhar alegria.

– Às vezes, só dá para descobrir na hora que a gente descobre – responde ele.

– Ah, isso sim é um conselho útil.

Ele ri e me encara por um longo instante.

– Sabe, no fim das contas, acho que talvez você tenha talento para viajar.

– Sério? Tenho nada. Hoje foi muito fora do comum, para mim. Mas a excursão foi um desastre. Não arranjei nenhum passeio de barca, juro. Não chamei nem sequer um táxi. Nem uma bicicleta.

– E antes da excursão?

– Eu nunca tinha viajado muito, e o tipo de viagem que já fiz... não dá muita margem para esses pequenos acidentes.

Willem ergue a sobrancelha, questionador.

– Já viajei um pouco – explico. – Fui à Flórida. Fui esquiar. Fui ao México... mas falando assim parece muito mais exótico do que foi. Todo ano, minha família vai para o mesmo resort, ao sul de Cancún. Foi construído nos moldes de um gigantesco templo maia, mas juro que o único indício de que não estamos nos Estados Unidos são os assobios dos mariachi cantando canções natalinas no alto do tobogã de um rio falso. Ficamos sempre no mesmo apartamento. Frequentamos a mesma praia. Comemos nos mesmos restaurantes. Quase nunca saímos do condomínio... quando saímos, é para visitar as ruínas, mas sempre vamos às mesmas. Parece que só o que muda é o ano no calendário.

– Tudo igualzinho, mas diferente – diz Willem.

– Na verdade era tudo igualzinho, bem igualzinho.

– Da próxima vez que for a Cancún, dê uma escapada e vá conhecer o verdadeiro México. Provoque o destino. Veja o que acontece.

– Talvez – consinto, imaginando a reação da minha mãe se eu sugerisse dar uma volta sozinha.

– Talvez eu vá ao México, algum dia – diz Willem. – Daí esbarro com você, e a gente foge para a selva.

– Acha que isso tem chance de acontecer? Que a gente poderia simplesmente esbarrar um no outro?

Willem ergue os braços.

– Teria que rolar mais um acidente. E dos grandes.

– Ah, então quer dizer que *eu* sou um acidente?

O sorriso dele se abre ainda mais, elástico como bala de caramelo.

– Sem sombra de dúvida.

Esfrego o dedão do pé na calçada. Penso nos saquinhos plásticos e no calendário de atividades dividido por cores que vive preso à geladeira desde que eu tinha, sei lá, 8 anos. Penso nas pastas com todas as minhas inscrições para as universidades. Tudo organizado. Tudo planejado. Olho para Willem, tão diferente disso – e de mim –, que faz com que pelo menos hoje eu também me sinta o oposto daquilo tudo.

– Talvez esse seja um dos maiores elogios que já recebi na vida. – Hesito um pouco. – Mas não sei bem o que isso diz a meu respeito.

– Que você não recebeu elogios o suficiente.

Eu me curvo em uma mesura e faço um floreio.

Ele para e me encara, como se me analisasse. É a mesma sensação de antes, no trem. Estou sendo avaliada, só que agora não é em relação à aparência ou ao meu valor no mercado clandestino, e sim a alguma outra coisa.

– Não vou dizer que você é bonita, porque aquele cachorro já falou. E não vou dizer que você é engraçada, porque, desde que a gente se conheceu, você não para de me fazer rir.

Evan costumava dizer que éramos "supercompatíveis", como se ser parecida com ele fosse a maior glória possível. *Bonita e engraçada.* Willem poderia parar por aí, que já seria suficiente.

Mas ele não para.

– Acho que você é o tipo de pessoa que, quando encontra dinheiro no chão, sacode a nota no ar, tentando descobrir quem perdeu. Acho que chora em filmes que nem são tristes, porque tem coração mole, por mais que não deixe transparecer. E faz coisas de que tem medo, o que só torna você mais corajosa que os viciados em adrenalina que pulam de bungee-jump.

Ele finalmente para. Ameaço dizer algo, mas não consigo. Sinto um nó na garganta e, por uma fração de segundo, acho que vou cair no choro.

Eu estava esperando alguma bobagem, migalhas de elogios, mixarias: *Seu sorriso é lindo. Suas pernas são incríveis. Você é gostosa.*

Mas o que ele disse... eu realmente já entreguei ao segurança do shopping 40 dólares que encontrei na praça de alimentação. Chorei em todos os filmes do Jason Bourne. Já essa última afirmação... bem, não sei se é verdade. Mas espero, mais do que tudo, que seja.

– É melhor irmos andando – digo, depois de pigarrear – se quisermos chegar ao Louvre. É muito longe daqui?

– Alguns quilômetros, talvez. Mas de bicicleta é rapidinho.

– Quer que eu arrume uma? – brinco.

– Não, vamos pegar um Vélib. – Willem olha em volta, então vai até um suporte de bicicletas cinza. – Já ouviu falar nas bicicletas brancas?

Balanço a cabeça. Willem começa a explicar que, em Amsterdã, durante um breve período nos anos 1960, havia bicicletas brancas por toda parte, disponíveis gratuitamente. Quem precisava de transporte pegava uma bicicleta e, ao terminar, deixava para o próximo. Mas não deu certo, porque não havia bicicletas suficientes, e as pessoas começaram a roubar.

– Em Paris, você pode pegar uma bicicleta de graça por meia hora, mas tem que devolver à tranca, senão é cobrada.

– Ah, acho que vi uma matéria sobre terem começado algo desse tipo lá nos Estados Unidos. Então é de graça?

– Só precisa de um cartão de crédito para o depósito.

Não tenho cartão de crédito – bom, só o vinculado à conta dos meus pais. Willem tem, mas diz que não sabe se tem crédito suficiente. Quando passa o cartão no tecladinho, a tranca de uma das bicicletas se solta, mas, quando ele tenta soltar a segunda, o cartão é recusado. Não fico muito decepcionada: pedalar por Paris sem capacete parece meio suicida.

Só que Willem não devolve a bicicleta à tranca. Leva-a para perto de mim e ergue o assento. Então, me encara e dá um tapinha no selim.

– Calma aí, você quer que *eu* conduza a bicicleta?

Ele faz que sim.

– E você? Vai correndo do meu lado?

– Não. Vamos juntos. – Ele ergue as sobrancelhas, e sinto meu rosto corar. – Eu vou na frente.

Subo no assento. Willem se acomoda na minha frente.

– Aonde vamos, exatamente? – pergunto.

– Não se preocupe. Só fique confortável.

Como se isso fosse possível nessa situação, com o rosto colado às costas dele, o corpo tão perto que sinto seu calor se irradiando, o cheiro de sua camiseta nova misturado ao aroma almiscarado de suor. Ele põe um pé no pedal, então se vira e escancara um sorriso travesso.

– Se vir a polícia, me avisa! Isso aqui é meio ilegal.

– Como assim, o que é ilegal?

Mas ele já disparou. Fecho os olhos. Isso é loucura. A gente vai morrer. Aí mesmo é que os meus pais vão me matar.

Um quarteirão depois, ainda estamos vivos. Abro um olho, só um pouquinho. Willem está debruçado sobre o guidom, pedalando de pé, com as pernas estendidas, sem o menor esforço. Fico inclinada para trás, as pernas balançando junto à roda traseira. Abro o outro olho e afrouxo um pouco a mão suada que agarra a barra da camiseta dele. A marina está bem atrás de nós. Estamos em uma rua comum, na ciclovia, circulando junto de muitas outras bicicletas cinza.

Adentramos uma rua estreitíssima, tomada de obras, com metade da avenida bloqueada por andaimes e obstruções. Examino os grafites nos muros; vejo um "SOS" rabiscado, igual ao da camiseta da banda *Sous ou Sur*. Vou apontar para Willem, mas me viro e vejo o Sena. E vejo Paris. A Paris dos cartões-postais! A Paris de *Surpresas do coração*, de *Meia-noite em Paris*, de *Charada* e de todos os outros filmes parisienses que já vi na vida. Fico de queixo caído. As águas do Sena fazem ondinhas com a brisa, reluzindo sob o sol do fim da tarde. Várias pontes em arco se estendem por toda a extensão do rio, feito braceletes caríssimos em um braço elegante. Willem aponta a Notre-Dame, uma catedral toda imponente, erguendo-se no meio de uma ilha no meio de um rio. Ele mostra como se não fosse nada. Como se fosse um dia qualquer, como se aquela não fosse a *Notre-Dame*! Cruzamos outro prédio, uma construção estilo bolo de noiva que parece abrigar a realeza. Mas, não, é só o prédio da Prefeitura.

É engraçado lembrar que, durante a excursão, passávamos bastante de ônibus por pontos turísticos como esse. A Sra. Foley ia na frente, de microfone na mão, contando fatos sobre uma catedral ou uma casa de óperas. Às vezes parávamos e entrávamos, mas, tendo apenas um ou dois dias em cada cidade, em geral só passávamos direto.

Agora também passo direto pelos lugares, só que, não sei por quê, é diferente. Ao ar livre, na garupa da bicicleta, com vento nos cabelos, música nos ouvidos e as pedrinhas seculares das calçadas sacolejando sob a bunda, não sinto falta de nada. Muito pelo contrário: absorvo todo o cenário, tragando-o, me transformando nele.

Não sei bem como justificar essa mudança, ou todas as outras mudanças de hoje. É Paris? Lulu? Ou Willem? É a presença dele que torna a cidade tão intoxicante, ou é a cidade que torna a presença dele irresistível?

Um assobio alto interrompe meu devaneio, e a bicicleta para de repente.

– Acabou o passeio – anuncia Willem.

Desço da bicicleta, e Willem a guia pela rua.

Um policial de bigodinho fino, parecendo meio constipado, vem andando atrás da gente. Ele grita para Willem, gesticulando, apontando o dedo para mim. Vai ficando vermelho, então pega o caderninho e aponta para mim e Willem. Fico nervosa. Achei que o lance de o passeio ser ilegal fosse brincadeira.

Willem diz alguma coisa para o policial, e ele para a bronca na hora.

Então volta a falar, e não entendo quase nada, mas tenho certeza de que o ouço dizer "Shakespeare!", erguendo o dedo, como se dissesse "rá!". Willem assente, e o policial suaviza o tom. Ainda aponta o dedo para nós, mas devolve o caderninho à bolsa. Com um floreio no quepe pequeno e engraçadinho, ele se afasta.

– Você acabou de citar Shakespeare para um policial? – pergunto.

Willem faz que sim.

Não sei o que é mais louco: ele ter feito isso, ou os policiais franceses conhecerem Shakespeare.

– O que você disse?

– *La beauté est une enchanteresse, et la bonne foi qui s'expose à ses charmes se dissout en sang* – repete. – É de *Muito barulho por nada*.

– E a tradução?

Willem me dá uma olhada daquela, então umedece os lábios e sorri.

– Você vai ter que pesquisar.

Caminhamos pela margem do rio até uma rua principal, cheia de restaurantes, galerias de arte e butiques de luxo. Willem estaciona a bicicleta em um dos suportes, e seguimos a pé, passando debaixo de um pórtico comprido, então dobramos mais algumas esquinas e adentramos o que a princípio parece uma residência presidencial ou um palácio real, como Versailles ou coisa do tipo, cheio de construções enormes e imponentes. Até que avisto a pirâmide de vidro no meio do pátio e percebo que acabamos de chegar ao Louvre.

Está lotado. Milhares de pessoas saem dos prédios aos borbotões, como se estivessem evacuando, agarradas a tubos de pôsteres e enormes sacolas de compras com estampa em preto e branco. Algumas estão animadas, tagarelando sem parar, mas a maioria parece meio desorientada, cansada, vidrada depois de um dia inteiro ingerindo porções épicas de *cultura!* Conheço esse semblante. A brochura da Jovens Viajantes se gabava de oferecer "uma experiência completa de imersão europeia! Seu jovem vai ser exposto ao máximo de culturas em um curto período, ampliando sua visão da história, línguas, arte, patrimônios e culinária". Deveria ser instrutivo, mas na verdade era bem exaustivo.

Pensando nisso, fico até meio aliviada quando descobrimos que o Louvre acabou de fechar.

– Sinto muito – diz Willem.

– Ai, eu não – respondo.

Não sei se isso se qualifica como acidente, mas me deixou bem feliz.

Damos meia-volta, cruzamos uma ponte e vamos parar na outra margem do rio. Vemos todo tipo de comerciantes ao longo do aterro, gente vendendo revistas e livros velhos: edições antiquíssimas da *Paris Match*, ainda com Jackie Kennedy na capa; livros de banca de jornal superantigos, com capas pavorosas, tanto em inglês quanto em francês. Uma mulher expõe um monte de quinquilharias, vasos antigos e bijuterias. Em uma caixa ao lado, vejo uma coleção de despertadores antigos e empoeirados. Depois de fuxicar um pouco, encontro um SMI vintage em baquelita.

– Vinte euros – anuncia a vendedora, que usa um lenço na cabeça.

Tento fazer cara de paisagem. Vinte euros são uns 30 dólares. Aquele relógio vale quase duzentos.

– Quer levar? – pergunta Willem.

Minha mãe ia amar aquilo, e ela não precisa saber de onde veio. A mulher dá corda no relógio, para me mostrar que está funcionando. Quando ouço o tique-taque, lembro-me do que Jacques dissera sobre a fluidez do tempo. Olho para o Sena, as águas em um tom rosado, refletindo a cor das nuvens no céu. Devolvo o relógio à caixa.

Saímos do aterro e entramos em um labirinto de ruas estreitas e sinuosas. Willem conta que é o Quartier Latin, o bairro latino, onde moram os estudantes. O clima ali é diferente. Não tem tantas avenidas largas e bulevares, só ruazinhas menores, feito alamedas, cuja largura quase não comporta os carros Smart, os veículos diminutos da Era Espacial que levam apenas dois passageiros e circulam por toda a cidade. Igrejinhas minúsculas, cantinhos escondidos, vielas... É uma Paris totalmente diferente, e igualmente fascinante.

– Quer beber alguma coisa? – pergunta Willem.

Faço que sim com a cabeça.

Cruzamos uma avenida apinhada de cinemas e cafés ao ar livre, todos abarrotados, onde há alguns hotéis pequenos e não muito caros, a julgar pelos valores anunciados na entrada. A maioria tem placas de *complet*, o que tenho quase certeza de que significa que estão lotados, mas alguns não. Talvez a gente possa dividir um quarto, se eu conseguir trocar as cerca de 40 libras que me restaram.

Ainda não consegui conversar com Willem sobre a noite de hoje. Discutir onde vamos dormir. Ele não parece muito preocupado, o que me deixa aflita, imaginando que vamos acabar de volta para Céline. Passamos na frente de uma casa de câmbio, e digo a Willem que quero trocar um pouco de dinheiro.

– *Eu* ainda tenho uma grana – argumenta ele. – E você acabou de pagar a barca.

– Mas não tenho nenhum euro. E se eu quiser, sei lá, comprar um cartão-postal? – Giro um suporte de postais na minha frente. – Além do mais, tem as bebidas e o jantar, e a gente vai precisar de um pouco para... para... – Hesito um momento, mas reúno coragem para concluir: – Para hoje à noite.

Sinto o rosto esquentar.

A frase paira no ar, e fico esperando para ver qual vai ser a resposta de Willem, para ter uma pista do que ele está pensando, mas ele só encara um dos cafés, onde um grupo de meninas a uma mesa parece acenar para ele. Enfim, vira-se de volta para mim, perguntando:

– O que foi?

As garotas ainda acenam. Uma delas o chama.

– Você as conhece?

Ele olha para o café, então para mim, e de novo para o café.

– Pode esperar aqui, rapidinho?

Sinto um embrulho no estômago.

– Claro, sem problemas.

Ele me deixa na loja de lembrancinhas, onde fico rodopiando o suporte de cartões-postais, espiando a cena. Willem se aproxima do grupo de garotas, e todos fazem o ritual dos beijinhos na bochecha – só que são três, em vez de dois, como foi com Céline. Ele se senta junto à garota que tinha acenado. É óbvio que os dois se conhecem; a menina não tira a mão no joelho dele. Willem olha de esguelha para mim, e fico esperando que acene ou que me chame, mas nada acontece. Depois de intermináveis cinco minutos, a menina pegajosa rabisca alguma coisa em um pedaço de papel e entrega a ele. Willem guarda o papelzinho no bolso, se levanta, faz outra vez o ritual dos beijinhos e volta andando até mim. Finjo estar muito interessada em um cartão--postal do Toulouse-Lautrec.

– Vamos – chama, me pegando pelo cotovelo.

– São suas amigas? – pergunto, apertando o passo para acompanhar suas pernas compridas.

– Não.

– Mas você as conhece?

– Só as vi uma vez.

– E topou com elas aqui por acaso?

Willem se vira para mim; pela primeira vez no dia, vejo irritação em seu rosto.

– Estamos em Paris, Lulu, a cidade mais cheia de turistas do mundo. Acontece.

Acidentes acontecem, penso. Agora estou com ciúme e me sinto possessiva, não só por causa da garota – cujo número, suspeito, está no papel guardado no bolso da calça dele... isso se já não foi anotado no caderninho –, mas também fico com ciúmes dos acidentes. Porque, hoje, os acidentes deveriam ser só nossos.

Willem suaviza o tom.

– São só umas pessoas que conheço da Holanda.

Algo no comportamento dele mudou, como uma lâmpada cujo bulbo vai se turvando antes de apagar por completo. Então percebo como ele fala *Holanda* de um jeito decisivo e derrotado, e me dou conta de que ele não disse nenhuma vez que estava voltando para *casa*. E tem mais um detalhe: hoje é o dia que ele deveria estar voltando para casa – ou para a Holanda, como ele fala – pela primeira vez em dois anos.

Voltarei para casa dali a três dias, e vai ter uma galera me esperando no aeroporto, com direito a pôster de boas-vindas e um jantar de celebração em que nem conseguirei comer direito, de tão afetada pelo fuso. Depois de apenas três semanas de excursão, sendo conduzida feito um pônei de exibição, terei uma recepção digna dos heróis de antigamente.

Willem está longe de casa *há dois anos*. Por que não vai ser recebido como herói? Será que vai ter alguém à espera dele?

– Você ligou para alguém quando estávamos lá na Céline? – pergunto.

Ele se vira para mim, estreitando os olhos escuros, confuso.

– Não. Por quê?

Porque... como é que vão saber que ele vai se atrasar? Como vão saber que o retorno do herói será postergado para amanhã?

– Não tem ninguém esperando por você?

Alguma coisa muda no rosto dele; por uma ínfima fração de segundo, seu semblante garboso se desfaz. Eu não tinha percebido que aquela animação toda era uma máscara até ver o quanto ele parece cansado e indeciso – como eu – sob a fachada.

– Sabe o que eu acho? – pergunta Willem.

– O quê?

– Que a gente devia se perder.

– Olha, vou ter que dar uma notícia triste para você: eu passei o dia inteiro perdida.

– É diferente. Vamos nos perder de propósito. É a primeira coisa que faço quando chego em uma cidade nova. Vou até o metrô ou o trem, escolho uma parada aleatória e zarpo.

Percebo o que ele está fazendo: mudando de assunto, mudando de cenário. Compreendo que ele precisa disso. Então deixo.

– Tipo a brincadeira de prender o rabo do burro, só que em uma versão para viajantes?

Willem me encara com um olhar intrigado. O inglês dele é tão bom que esqueço que ele não conhece a cultura.

– Isso tem a ver com acidentes? – indago.

Ele me encara, e, por um breve segundo, a máscara desaba outra vez. Então, no mesmo instante, retorna ao lugar. Não importa. Caiu, e eu vi. E compreendo. Willem está sozinho, tão sozinho quanto eu. E essa dor me domina – uma dor que não sei bem distinguir se é minha ou dele.

– Sempre tem a ver com acidentes – responde.

Nove

Escolho um lugar especial.

Eu me inspiro no jogo de prender o rabo do burro, fecho os olhos, rodopio em frente ao mapa do metrô e cravo o dedo no Château Rouge. Que nome simpático.

Quando saímos do metrô, adentramos uma Paris totalmente diferente, e não tem nenhum *château* à vista – nenhum castelo, muito menos vermelho.

As ruas são estreitas, como no Quartier Latin, porém pavimentadas com pedrinhas. Uma melodia metálica e ribombante enche o ar, saindo das lojas, e a profusão de aromas é tamanha que meu nariz não sabe o que respirar primeiro: o curry das pâtisseries, o odor ferroso e pungente de sangue das imensas carcaças de animais sendo roladas pela rua, o perfume doce e exótico dos incensos, a fumaça dos carros e das motos, ou o cheiro de café – que permeia tudo, embora esta área não tenha tantos cafés grandes, daqueles que ocupam um quarteirão inteiro; só encontramos os menores, mais mambembes, com mesinhas de bistrô espalhadas pela calçada. Estão todos apinhados de homens fumando e tomando café. As mulheres, algumas de túnicas pretas que cobrem o corpo todo, com aberturas apenas para os olhos, outras com vestidos coloridos, carregando bebês adormecidos amarrados às costas, entram e saem das lojas. Somos os únicos turistas da área. Atraímos muita atenção, mas os olhares não são ameaçadores, apenas curiosos, como se achassem que estamos perdidos. E estamos. É exatamente por isso que eu jamais, nem em um milhão de anos, teria feito isso sozinha.

Willem está amando tudo, então tento seguir o exemplo e relaxar. Fico só olhando, boquiaberta, essa parte de Paris onde o Oriente Médio e a África parecem se encontrar.

Passamos por uma mesquita, depois por uma igreja maior, cheia de torres e pilares, que parece tão perdida naquele bairro quanto a gente. Vamos percorrendo o labirinto de ruas até chegarmos ao que parece um parque: um grande quadrado de grama com caminhos demarcados e quadras de handebol, tudo espremido por entre os prédios residenciais. O lugar está lotado: meninas com lenços na cabeça jogam uma variação de amarelinha, meninos brincam nas quadras de handebol e adultos passeiam com seus cachorros, jogam xadrez e fumam seus cigarros, curtindo o fim da tarde de verão.

– Tem alguma ideia de onde estamos? – pergunto a Willem.

– Estou tão perdido quanto você.

– Nossa, estamos *muito* ferrados – comento, mas dando risada.

É gostosa a sensação de estarmos perdidos juntos.

Nós nos largamos no chão, debaixo de um arvoredo, em um cantinho mais sossegado do parque, junto de um mural com um desenho de crianças brincando nas nuvens. Tiro as sandálias. Meus pés estão cheios de listras formadas pela sujeira e o suor.

– Nossa, meus pés estão destruídos.

Willem chuta os chinelos para longe. Vejo a cicatriz em zigue-zague que sobe por seu pé esquerdo.

– Os meus também.

Ficamos deitados de barriga para cima, curtindo o sol, em meio às sombras das nuvens que a brisa fresca começa a trazer, acompanhadas do cheiro eletrizante de chuva. Talvez Jacques estivesse certo, afinal.

– Que horas são? – pergunta Willem.

Fecho os olhos e espicho o braço, para que ele veja.

– Não me diga. Não quero saber.

Ele segura meu braço e confere a hora. E não solta. Torce meu punho de um lado a outro, como se examinasse um objeto raro; o primeiro punho que vê na vida.

– É um relógio lindo – comenta, por fim.

– Obrigada – respondo, com educação.

– Você não gosta?

– Não, não é isso... Quer dizer, foi um presente muito generoso dos meus pais, que já tinham me presenteado com essa viagem, e é caríssimo. – Eu me refreio. Estou com Willem, e algo nele me incita a dizer a verdade. – Mas a verdade é que não gosto muito, não.

– Por que não?

– Sei lá. É pesado. Deixa meu punho suado. E o tique-taque é muito alto, como se ele quisesse me lembrar de que o tempo está passando. Como se eu não pudesse nunca me esquecer do tempo.

– Então por que usa?

É uma pergunta tão simples. Por que uso esse relógio que odeio? Mesmo ali, a milhares de quilômetros de casa, onde ninguém pode conferir se estou com ele... por que ainda uso? Porque meus pais compraram com a melhor das intenções. Porque não posso decepcionar os dois.

Sinto outra vez a suave pressão dos dedos de Willem em meu punho. Ele solta o fecho, e o relógio desliza para fora do meu braço, revelando a pele branca feito papel. Sinto a brisa refrescante na minha marca de nascença.

Willem examina o relógio, as palavras *Indo Longe* gravadas no metal.

– Aonde é que você está indo, exatamente?

– Ah, você sabe. À Europa. À universidade. À faculdade de medicina.

– Faculdade de medicina? – Percebo o espanto em sua voz.

Assinto. Esse é o plano desde a oitava série, quando realizei a manobra de Heimlich em um cara que se engasgara com um osso de cordeiro perto de mim. Papai estava do lado de fora do restaurante, atendendo um telefonema de trabalho. Vi o cara da mesa ao lado ficar roxo, então me levantei, muito tranquila, abracei-o por trás, comprimindo o diafragma, e fui forçando, até um pedaço de carne sair pela boca. Mamãe ficou muito impressionada. Começou a dizer que eu precisava virar médica, como meu pai. Depois de um tempo, comecei a repetir isso.

– Para cuidar de mim? – indaga Willem.

A voz dele sai com aquele tom provocativo, então entendo que é brincadeira, mas as questões me invadem. Quem cuida dele *agora*? Eu o encaro; Willem faz tudo parecer tão fácil, mas me lembro do que senti mais cedo, daquela certeza de que ele está sozinho.

– Quem é que cuida de você agora?

Não sei se perguntei em voz alta nem tenho certeza se ele me ouviu, porque fica um bom tempo em silêncio.

– Eu cuido de mim mesmo – responde, por fim.

– E quando não dá? E quando você fica doente?

– Eu não fico doente.

– Todo mundo fica doente. O que acontece se você está na estrada e pega uma gripe, ou coisa assim?

– Eu fico gripado. Depois melhoro – responde ele, desviando da pergunta.

Eu me apoio no cotovelo. Um estranho abismo de sensações se abriu em meu peito, dificultando a respiração. As palavras dançam como folhas ao vento.

– Fico pensando naquela história da dupla felicidade – comento. – Aquele rapaz estava viajando e ficou doente, mas alguém cuidou dele. É isso o que acontece quando você adoece? Ou fica sozinho em algum quarto de hotel nojento?

Tento imaginar Willem em um vilarejo na montanha, mas só consigo visualizá-lo em um quarto xexelento. Penso em como fico quando estou doente, com aquela tristeza profunda, aquela solidão fulminante... mas eu tenho minha mãe para cuidar de mim. E ele? Será que alguém faz uma sopinha? Alguém conta histórias sobre as verdes árvores na chuva sob o céu de primavera?

Willem não responde. Ouço o baque da bola de handebol no muro, ao longe, acompanhado da melodia sedutora das risadas das meninas. Penso em Céline. Nas moças do trem. Nas modelos do café. No pedacinho de papel no bolso dele. Sem dúvida não faltam garotas querendo bancar a enfermeira. Sinto um embrulho no estômago. Acabei de fazer uma curva errada – é como se estivesse esquiando e sem querer tivesse entrado na pista "diamante negro", cheia de profissionais do esporte praticando estilo livre.

– Foi mal. Deve ser só minha médica interior despontando. Ou talvez seja a mãe judia dentro de mim.

Willem me encara com curiosidade. Outra curva errada. Esqueci que na Europa quase não tem judeus, então essas piadas acabam perdendo um pouco o sentido.

– Eu sou judia – apresso-me em explicar –, e parece que, quando envelhecer, estarei fadada a me preocupar com a saúde de todo mundo. Aí tem essa expressão, "mãe judia".

Willem reclina o corpo e aproxima meu relógio do rosto.

– Que estranho você mencionar a história da dupla felicidade. Às vezes fico mesmo doente e acabo tendo que vomitar em latrinas turcas. Não é nada legal.

Estremeço só de pensar.

– Mas teve uma vez, quando eu estava viajando do Marrocos à Argélia de ônibus, que peguei disenteria. Nossa, foi feia a coisa. Foi tão complicado que a única opção foi descer do ônibus no meio do nada. Desci em uma cidade à beira do Saara, um lugar que não aparece em nenhum mapa. Estava desidratado, acho que até alucinando, e fui procurar um lugar para ficar. Encontrei um hotel e restaurante chamado Saba. Era como eu chamava o meu avô. Parecia um sinal, como se ele estivesse me dizendo "entra aí". O restaurante estava vazio. Fui direto para o banheiro, para vomitar outra vez, e quando saí, dei de cara com um homem de cabelo curto e grisalho, usando uma jelaba comprida. Pedi um pouco de chá com gengibre, que é o que a minha mãe sempre toma para dor de estômago. Ele balançou a cabeça e disse que, se eu estava no deserto, tinha que tomar os remédios do deserto. Sumiu para dentro da cozinha e voltou com um limão grelhado cortado ao meio. Jogou um pouco de sal e me mandou espremer o suco direto na boca. Achei que fosse vomitar tudo outra vez, mas, vinte minutos depois, meu estômago já estava bom. Ele me deu um chá horroroso, com gosto de casca de árvore, e me mandou para o andar de cima, onde dormi quase dezoito horas. Todo dia eu descia, o homem perguntava como eu estava e daí preparava uma refeição com base especificamente nos meus sintomas. E depois a gente conversava, igualzinho eu fazia com meu Saba, quando era pequeno. Passei uma semana lá, naquela cidade fora dos mapas, que nem sei direito se existe. Acho que é uma história bem parecida com a que você contou mais cedo.

– A diferença é que o cara não tinha filha. Senão, a essa altura, você estaria casado.

Estamos deitados de lado, de frente um para o outro, tão próximos que sinto o calor irradiando dele, os rostos tão juntos que parecemos respirar o mesmo ar.

– Faça o papel da filha – pede Willem. – Recite aqueles versos outra vez.

– Verdes árvores na chuva, sob o céu de primavera, enquanto o céu cobre as árvores da primavera de escuridão. Flores vermelhas salpicam a terra no encalço da brisa, e a própria terra se cobre de vermelho, enrubescendo com o beijo.

A última palavra, *beijo*, paira no ar.

– Da próxima vez que eu ficar doente, você pode recitar isso para mim. Pode ser minha garota da montanha.

– Está bem. Serei a sua garota da montanha, vou cuidar de você.

Ele sorri, como se fosse outra piada, mais uma pitada do nosso flerte. Também sorrio, mesmo que não esteja brincando.

– Então, em retribuição, eu livro você do fardo do tempo. – Ele desliza meu relógio em seu punho magro, onde não fica parecendo tanto uma algema de prisioneiro. – Por enquanto, o tempo não existe. O que foi mesmo que o Jacques disse...? Que é fluido?

– Fluido – repito, como se fosse um feitiço.

Se o tempo pode ser fluido, um único dia pode se estender indefinidamente.

Dez

Pego no sono. Quando acordo, tudo parece diferente. O parque está tranquilo. O som das risadas e os ecos do jogo de handebol desapareceram no lusco-fusco distante. Nuvens de chuva cinzentas e robustas dominam o céu, já escurecendo.

Outra coisa também mudou, algo menos quantificável, mas também fundamental. Senti assim que acordei. Era como se os átomos e as moléculas tivessem se reorganizado, alterando o mundo de maneira irrevogável.

É quando percebo a mão de Willem.

Ele também tinha pegado no sono. Seu corpo comprido está encolhido junto ao meu como um ponto de interrogação. Não nos tocamos, exceto por essa mão, despretensiosamente encaixada na dobra do meu quadril, feito um lenço jogado, como se tivesse sido soprada até ali pela brisa leve do sono. Por outro lado, parece que ali é o lugar dela. Parece que sempre foi o lugar dela.

Fico parada, imóvel, ouvindo o farfalhar do vento nas árvores, o suave ir e vir da respiração ritmada de Willem. Concentro-me na mão dele, que parece emanar uma carga elétrica que vai diretamente até uma parte de mim que eu, até agora, não sabia que existia.

Willem se remexe no sono, e eu me pergunto se ele também está sentindo aquilo. Como não estaria? A eletricidade é tão real, tão palpável, que se aproximassem um medidor, o relógio do mostruário explodiria.

Ele se remexe outra vez, então crava a ponta dos dedos na carne macia da curva do meu quadril, enviando um choque tão intenso e delicioso pelo meu corpo que eu me enrijeço, e sem querer acabo chutando a perna dele atrás de mim.

Juro que sinto os olhos dele se abrindo, os cílios batendo, seguidos pelo calor de sua respiração em minha nuca.

– *Goeiemorgen* – diz, a voz ainda grogue de sono.

Eu me viro para ele, grata por aquela mão ainda pousada em meu quadril. Vejo as marquinhas da grama em suas bochechas avermelhadas, como cicatrizes de uma iniciação tribal. Quero tocá-lo, sentir as dobras de sua pele antes lisa. Quero tocá-lo todo. Seu corpo parece um sol imenso, emanando a própria força gravitacional.

– Acho que você disse "bom dia", mas teoricamente ainda é noite.

As palavras saem em um arquejo. Não sei mais como falar e respirar ao mesmo tempo.

– Esqueceu que você deu o tempo para mim? Ele não existe mais.

– Dei mesmo.

Sinto uma entrega tão deliciosa naquelas palavras que meu corpo desliza em direção ao dele. Uma pequena parte de mim grita um alerta. É só um dia. Eu sou só uma das muitas garotas. Mas parece que finalmente me livrei da parte que *poderia* resistir.

Willem pisca aqueles olhos escuros, preguiçosos e sedutores. Já sinto o beijo. Sinto os lábios dele nos meus. A pressão dos ossos de seu quadril. O parque está quase deserto. Vejo algumas meninas de calça jeans e lenço na cabeça batendo papo com uns caras, mas estão em outro cantinho reservado. E não estou nem aí para o decoro.

Meus pensamentos devem ser como um filme projetado em uma tela, e Willem assiste a tudo. Sei disso, porque ele abre um sorriso sagaz. Nós nos aproximamos. Mesmo sob o canto das cigarras, a energia que circula entre nós é quase audível, como o zumbido dos fios da rede elétrica nos postes do interior.

Então escuto outra coisa. A princípio não sei muito bem onde encaixar o som, de tão diferente dos barulhinhos da bolha de eletricidade que nos envolve. Ouço outra vez, frio, cortante e absurdamente claro. Identifico o que é no mesmo instante, porque o medo não precisa de tradução. Um grito é um grito, em qualquer idioma.

Willem dá um salto. Eu também.

– Fique aqui! – manda.

Antes que eu consiga processar o que aconteceu, ele dispara para longe, correndo com aquelas pernas compridas, deixando-me dividida entre a luxúria e o horror.

Mais um grito. É de menina. Tudo começa a se mover lentamente, feito a sequência de um filme em câmera lenta. Vejo as duas meninas, aquelas de lenço na cabeça, só que uma já está sem lenço, revelando uma cascata de cabelos escuros, revoltos e estáticos, parecendo também assustados. O lenço está caído no chão. Ela está abraçada à outra garota, como se tentasse sumir dali. Então percebo que elas não estavam batendo papo com rapazes. Aqueles são homens, sujeitos de cabeça raspada e vestimenta militar, com coturnos pretos. O absurdo de *aqueles* homens estarem com *aquelas* garotas naquele parque, agora deserto, me atinge feito um raio. Pego a mochila de Willem, que ele largou para trás, e me aproximo, sorrateira.

Ouço o grito abafado de uma das meninas e a risada gutural dos homens. Eles falam outra vez. Nunca imaginei que francês pudesse soar tão feio.

Já estou me perguntando onde Willem se meteu quando ele se enfia entre os homens e as moças e começa a dizer alguma coisa em francês. Fala baixinho, mas dá para ouvir de onde estou, o que deve ser algum truque das artes cênicas. Mas ele fala em francês, então não faço ideia do que está dizendo. Seja lá o que for, chamou a atenção dos skinheads. Os caras retrucam, falando em um tom alto e agudo que ecoa pelas quadras vazias. Willem responde com uma voz calma e tranquila, suave como uma brisa, e me esforço para entender uma mísera palavrinha, mas não consigo.

A conversa dura um tempo. Enquanto isso, as garotas recolocam os lenços na cabeça e escapam. Os skinheads nem percebem. Ou não ligam.

Agora é em Willem que estão interessados. No começo penso que é seu irrefreável poder de sedução: ele faz amizade até com skinheads. Até que meu ouvido atenta para o tom do que ele está dizendo, em vez de as palavras. Reconheço aquele tom, passei o dia inteiro ouvindo: ele está provocando os rapazes. Está tirando sarro deles, mas não sei se os caras estão entendendo. São três skinheads, e Willem é um só. E se percebessem o que ele está fazendo, não estariam só na conversa.

Sinto um cheiro enjoativo de bebida e o odor pungente de adrenalina, e consigo *sentir* o que vão fazer com Willem. Sinto como se fosse comigo. Eu deveria estar paralisada de medo, mas não estou. Em vez disso, sou tomada por algo quente, cru e brutal.

Quem é que cuida de você?

Sem pensar duas vezes, enfio a mão na mochila de Willem, agarro o maior objeto que encontro – o guia – e parto para cima deles. Ninguém me vê chegando, nem mesmo Willem, o que me dá a vantagem do elemento-surpresa, além da imensa força da adrenalina que percorre meu corpo. Arremesso o livro no sujeito mais próximo de Willem, o que segura uma garrafa de cerveja, e acerto o cara com tanta força que ele larga a garrafa no chão. Ele leva a mão à testa, onde um talho de sangue brota feito botão de flor.

Sei que deveria estar assustada, mas não estou. Por mais estranho que seja, estou calma, feliz por estar de volta perto dele, depois daqueles intermináveis segundos de afastamento. Willem me encara, de olhos arregalados e queixo caído. Os skinheads fitam algum ponto à minha frente, buscando pelo parque, como se não soubessem se o ataque tinha mesmo vindo de mim.

É esse instante de confusão que nos salva. Nesse momento, a mão de Willem encontra a minha, e saímos correndo.

Disparamos para fora do parque, passando pela igreja, de volta ao bairro caótico. Passamos pelos cafés, as casas de chá e as carcaças de animais. Saltamos por cima das sarjetas cheias de água, cruzamos o amontoado de bicicletas e motos, desviamos das vans que descarregam pilhas de roupas enfeitadas e cintilantes.

Os moradores nos observam, abrindo caminho como se fôssemos

maratonistas, atletas de um evento olímpico – a Corrida Maluca dos Brancos.

Eu devia estar com medo. Estou sendo perseguida por skinheads furiosos, e até hoje a única pessoa que veio atrás de mim foi meu pai, quando saímos para correr juntos. Ouço o baque surdo dos coturnos ecoando na minha cabeça, no mesmo ritmo das batidas do meu coração. Mas não estou com medo. Sinto as pernas se espicharem magicamente, acompanhando as passadas longas de Willem. Sinto o chão ondear sob nossos pés, como se também estivesse a nosso favor. Sinto que mal tocamos o chão – como se a qualquer instante fôssemos decolar, sair voando por cima dos prédios de Paris, para onde jamais seremos alcançados.

Ouço os skinheads gritando atrás de nós. Ouço vidro se estilhaçando. Ouço algo passar zumbindo junto ao meu rosto, e sinto algo molhado em meu pescoço, como se as glândulas sudoríparas tivessem todas se aberto ao mesmo tempo. Ouço mais risadas, e os passos de coturno cessam de repente.

Willem segue em frente. Vai me arrastando pelo labirinto de ruelas estreitas, até que chegamos a uma larga avenida. Disparamos quando o sinal abre para nós e cruzamos uma viatura da polícia. Ali está cheio de gente. Com certeza não estamos mais sendo seguidos. Estamos em segurança. Mesmo assim, Willem não para de correr, puxando-me de um lado a outro, entrando por ruas ainda mais vazias. Até que um vão surge entre as ruas, como se uma passagem secreta se abrisse depois de alguém mexer em um livro específico de uma antiga estante. É o portão de um enorme prédio de apartamentos, com uma tranca eletrônica. Um senhorzinho em uma cadeira de rodas elétrica sai do pátio interno, e Willem desliza comigo lá para dentro. Assim que a porta se fecha atrás de nós, trombamos contra uma enorme parede de pedras.

Ficamos ali, parados, os corpos colados, separados por menos de três centímetros. Sinto o coração dele batendo, forte e ritmado, me sinto inundada pelo compasso penetrante de sua respiração. Vejo o filete de suor escorrendo por seu pescoço. Sinto a pulsação do meu sangue, feito um rio transbordante. Meu corpo parece incapaz de me conter. É como se eu estivesse grande demais para ele.

– Willem – começo. Tem tanta coisa que preciso dizer a ele.

Ele encosta um dedo em meu pescoço; aquele toque me silencia, ao mesmo tempo sereno e eletrizante. Quando ele afasta a mão, o dedo está vermelho de sangue. Toco meu pescoço. Aquele sangue é meu.

– *Godverdomme!* – xinga ele, entre dentes.

Willem pega uma bandana da mochila, ainda lambendo o sangue do dedo. Ele amarra o tecido em meu pescoço. Estou sangrando, não tem o que discutir, mas não é muito. Nem sei direito o que aconteceu.

– Eles jogaram uma garrafa quebrada em você. – A voz de Willem sai cheia de fúria.

Mas não está doendo. Não estou ferida – não muito. Foi só um cortezinho.

Ele está muito próximo, pressionando a bandana em meu pescoço com muita delicadeza. O corte já não deixa mais o sangue sair, porém dá mais energia àquela estranha corrente elétrica que circula entre nós dois.

Eu o desejo por inteiro. Quero provar sua boca – aquela boca que acabou de lamber meu sangue. Aproximo meu corpo do dele.

Willem me afasta, e afasta um pouco o corpo. Tira as mãos do meu pescoço. A bandana, agora empapada de sangue, fica ali, molenga.

Ergo o rosto, encarando-o nos olhos. Toda a cor se esvaiu; resta apenas um tom preto. Mas o mais desconcertante é o que vejo e reconheço de imediato: medo. Quero, mais do que tudo, afastar aquele medo. Eu é que deveria estar apavorada. Só que, agora, não estou.

– Está tudo bem. *Eu* estou bem.

– *O que* deu em você? – interrompe ele, em um tom frio e distante.

Talvez seja seu tom, ou talvez seja só o alívio de ter conseguido escapar, mas sinto vontade de chorar.

– Eles iam machucar você! – respondo, a voz falhando. Eu o encaro, querendo ver se ele entende, mas Willem parece muito sério, e seu medo se uniu à sua irmã gêmea, a raiva. – E eu prometi.

– Prometeu o quê?

Minha mente revive a cena: ninguém tinha trocado nenhum soco. Eu nem estava entendendo a conversa, mas aqueles caras *iam* machucar Willem. Eu sabia, senti em minhas entranhas.

– Que eu ia cuidar de você – respondo, bem baixinho, já sem muita convicção.

– Cuidar de mim? Como é que *isso aqui* é cuidar de mim? – retruca Willem, abrindo a mão suja com o meu sangue.

Ele se afasta mais um passo; agora, sob a luz intermitente do crepúsculo, percebo o *quanto* piorei a situação. Além de esquiar para a pista profissional, continuei em frente e me joguei no penhasco. O pedido para que eu cuidasse dele tinha sido *brincadeira*. Quando foi que cuidei de alguém? Além do mais, Willem nunca disse que precisava de cuidados.

Ficamos ali, parados, em meio a um silêncio denso. Os últimos raios de sol desaparecem, e a chuva começa a cair, como se apenas aguardasse a chegada do manto da noite. Willem olha o céu e depois o relógio – meu relógio –, ainda preso em seu pulso.

Penso nas 40 libras que me restam. Imagino um quarto de hotel limpo e tranquilo. Penso em nós dois lá dentro – não como imaginei uma hora antes, naquele parque, mas só quietinhos, ouvindo a chuva. *Por favor*, imploro em silêncio. *Só quero ir a algum lugar, quero que as coisas melhorem.*

Willem pega a mochila e confere os horários do Eurostar. Tira meu relógio do pulso. Neste momento, percebo que ele está me devolvendo o tempo, o que na verdade significa que o está tirando de mim.

Onze

Ainda tem dois trens de volta para Londres hoje à noite. Willem diz que já passa das nove, então provavelmente não terei tempo de trocar a passagem e pegar o próximo, mas sem dúvida consigo embarcar no último. Como o fuso da Inglaterra é de uma hora a menos, chego a Londres pouco antes de o metrô fechar. Ele explica tudo em um tom solidário e amistoso, como se eu fosse uma estranha que acabou de pará-lo na rua para pedir informação. Vou assentindo, como se fosse essa pessoa que pega o metrô sozinha, seja de dia ou à noite.

Ele abre o portão do pátio para mim, com um gesto estranho, automático, como se estivesse abrindo a porta para o cachorro poder fazer um xixi noturno. Está tarde, e a noite, sorrateira, já vai tomando o longo crepúsculo de verão. A Paris que adentro é totalmente diferente da que deixei, uma hora atrás – porém, mais uma vez, eu sei que não é por conta da chuva nem da iluminação das ruas. Algo mudou. Ou talvez tenha voltado a ser o que era. Ou talvez nunca tenha deixado de ser, na verdade, e eu estava só tentando me enganar.

Mesmo assim, meus olhos se enchem de lágrimas ao ver essa nova Paris, e todas as luzes se transformam em uma imensa cicatriz vermelha. Limpo o rosto com meu cardigã úmido, ainda segurando o relógio que Willem me entregou. Por algum motivo, não suporto a ideia de colocá-lo de volta no pulso. Parece que vai me machucar, que vai doer muito mais do que o corte no pescoço. Tento caminhar na frente de Willem, para aumentar a distância entre nós.

– Lulu – chama ele.

Não respondo. Não sou eu. Nunca fui.

Ele apressa o passo para me alcançar.

– Acho que a Gare du Nord fica para cá.

Ele me segura pelo cotovelo. Tento me blindar contra a corrente elétrica, mas, assim como contrair o corpo na hora da injeção, a tentativa só piora as coisas.

– Só me diga como chegar lá.

– Acho que é só seguir esta rua por mais três quarteirões, depois virar à esquerda, mas antes precisamos passar na boate da Céline.

Claro. Céline. Ele voltou a agir normalmente. Não voltou a ser o Willem que eu conheço, mas, em comparação com o que vi vinte minutos atrás, já não tem o medo estampado nos olhos, que agora revelam certo alívio. O alívio de me dispensar. Fico me perguntando se esse era o plano desde o início: me despachar e voltar para Céline, para o turno da noite, ou talvez para a outra garota, cujo telefone está guardado em seu bolso. Com tantas opções, por que ele me escolheria?

Você é uma garota legal, dissera meu *crush*, Shane Michaels, quando eu estava a um passo de revelar meus sentimentos. *Você é uma garota legal.* Essa sou eu. Shane sempre segurava minha mão e ficava dizendo palavrinhas doces, jogando charme. Eu achava que significava alguma coisa. Até que ele começou a ficar com outra garota e fez coisas *realmente* significativas com ela.

Seguimos por um largo bulevar no caminho de volta, mas, depois de uns quarteirões, voltamos para as ruas menores. Procuro a boate, mas vejo que não estamos no bairro industrial. É uma área residencial, cheia de prédios de apartamentos, com sacadas cobertas de flores recebendo a água da chuva, gatos gordos esparramados diante das janelas fechadas. Vejo um restaurante de esquina todo iluminado, com vidraças embaçadas. Mesmo do outro lado da rua, ouço as risadas e o estalo dos talheres nos pratos. O lugar está cheio de pessoas quentinhas e secas, em uma quinta à noite, desfrutando de um jantar em Paris.

A chuva começa a apertar. Meu suéter já está empapado e molha a camiseta por baixo. Desenrolo as mangas até os punhos. Começo a bater os dentes, mas cerro a mandíbula para não demonstrar, o que acaba fazendo meu corpo inteiro tremer. Tiro a bandana do pescoço. A ferida estancou, mas meu pescoço agora está pegajoso de suor e sangue.

Willem me encara, consternado – ou talvez apenas enojado.

– Precisa limpar isso.

– Eu tenho roupas limpas na mala.

Willem olha meu pescoço e estremece. Então me segura pelo cotovelo, atravessa a rua e abre a porta do restaurante. Lá dentro, velas iluminam garrafas de vinho enfileiradas por trás de um bar de zinco e os cardápios rascunhados em quadrinhos de giz. Paro na soleira da porta. Não pertencemos àquele lugar.

– A gente pode limpar o corte aqui. Vamos ver se eles têm alguma maleta de primeiros socorros.

– Eu cuido disso no trem.

Naturalmente, minha mãe preparara um estojo de primeiros socorros.

Ficamos ali, parados, encarando um ao outro. Um garçom aparece e fico esperando que nos repreenda por deixar o ar frio entrar, ou pelo nosso aspecto de mendigos imundos e contundidos. No entanto, ele me conduz ao interior do restaurante como se fosse o anfitrião de uma festa, e eu, a convidada de honra. Ele arregala os olhos quando vê o corte em meu pescoço. Willem fala qualquer coisa em francês, e o garçom assente, apontando para uma mesa de canto.

O restaurante está quentinho, cheio de um aroma adocicado de cebola e baunilha, e me sinto cansada demais para resistir. Desabo em uma cadeira, tapando o corte com a mão. A outra mão relaxa e larga o relógio sobre a toalha branca da mesa, de onde escuto o maligno tique-taque.

O garçom volta com uma maletinha de primeiros socorros e um quadrinho de giz com o cardápio. Willem abre a maleta e pega um lenço com antisséptico, mas afasto a mão dele.

– Deixa que eu faço!

Cubro a ferida com pomada e aplico um curativo bem grande. O garçom volta para conferir meu trabalho e assente em aprovação. Então diz algo em francês.

– Ele perguntou se você quer pendurar o suéter na cozinha, para secar – explica Willem.

Preciso conter o ímpeto de enfiar o rosto no avental branco, comprido e limpo daquele homem, tamanha a minha gratidão. Em vez disso, entrego meu suéter empapado. A camiseta úmida está colada ao corpo, com manchas de sangue na gola. Ainda tenho guardada a que Céline me deu, igual a que Willem está usando, com a estampa da banda soturna e superdescolada, mas prefiro andar por aí de sutiã do que usar esse negócio. Willem diz outra coisa em francês e uma comprida jarra de vinho tinto é entregue à nossa mesa.

– Achei que eu tivesse um trem para pegar.

– Ainda dá tempo de comer uma coisinha.

Willem serve uma taça de vinho e me entrega.

Eu teoricamente tenho idade para beber na Europa, mas não bebi nem nos almoços da excursão, onde era servido vinho, e alguns adolescentes roubavam várias taças quando a Sra. Foley se distraía. Hoje à noite, nem penso duas vezes. À luz das velas, o vinho tem cor de sangue, e bebê-lo é como receber uma transfusão. A quentura desce pela garganta até o estômago, antes de começar a reverter o frio que se instalou em meus ossos. Viro meia taça de uma golada só.

– Pega leve – adverte Willem.

Viro o restante do vinho e estendo a taça, como se mostrasse o dedo do meio. Willem me avalia por um segundo, então enche a taça até a boca.

O garçom volta. Cheio de pompa, entrega um cardápio de quadro-negro e uma cesta de pães com um pequeno ramequim de prata.

– *Et pour vous, le pâté.*

– Obrigada – respondo. – Quer dizer, *merci*.

Ele sorri.

– *De rien.*

Willem parte um pedaço do pão, passa a pasta marrom por cima e me oferece. Eu cravo os olhos nele.

– É melhor que Nutella – provoca, em uma voz quase cantada.

Talvez seja o vinho, ou a perspectiva de se livrar de mim, mas o Willem com quem passei o dia está de volta. E, por algum motivo, isso me deixa *furiosa*.

– Não estou com fome – respondo, embora na verdade esteja faminta. Não como nada desde o crepe. – E parece comida de cachorro.

– Só experimenta.

Ele leva o pão e o patê à minha boca. Pego com a mão e dou uma mordiscada. O sabor é delicado e intenso, feito manteiga de carne, mas me recuso a dar essa satisfação a ele. Dou uma mordidela, faço cara feia e deixo o pão de lado.

O garçom volta, vê a jarra de vinho vazia e aponta para ela. Willem assente. O homem retorna com uma cheia.

– O linguado... é *finis* – diz, em uma mistura de inglês e francês, apagando a entrada do quadro de giz. Olha para mim. – Você está gelada e perdeu sangue – conclui, como se eu estivesse com uma hemorragia ou coisa assim. – Recomendo algo com *force*. – Ele cerra o punho. – O beef bourguignon é excelente. Temos também um guisado de peixe muito bom.

– Pode mandar – digo, apontando para o vinho.

O garçom franze o cenho de leve e olha para mim, então para Willem, como se eu estivesse sob responsabilidade conjunta deles dois.

– Sugiro, para começar, a salada com aspargos e o salmão defumado.

Meu estômago traiçoeiro ronca alto. Willem concorda com a cabeça e pede a recomendação do garçom, uma para cada. Nem me pergunta o que quero, o que acho ótimo, pois, neste momento, a única coisa que quero é vinho. Estendo a mão para encher mais uma taça, mas Willem tampa o gargalo da jarra com a mão.

– Você precisa comer primeiro – diz. – É patê de pato, não de porco.

– E daí?

Enfio mais um pedaço de baguete e patê na boca e mastigo fazendo barulho, desafiadora, disfarçando a satisfação que sinto com aquele comportamento. Estendo a taça.

Willem me encara por um longo instante, então me presenteia com uma taça cheia e aquele meio sorriso. Bastou um dia para eu aprender a amar aquele sorriso. E agora quero matá-lo.

Permanecemos sentados, em silêncio. O garçom chega com a salada, fazendo um floreio à altura da beleza do prato: uma natureza morta de salmão rosado, aspargos verdes, molho de mostarda amarelo e bocadinhos de torrada salpicados pela borda do prato, feito botões de flor. Minha boca se enche de água, e meu corpo acena a bandeira branca, pedindo que eu simplesmente me renda, que pare enquanto estou na vantagem e aceite o lindo dia que passei – que na verdade é muito mais do que eu poderia esperar. Contudo, uma parte de mim ainda está faminta; não apenas de comida, mas de tudo o que vivi hoje. Em nome dessa fome, recuso a salada.

– Você ainda está chateada – comenta ele. – Não foi tão ruim quanto eu pensei. Não vai nem deixar marca.

Vai, sim. Mesmo que cicatrize rápido e já tenha sumido até semana que vem, vai deixar marca. Mas talvez não do jeito que ele está pensando.

– Você acha que eu estou chateada por causa *disso*? – retruco, tocando a atadura no pescoço.

Ele não olha para mim. Sabe muito bem que não é por isso que estou chateada.

– Vamos só comer alguma coisa, está bem?

– Você está me mandando embora. Pode fazer o que quiser, só não me peça para achar legal.

Sob a luz trêmula das velas, noto o rosto dele assumindo várias expressões, que mudam como nuvens ligeiras: surpresa, bom humor, frustração e ternura... ou talvez pena.

– Você ia embora amanhã, qual é a diferença? – retruca, limpando algumas migalhas de pão da toalha.

A diferença, Willem? A diferença é a noite.

– Esquece. – É minha resposta genial.

– Esquece? – pergunta Willem. Ele passa o dedo pela borda da taça, que emite um som igual ao de uma buzina de neblina. – Você chegou a pensar no que aconteceria?

Foi só nisso que pensei, foi só nisso que andei tentando *não* pensar: o que aconteceria hoje à noite.

Só que, mais uma vez, entendi errado.

– Você chegou a pensar no que aconteceria se aqueles caras alcançassem a gente?

Eu tinha sentido o que os skinheads pretendiam fazer com ele. A violência que emanavam era tão intensa que deixava um gosto amargo no ar.

– Foi por isso que taquei o livro. Aqueles caras queriam machucar você. O que foi que você disse para ficarem tão irritados?

– Eles já estavam irritados – responde Willem, se esquivando da pergunta. – Só dei um motivo diferente.

No entanto, pela resposta e o olhar no rosto dele, percebo que tenho razão. Os caras realmente pretendiam machucá-lo. O que senti era real.

– Imagina se pegam a gente? Se pegam você? – A voz de Willem é tão baixa que tenho que inclinar o corpo para ouvi-lo. – Olha só o que eles fizeram.

Ele estende a mão como se fosse tocar meu pescoço, mas a recolhe de volta.

Em meio à adrenalina da perseguição e à louca euforia que se seguiu, não parei para cogitar se os caras *poderiam* nos pegar. Talvez porque não parecesse possível. Tínhamos asas nos pés, e eles estavam de coturnos pesados. Mas aqui, agora, com Willem na minha frente, me encarando com uma expressão estranha e sombria, com a maldita bandana ensanguentada embolada sobre a mesa, ouço aqueles coturnos se aproximando, ouço as passadas fortes, o estalo de ossos.

– Mas não pegaram. – Bebo mais um gole de vinho, contendo o tremor na voz.

Ele termina de beber, e por um instante encara a taça vazia.

– Não foi para isso que eu trouxe você aqui.

– *Por que* você me trouxe aqui?

Ele não chegara a dizer. Não explicara por que me convidara para passar um dia em Paris.

Willem esfrega os olhos. Quando afasta as mãos do rosto, parece diferente. Desnudado de todas as máscaras.

– Não foi para que as coisas saíssem do controle.

– Bom, agora está meio tarde para isso.

Tento soar irreverente, invocando quaisquer resquícios de Lulu que eu possa ter deixado para trás, mas a verdade me dá um tapa na cara. Nós – ou pelo menos eu – já passamos do ponto irreversível.

Eu o encaro de volta. Nossos olhares se cruzam. A corrente elétrica retorna.

– É, acho que está – responde ele.

Doze

Talvez Jacques tenha razão, e o tempo realmente seja fluido. Enquanto comemos, vejo meu relógio largado em cima da mesa. Parece se contorcer como uma pintura de Salvador Dalí. Então, em algum momento entre o beef bourguignon e o crème brûlée, Willem o pega, me encara por um longo instante e o coloca de volta no pulso. Sinto um alívio profundo. Não apenas por não estar sendo mandada de volta para Londres hoje à noite, mas por vê-lo reassumir o controle do tempo. Agora, minha rendição está completa.

Está tarde quando voltamos às ruas, e Paris se transformou em uma fotografia em sépia. Já passou da hora de conseguirmos um quarto de hotel ou albergue, mas também não sobrou dinheiro. Entreguei a Willem o que me restava, as 40 libras, para inteirar na conta do jantar. O garçom protestou quando pagamos – não por termos entregado uma bolsinha cheia de euros e libras, mas por termos dado o equivalente a 25 dólares de gorjeta. "É demais", protestou. *É um absurdo de pouco*, pensei.

Agora, porém, cá estou: sem dinheiro. Sem abrigo. Deveria ser meu pior pesadelo, mas não dou a mínima. É curioso como sentimos medo de algumas coisas por antecedência, mas, depois que acontecem, o medo passa.

Então ficamos andando. As ruas estão tranquilas. Somos só nós e os coletores de lixo, com seus vistosos macacões verdes, carregando vassouras de piaçava em neon, parecendo saídos de uma floresta mágica. A rua é iluminada pela luz dos sinais de trânsito e pelos faróis dos carros e táxis que cruzam as poças deixadas pelo aguaceiro, agora reduzido a uma garoa enevoada.

Passamos pelos canais silenciosos e chegamos ao parque com o lago, onde pegamos a bicicleta mais cedo. Andamos sob o viaduto da linha férrea.

Por fim, chegamos a um pequeno bairro chinês. Está tudo fechado, a essa hora da noite, mas as placas estão iluminadas.

– Olha lá – digo, apontando para uma. – Dupla felicidade.

Willem para e olha a placa. Seu rosto é lindo, mesmo refletido pelo brilho do neon.

– Dupla felicidade.

Ele sorri. Então, pega a minha mão.

Meu coração dá um salto.

– Aonde estamos indo?

– Você acabou não vendo nada de arte.

– É uma da manhã.

– Estamos em Paris!

Nós nos embrenhamos mais pelo bairro chinês, entrecortando as ruas, até que Willem encontra o que procura: um bloco de prédios dilapidados, as janelas todas fechadas. Parecem todos iguais, exceto pelo da extrema direita, coberto por andaimes vermelhos, de onde pende uma série de retratos modernos, muito distorcidos. A porta da frente está tomada por grafites e cartazes coloridos.

– Que lugar é esse?

– Uma ocupação artística.

– O que é isso?

Willem me explica sobre as ocupações, construções abandonadas que artistas, músicos, punks ou ativistas resolvem ocupar.

– Eles sempre aceitam gente para passar a noite. Nunca dormi aqui, mas já entrei uma vez, e o pessoal foi bem legal.

Willem tenta abrir a pesada porta de ferro, mas está trancada e acorrentada por fora. Ele contorna o prédio para olhar as janelas, mas a construção inteira, assim como a vizinhança, já se recolheu para dormir.

Willem me olha, como quem pede desculpas.

– Achei que fosse ter alguém aqui hoje. – Ele suspira. – A gente pode ficar na Céline.

Mas até ele parece desanimado com a ideia.

Balanço a cabeça. Prefiro passar a noite andando na chuva. E sem falar que a chuva passou. Uma faixinha de lua entra e sai de trás das nuvens. Tem uma essência tão parisiense, pairando sobre os telhados oblíquos, que é difícil crer que é a mesma lua que vai brilhar sobre a janela do meu quarto, lá em casa, esta mesma noite. Willem acompanha meu olhar até o céu. Então crava os olhos em alguma coisa.

Ele volta até o prédio ocupado, e vou atrás. O andaime de uma das laterais sobe até uma marquise, que leva a uma janela aberta. A brisa remexe uma cortina.

Willem olha para a janela. Então, para mim.

– Consegue subir?

Ontem, eu teria dito que não. É muito alto. Muito perigoso.

– Posso tentar – respondo.

Acomodo a bolsa no ombro e apoio os pés nos dedos entrelaçados de Willem. Ele me ergue até a metade da altura; apoio o pé em um vão do gesso e iço o corpo até a marquise. Deslizo um pouco com a barriga, agarro as grades espiraladas das janelas e entro.

– Estou bem! – grito. – Tudo certo.

Meto a cabeça para fora da janela. Willem está logo abaixo, com aquele sorrisinho. Então, com a agilidade de um esquilo, ajeita a postura, pisa na marquise, dá um salto de acrobata, dobra os joelhos e desliza pela janela.

Meus olhos levam um ou dois minutos para se adequar à escuridão; quando se acostumam, vejo branco por toda parte: paredes brancas, prateleiras brancas, escrivaninha branca, esculturas de gesso brancas.

– Alguém deixou a chave reserva para a gente – explica Willem.

Ficamos em silêncio. Gosto de pensar que é um instante de agradecimento pela providência dos acidentes.

Willem tira uma lanterninha da mochila.

– Vamos explorar?

Aceito. Começamos examinando uma escultura que parece feita de marshmallow, então uma série de fotos em preto e branco de moças gordas nuas, depois algumas pinturas a óleo de moças magras nuas. Ele ilumina uma escultura imensa e muito futurista, toda de metal e tubos retorcidos, que mais parece a releitura de uma estação espacial.

Descemos as escadas rangentes e entramos em um quarto de paredes pretas, cheio de fotografias enormes de pessoas flutuando em águas azuis e profundas. Fico ali, parada, quase sentindo aquela água, como o carinho suave das ondas quando vou nadar à noite, no México, para fugir da multidão.

– E aí? – pergunta Willem.

– Melhor que o Louvre.

Subimos de volta. Ele desliga a lanterna.

– Um dia, uma dessas obras pode estar no Louvre, sabia? – Ele passa a mão em uma escultura branca elíptica, que parece brilhar no escuro. – Será que Shakespeare imaginou que a trupe de Arte de Guerrilha encenaria suas peças, quatrocentos anos depois? – Ele dá uma risadinha, mas sua voz guarda um tom quase reverente. – A gente nunca sabe o que vai durar.

Ele tinha feito esse mesmo comentário mais cedo, em relação aos acidentes, sobre nunca sabermos o que é apenas uma curva na estrada e o que é uma bifurcação; sobre não sabermos se a vida está mudando, até que ela simplesmente muda.

– Acho que às vezes a gente sabe, *sim* – digo, a voz embargada.

Willem se vira e toca a alça da minha bolsa. Por um segundo, não consigo me mexer. Não consigo respirar. Ele tira a bolsa do meu ombro e a larga no chão. Uma nuvem de poeira sobe e atiça meu nariz. Eu espirro.

– *Gezondheid* – diz Willem.

– *Hagelslag* – respondo.

– Você se lembra disso?

– Eu me lembro de tudo o que aconteceu hoje.

Percebo a verdade dessa frase e sinto um nó se formar em minha garganta.

– O que é que você vai lembrar?

Ele larga a mochila junto à minha bolsa a tiracolo. As duas se acomodam juntas, feito velhos companheiros de guerra.

Eu me inclino sobre a escrivaninha. O dia passa diante de meus olhos: as brincadeiras de Willem durante o café da manhã no primeiro trem; a euforia de minha estranha confissão, o beijo amável do gigante na boate, a saliva fria e grudenta de Willem em meu punho; os sons dos subterrâneos secretos de Paris; o alívio que senti ao tirar o relógio; a corrente elétrica que sinto com o toque de Willem; o medo devastador que veio com o grito daquela garota; a reação imediata e destemida dele; nossa fuga por Paris, que mais pareceu um *voo*; e o misto de provocação e compreensão que vejo nos olhos dele.

É isso o que perpassa *meus* olhos quando penso no dia de hoje.

Tem algo a ver com Paris, mas, sobretudo, tem a ver com a pessoa que me trouxe até aqui. E com a pessoa que ele permitiu que eu me tornasse aqui. Estou arrebatada demais para explicar tudo, então digo a única palavra capaz de resumir:

– *Você.*

– E isso aqui?

Ele toca o curativo em meu pescoço. Sinto uma pontada que nada tem a ver com a ferida.

– *Não me importo nem um pouco com isso* – sussurro.

– *Eu me importo* – responde ele, também sussurrando.

O que Willem não sabe – o que não pode saber, pois só me conheceu hoje – é que nada disso tem importância.

– Eu não corri perigo hoje – digo, em uma voz abafada. – Eu *escapei* do perigo.

E escapei mesmo. Não foi só a fuga dos skinheads; sinto que o dia inteiro vem sendo um choque elétrico, um soco no peito, capaz de me tirar do torpor que me dominou a vida inteira, sem que eu percebesse.

– Eu escapei – repito.

– Escapou.

Ele se aproxima, se assomando sobre mim, e imprensa minhas costas na escrivaninha. Meu coração acelera. Não tenho como fugir. Não quero fugir.

Como se desconectada do corpo, minha mão se ergue em direção ao rosto dele, mas, antes que ela chegue, Willem levanta o braço, rápido feito um açoite, e agarra meu punho. Num instante de confusão, penso que mais uma vez o entendi mal, que serei recusada.

Willem segura meu punho por um longo instante, encarando minha marca de nascença. Então a leva à boca. Seus lábios são macios, e o beijo é suave, mas elétrico, uma faca se cravando em uma tomada. É o instante em que venho à vida.

Willem beija meu punho, depois vai subindo a boca pelo antebraço até a curvinha sensível do cotovelo, até a axila, tocando áreas que jamais se revelaram dignas de beijos. Fico com a respiração entrecortada. Seus lábios beijam minhas escápulas, sorvem as gotículas acumuladas nos ossinhos das clavículas e seguem para os tendões do pescoço, tocando a área em torno do curativo e, muito delicadamente, o próprio curativo. A vida irrompe em partes do meu corpo que eu não imaginava que existiam, enquanto um clique ativa meus circuitos.

Quando ele enfim beija minha boca, tudo se reveste de uma estranha quietude, feito o instante de silêncio entre o relâmpago e o trovão. Um. Dois. Três. Quatro. Cinco.

Bum.

Nós nos beijamos outra vez. O segundo beijo é do tipo que destrói o céu. Rouba meu fôlego, depois devolve. Revela o erro que foram todos os outros beijos da minha vida.

Agarro os cabelos de Willem e o puxo mais para perto. Ele segura minha nuca e desliza os dedos pelos nozinhos da coluna. *Ping, ping, ping*, vai descendo a corrente elétrica.

Ele abraça minha cintura e me ergue sobre a mesa. Estamos frente a frente, trocando beijos intensos. Meu suéter some. Depois, a camiseta. E a dele. Seu peito é macio e musculoso, e mergulho a cabeça em seu corpo, beijando a linha que divide o dorso. Com uma avidez que não reconheço, desafivelo seu cinto e baixo a calça jeans.

Envolvo as pernas na cintura dele. Suas mãos me percorrem por inteiro, descendo pela curvinha do quadril, onde uma delas repousou durante nosso cochilo. Emito um som que nunca imaginei ouvir saindo de mim.

Uma camisinha se materializa. Minha calcinha está embolada junto a meus pés, e a saia está erguida na cintura. A cueca de Willem cai no chão. Ele me ergue sobre a mesa. E percebo que estava errada. Só agora minha rendição está completa.

Ao final, nós dois desabamos no chão, Willem de costas, e eu ao lado. Ele toca minha marca de nascença, que parece pegar fogo, e acaricio seu pulso, sentindo os pelinhos macios sobre a pesada corrente do meu relógio.

– Então era *assim* que você ia cuidar de mim? – brinca ele, apontando para uma marca vermelha em seu pescoço, onde acho que o mordi.

Como tudo mais, ele transformou minha promessa em piada, em motivo de provocação. Mas não sinto vontade de rir, não agora, não por isso, não depois de tudo.

– Não. Não era assim.

Parte de mim quer negar aquilo tudo, mas não vou permitir. Willem me perguntou se eu cuidaria dele, e, mesmo que fosse de brincadeira, eu prometi que cuidaria, e isso foi sério. Eu sabia que nunca mais o veria quando disse que seria sua garota da montanha. Não era essa a questão. Eu queria que ele soubesse, quando se sentisse sozinho no mundo... que eu estava ali, a seu lado.

Só que isso tinha sido ontem. Com um aperto no peito que me faz entender de verdade o que é um *coração partido*, fico pensando se é mesmo a solidão dele que me preocupa.

Willem corre o dedo pela fina camada de pó branco que cobre meu corpo.

– Você é tipo um fantasma – diz. – Daqui a pouco desaparece.

A voz dele é suave, mas, quando tento olhá-lo nos olhos, ele não corresponde.

– Eu sei.

Sinto um nó na garganta. Se continuarmos falando disso, vou começar a chorar.

Willem remove um pouquinho do pó, e minha pele ressurge, bronzeada pelos passeios da excursão. Existem outras coisas que não se apagam fácil. Seguro o queixo de Willem e viro seu rosto para mim. Sob o brilho tênue da iluminação da rua, suas feições angulosas ficam ao mesmo tempo claras e sombreadas. Ele olha para mim, me encara de verdade; sua expressão é triste, melancólica e carinhosa, e me informa tudo o que preciso saber.

Levo minha mão trêmula à boca. Lambo o dedo e esfrego no punho, sobre a marca de nascença. Esfrego outra vez. Ergo o olhar e encaro seus olhos escuros, iguais a esta noite, que gostaria que nunca acabasse.

Depois de um instante de hesitação, Willem fecha a cara, como fez depois da perseguição. Estende o braço e esfrega meu sinal. *Não vai sair*, é o que está me dizendo.

– Mas você vai embora amanhã – diz ele.

Sinto meu coração pulsando nas têmporas.

– Eu não preciso ir.

Por um segundo, ele parece confuso.

– Posso ficar mais um dia – explico.

Mais um dia. É só o que estou pedindo. Só mais *um* dia. Não consigo pensar em nada além disso. Mais do que isso, as coisas começam a complicar. Os voos atrasam. Os pais enlouquecem. Mas só mais um dia. Mais um dia eu consigo, com o mínimo de conflito, sem aborrecer ninguém além de Melanie. Que vai entender. Algum dia.

Parte de mim sabe que um dia a mais só vai servir para adiar a dor. Outra parte, porém, pensa diferente. Nós nascemos em um dia. Morremos em um dia. Podemos mudar em um dia. E podemos nos apaixonar em um dia. Qualquer coisa pode acontecer em apenas um dia.

– O que você acha? – pergunto a Willem. – Mais um dia?

Ele não responde. Em vez disso, gira o corpo e sobe em cima do meu. Cedo sob seu peso, minhas costas pressionando o chão de cimento, até que sinto uma pontada na costela.

– Ai!

Willem enfia o braço por baixo do meu corpo e puxa uma pequena talhadeira de metal.

– Temos que arrumar outro lugar para ficar – digo. – E *não* com a Céline.

– *Shh*. – Willem me silencia com os lábios.

Mais tarde, depois de explorarmos com muita calma cada curvinha um do outro, depois de muitos beijos, lambidas, sussurros e gargalhadas, quando nossos corpos já estão pesados, e o céu começa a exibir o arroxeado da aurora, Willem nos cobre com um pedaço de lona.

– *Goeienacht*, Lulu – diz, os olhos trêmulos de cansaço.

Acaricio as ruguinhas de seu rosto.

– *Goeienacht*, Willem.

Eu me aproximo de sua orelha e afasto a cabeleira embaraçada.

– Allyson – sussurro. – O meu nome é Allyson.

Mas ele já está dormindo. Recosto a cabeça na curva entre seu braço e o ombro e vou traçando as letras de meu verdadeiro nome em seu antebraço, imaginando que o contorno permanecerá até a manhã.

Treze

Depois de uma onda de calor de dez dias, já me acostumei a acordar suando, mas desta vez desperto com uma brisa fria soprando pela janela aberta. Procuro um cobertor, mas em vez de algo macio e quentinho, encontro um tecido duro e amassado. Um pedaço de lona. Então, naquele intervalo de confusão entre o sono e o despertar, recordo tudo. Onde estou. Com quem estou. A alegria me aquece por dentro.

Estendo a mão para Willem, mas não o sinto ali ao lado. Abro os olhos, pestanejando sob a luz cinzenta refletida no branco caiado das paredes do estúdio.

Por instinto, confiro o relógio, mas encontro o pulso vazio. Vou andando até a janela, puxando a saia por cima do peito desnudo. As ruas ainda estão vazias, as lojas e os cafés, ainda fechados. É muito cedo.

Fico com vontade de chamar por ele, mas está um silêncio sepulcral, e parece errado quebrá-lo. Willem deve estar lá embaixo, talvez no banheiro. Eu mesma quero ir ao banheiro. Visto as roupas e desço a escada devagar. Willem também não está lá. Faço um xixi rápido, jogo uma água no rosto e tento engolir a pontada de ressaca.

Ele deve estar explorando os estúdios, agora que clareou. Ou talvez tenha voltado para o andar de cima. *Calma*, digo a mim mesma. Ele deve estar lá em cima.

– Willem? – chamo.

Ninguém responde.

Subo as escadas correndo, de volta ao estúdio onde dormimos. Está uma bagunça. Vejo minha bolsa no chão, os pertences todos espalhados, mas a mochila dele, as coisas dele, desapareceram.

Meu coração dispara. Corro até minha bolsa e começo a conferir tudo: a carteira, o passaporte, o mínimo de dinheiro que ainda tenho. Mas me sinto uma idiota. Ele pagou minha passagem, não iria me roubar. Lembro-me do nervosismo que senti ontem, no trem.

Desço e subo as escadas, agora gritando por ele. Mas a resposta é apenas um eco – *Willem! Willem!* –, como se as paredes zombassem de mim.

O pânico me invade. Tento afastá-lo com pensamentos lógicos. Ele foi buscar comida. Foi encontrar outro lugar para dormirmos.

Eu me planto junto à janela e espero.

Paris começa a acordar. As portas gradeadas das lojas são abertas, as calçadas começam a ser varridas. Os carros começam a buzinar, as bicicletas tilintam, o som de passos no pavimento molhado de chuva se multiplica.

Se as lojas estão abertas, devem ser o quê, nove horas? Dez? Dali a pouco os artistas vão chegar, e o que é que vão fazer quando me encontrarem em sua ocupação, feito a Cachinhos Dourados?

Decido esperar do lado de fora. Calço os sapatos, penduro a bolsa no ombro e rumo para a janela aberta. À luz fria do dia, porém, sem a ajuda de Willem nem o vinho para me dar coragem, a distância entre o segundo andar e o chão parece grande demais.

Você subiu, você consegue descer, digo a mim mesma, em um tom firme. Avanço até a marquise e estendo o braço em direção ao andaime, mas minha mão escorrega, e sinto uma tontura. Imagino meus pais recebendo a notícia da minha morte, depois de cair de um prédio em Paris. Volto para o estúdio, soprando nas mãos em concha.

Onde ele está? Onde é que ele está, merda? Minha mente dispara feito bolinha de pinball, procurando uma explicação racional para aquele sumiço. Ele foi arrumar mais dinheiro. Foi pegar minha mala. E se tiver caído da janela? Dou um salto, tomada por um estranho otimismo ao imaginá-lo estatelado junto ao duto de escoamento, machucado, porém bem, pensando que então poderei cumprir a promessa de cuidar dele, mas não há nada sob a janela além de uma pocinha de água suja.

Desabo outra vez no chão do estúdio, a respiração rasa de tanto medo, um grau totalmente diferente na escala Richter do sustinho que levei no trem.

Mais tempo passa. Abraço os joelhos, trêmula, naquela manhã úmida. Desço as escadas, sorrateira. Tento a porta da frente, mas está trancada por fora. Tenho a sensação de que vou ficar ali trancada para sempre, que vou envelhecer, definhar e morrer presa naquela ocupação.

A que horas será que os artistas vão dormir? Que horas são? Mas não preciso de relógio para saber que Willem sumiu faz tempo. A cada minuto, as explicações racionais vão ficando mais estapafúrdias.

Então, ouço o clangor da corrente e chaves balançando na fechadura, mas, quando a porta se abre, vejo uma mulher com duas tranças compridas segurando um monte de telas enroladas. Ela me olha e começa a falar em francês, mas simplesmente saio correndo.

Ando pelas ruas procurando por Willem, mas não o vejo. Parece que ele nunca passaria por ali, por aquela área repleta de restaurantes chineses baratos, garagens, prédios de apartamentos, tudo cinza sob a chuva cinza. Como pude ver beleza naquele lugar?

Atravesso a rua correndo. Os carros buzinam, um som estranho, estrangeiro, como se falassem outra língua. Rodopio várias vezes, sem a menor ideia de onde estou, sem saber aonde ir, desejando desesperadamente estar em casa. Na minha casa, na minha cama. Em segurança.

As lágrimas embotam minha visão, mas consigo cambalear até a calçada e vou avançando, de quarteirão em quarteirão. Não tem ninguém atrás de mim, só que, desta vez, estou com medo.

Corro por vários quarteirões, subo um lance de escadas e chego em uma espécie de praça, com um suporte para as bicicletas cinza, uma agência imobiliária, uma farmácia e um café. À frente, vejo uma cabine telefônica. Melanie! Posso ligar para Melanie. Respiro fundo algumas vezes, engulo o choro e sigo as instruções para falar com a telefonista internacional, mas a chamada vai direto para a caixa de mensagens. Claro. Ela deixou o telefone desligado, para fugir da minha mãe.

Uma telefonista surge na linha e informa que não posso deixar recado, pois a chamada é a cobrar. Começo a chorar. A telefonista me pergunta se eu preciso que ela chame a polícia. Digo que não, aos prantos, e ela pergunta se tem outra pessoa para quem eu queira ligar. Então me lembro do cartão de visitas da Sra. Foley.

– Pat Foley – atende ela, em um tom seco.

A telefonista precisa perguntar três vezes se ela aceita a chamada a cobrar, pois começo a chorar mais alto no instante em que ela atende, e a Sra. Foley não consegue ouvir a pergunta.

– Allyson. Allyson. O que houve? Você está ferida? – pergunta ela, do outro lado da linha.

Estou assustada demais, paralisada demais para estar ferida. Os ferimentos virão depois.

– Não – respondo, em um tom quase inaudível. – Preciso de ajuda.

A Sra. Foley consegue arrancar as informações principais de mim: que fui para Paris com um rapaz que conheci no trem, que estou presa ali, perdida, sem dinheiro, sem a menor ideia de onde estou.

– Por favor – imploro. – Só quero ir para casa.

– Vamos dar um jeito de trazer você de volta para a Inglaterra, está bem? – responde ela, muito calma. – Você tem passagem?

Acho que Willem comprou ida e volta. Reviro a bolsa e encontro o passaporte. A passagem ainda está dobradinha lá dentro.

– Acho que tenho – respondo à Sra. Foley, a voz trêmula.

– Para quando está marcada a volta?

Dou uma olhada. Vejo uma bagunça de números e datas.

– Não sei dizer.

– No canto esquerdo superior. Está em horário militar. O formato de 24 horas.

Então, eu vejo.

– Treze e trinta.

– Treze e trinta – repete a Sra. Foley, em seu tom eficiente e reconfortante. – Excelente. Uma e meia da tarde. Acabou de passar do meio-dia aí em Paris, então você ainda tem tempo de pegar esse trem. Consegue ir até a estação? Ou a alguma estação de metrô?

Eu não tenho ideia. Nem dinheiro.

– Não.

– E um táxi? Consegue pegar um táxi até a Gare du Nord?

Balanço a cabeça. Não tenho euros para pagar o táxi. Digo isso à Sra. Foley e percebo o desgosto em seu silêncio. É como se nada do que eu tivesse dito até agora me fizesse descer em seu conceito, mas viajar até Paris sem dinheiro? Ela solta um suspiro.

– Posso chamar um táxi daqui e deixar pago. Assim você chega na estação de trem.

– A senhora consegue fazer isso?

– Só me diga onde está.

– Eu não sei onde estou! – grito.

Não prestei a menor atenção quando Willem estava guiando, ontem à noite. Só me entreguei.

– Allyson! – A voz dela é um tapa na cara, e surte esse exato efeito, cortando o meu choro estridente. – Se acalme. Largue o telefone um instante e vá anotar os nomes das ruas da esquina mais próxima.

Reviro a bolsa atrás de uma caneta, mas não encontro. Largo o telefone e decoro os nomes das ruas.

– Estou na esquina da avenida Simon Bolívar e da Rue de l'Equerre – digo, assassinando a pronúncia. – Em frente a uma farmácia.

A Sra. Foley repete a informação, então me manda ficar ali. Avisa que um carro vai chegar em no máximo meia hora e me manda ligar para ela, caso não chegue. Diz que, se não tiver notícias, vai presumir que embarquei no trem de uma e meia para St. Pancras e que vai me encontrar em Londres na plataforma às duas e quarenta e cinco. E me manda não sair da estação sem ela.

Cinco minutos depois, um Mercedes preto dobra a esquina. O motorista ergue uma placa, e quando vejo meu nome – *Allyson Healey* –, sinto, ao mesmo tempo, alívio e privação. Lulu, seja lá de onde tenha vindo, foi-se embora para sempre.

Eu me acomodo no banco de trás, e seguimos viagem até o terminal ferroviário, que descubro estar a apenas dez minutos de distância. A Sra. Foley tinha pedido ao motorista que entrasse comigo na estação e me mostrasse a plataforma. Vou caminhando pelo terminal, muito aturdida, e, quando desabo no assento e vejo os passageiros arrastando as bagagens pelos corredores, lembro que deixei minha mala na boate. Todas as minhas roupas e lembranças da viagem estão lá dentro. Mas não quero nem saber. Perdi algo muito mais valioso em Paris.

Seguro a onda até o trem adentrar o túnel, mas aí não sei o que acontece, não sei se foi a segurança da escuridão, ou quem sabe a lembrança do passeio subterrâneo de ontem, tudo o que está dentro de mim sai aos borbotões. Quando deixamos o Calais, e as janelas escurecem, volto a soluçar baixinho, as lágrimas salgadas e infinitas como o mar que estou cruzando.

Em St. Pancras, a Sra. Foley me leva até um café, me acomoda numa mesinha de canto e pede um chá, que fica esfriando na xícara. Conto tudo a ela: a peça alternativa em Stratford-upon-Avon, o encontro com Willem no trem, a viagem para Paris, o dia perfeito, o misterioso sumiço pela manhã, que até agora não consegui entender, e minha fuga desesperada.

Fico esperando uma bronca, achando que ela vai me repreender por tê-la decepcionado, por ter me comportado mal, mas a Sra. Foley se mostra solidária.

– Ai, Allyson...

– Não sei o que pode ter acontecido com ele. Fiquei esperando, esperei no mínimo algumas horas, e fiquei tão assustada... Entrei em pânico. Sei lá, talvez eu devesse ter esperado mais.

– Você podia ter esperado até o Natal, mas duvido muito que seria uma boa ideia – responde a Sra. Foley.

Eu a encaro. Sinto a súplica em meus olhos.

– Ele é ator, Allyson. *Ator*. É o pior tipo – explica.

– A senhora acha que foi tudo teatro? Fingimento? – Balanço a cabeça. – O que aconteceu ontem não foi fingimento – completo, em um tom enfático, embora eu já não saiba a quem estou tentando convencer.

– Até ouso dizer que ele foi verdadeiro naquele momento – responde ela, medindo as palavras. – Mas os homens são diferentes das mulheres. São volúveis. E atores entram e saem muito depressa das emoções.

– Não foi encenação – repito, mas meu argumento está perdendo força.

– Você transou com ele?

Por um segundo, ainda consigo senti-lo dentro de mim. Afasto o pensamento, olho para Sra. Foley e faço que sim com a cabeça.

– Então ele conseguiu o que queria – diz ela, sem emoção, porém não com malícia. – Acho que o rapaz nunca quis que esse encontro durasse mais que um dia. Afinal, foi exatamente o que ele propôs.

E era mesmo. Até não ser mais. Ontem à noite, declaramos nossos sentimentos um pelo outro. Abro a boca para dizer isso à Sra. Foley, mas fico paralisada. *Nós* declaramos alguma coisa? Ou será que eu estava falando sozinha?

Penso em Willem. Penso de verdade. O que sei a respeito dele? Só algumas informações soltas: idade, altura, peso, nacionalidade – sendo que isso nem sei ao certo, porque ele contou que a mãe não era holandesa. Willem é um viajante. Um vagabundo. Os acidentes são a força propulsora de sua vida.

Não sei em que dia ele nasceu, nem sua cor preferida, seu livro favorito, o estilo de música de que ele mais gosta. Não sei se teve um bichinho de estimação na infância. Não sei se já quebrou algum osso, nem como ganhou a cicatriz no pé. E nem por que não volta para casa há tanto tempo. Não sei nem o sobrenome dele! Ainda assim, é mais do que ele sabe a meu respeito. Ele não sabe nem o meu nome!

Neste café feio e pequenino, sem o fulgor romântico de Paris conferindo uma beleza rósea a tudo, começo a enxergar claramente a situação: Willem me convidou para passar um dia em Paris, nunca prometeu nada além disso. Ontem à noite, até tentou me mandar de volta para casa. Sabia que Lulu não era meu verdadeiro nome, mas não tentou descobrir quem eu era. Quando disse que enviaria a nossa foto por mensagem ou e-mail, ele, muito esperto, se recusou a me passar seus contatos.

Não foi como se tivesse mentido. Ele contou que já se apaixonara várias vezes, mas que nunca amara ninguém. Oferecera essa informação de bom grado. Penso nas garotas no trem, em Céline, nas modelos, na moça do café... Isso tudo em um dia só. Quantas de nós estávamos por aí? Em vez de aceitar a parte que me cabia, aproveitar o momento e seguir em frente, eu bati o pé. Disse que estava apaixonada, que queria cuidar dele. Implorei por mais um dia, presumi que ele também quisesse isso. Mas Willem nem chegou a responder. Nem chegou a aceitar.

Ah, meu Deus! Tudo faz sentido. Como pude ser tão ingênua? *Apaixonada? Em um dia?* Tudo o que acontecera ontem tinha sido mentira. Tudo ilusão. Enquanto a realidade se cristaliza, sinto até uma vertigem, tamanho o nojo, a vergonha e a humilhação que tomam conta de mim. Escondo o rosto com as mãos.

A Sra. Foley estende a mão e acaricia minha cabeça.

– Está tudo bem, querida. Ponha para fora. É previsível, sim, mas é uma dor brutal. Ele podia pelo menos ter levado você até a estação, dado tchau, mesmo que nunca mais fosse ligar. Podia ter sido um pouco mais civilizado. – Ela aperta a minha mão. – Isso também vai passar. – Ela para e se aproxima de mim. – O que houve com o seu pescoço, querida?

Minha mão dispara até o pescoço. O curativo sumiu, e o corte já com casquinha está começando a coçar.

– Nada. Foi um... – Estou prestes a dizer acidente, mas me refreio. – Uma árvore.

– E cadê o seu lindo relógio?

Olho para baixo, para o meu pulso. Vejo a marca de nascença, feia, nua, gritante. Puxo a manga do suéter para cobri-la.

– Ficou com ele.

Ela estala a língua.

– Eles às vezes fazem isso. Levam pertences, como uma espécie de troféu. Feito assassinos em série. – Ela termina o chá. – Então, vamos levar você de volta para a Melanie?

Entrego à Sra. Foley a tirinha de papel com o endereço de Veronica, e ela pega um guia de *Londres de A a Z* para encontrar o caminho. Vou dormindo no metrô, já sem lágrimas para chorar, tirando conforto apenas do vazio da exaustão. A Sra. Foley me acorda na estação de Veronica e me conduz até a construção de tijolos vermelhos onde fica seu apartamento.

Melanie aparece na porta, saltitante, toda arrumada para a ida ao teatro. Está radiante de expectativa, querendo ouvir a ótima história. Então vê a Sra. Foley e fecha a cara. Mesmo sem saber de nada, ela entende tudo: despediu-se de Lulu na estação ontem à noite, mas é Allyson quem retorna, tal e qual uma mercadoria avariada. Ela inclina a cabeça bem de leve, quase dando de ombros, como se nada daquilo a surpreendesse. Então tira os sapatos de salto e abre os braços para mim. Quando me aproximo, a humilhação e a tristeza me derrubam de joelhos. Melanie desaba ao meu lado e me abraça com força. Atrás de mim, ouço a Sra. Foley se afastando. Deixo-a sair sem dizer uma palavra. Não lhe agradeço e jamais lhe agradecerei. Sei que é errado, considerando a enorme bondade dela, mas, se eu quiser sobreviver, não poderei nunca, jamais, revisitar este dia.

PARTE DOIS

Um ano

Catorze

SETEMBRO
Faculdade

– Allyson. Allyson. *Cadê* você?

Cubro a cabeça com o travesseiro e fecho os olhos com força, fingindo que estou dormindo.

A chave se vira na fechadura, e Kali, minha colega de quarto, abre a porta.

– Prefiro que você não *tranque* a porta quando estiver *aqui*. E *sei* que você *não está* dormindo. Está só se *fingindo de morta*. Que nem o *Buster*.

Buster é o cachorro de Kali, um lhasa apso. Tem algumas fotos dele, entre as dezenas de fotografias coladas na parede. Ela me contou tudo sobre o Buster em julho passado, quando nos falamos por telefone pela primeira vez, para nos apresentarmos como colegas de quarto. Na época, achei o nome fofo e achei engraçado que o nome de Kali fosse uma homenagem a seu estado natal, a Califórnia. E o jeitinho dela de falar, quase como se estivesse socando as palavras, parecia fofinho.

– Beleeeza, Allyson. *Beleza*. Não responde, mas olha só, *será* que dá para você *retornar* as ligações dos seus pais? A sua *mãe* ligou para o *meu* celular atrás de *você*.

Abro os olhos debaixo das cobertas. Fiquei imaginando por quanto tempo conseguiria deixar o telefone descarregado antes que algo acontecesse. Já recebi uma entrega misteriosa dos correios. Já estava até esperando a chegada de um pombo-correio. Mas ligar para a minha colega de quarto?

Escondo a cabeça debaixo do travesseiro enquanto Kali troca de roupa, passa maquiagem e se empapuça daquele perfume com cheiro de baunilha que impregna em tudo que é canto. Depois que ela sai, tiro o travesseiro da cabeça e boto as pernas para fora da cama. Empurro o livro de química para longe; o marca-texto está aberto, esperando para ser usado antes de a tinta secar, de tanta negligência. Localizo o telefone morto na gaveta e reviro a roupa suja empilhada no armário, em busca do carregador. Quando o aparelho volta à vida, a voz da caixa de mensagens informa que tenho 22 novos recados. Vou rolando as chamadas não atendidas. Dezoito dos meus pais. Duas da minha avó. Uma de Melanie e uma da administração da universidade.

"Oi, Allyson, é a sua mãe. Estou ligando só para saber como estão as coisas. Me liga de volta."

"Oi, Allyson. É a mamãe. Chegou o novo catálogo da Boden, e tem umas saias lindas! E umas calças de veludo cotelê bem quentinhas. Vou encomendar e levar para você no Fim de Semana dos Pais. Me liga!"

Também tem uma mensagem do meu pai. "A sua mãe que saber onde a gente faz a reserva do Fim de Semana dos Pais: italiano, francês, talvez japonês? Eu disse que você toparia qualquer coisa. Imagino que a comida da república não tenha melhorado muito nesses 25 anos."

Mamãe, de novo: "Allyson, seu celular está com defeito? Por favor, não me diga que também perdeu esse. Pode por favor entrar em contato? Estou tentando organizar o Fim de Semana dos Pais. Pensei em ir às aulas com você..."

"Oi, Ally, é a vovó. Entrei para o Facebook. Não sei direito como funciona, então melhor você pedir para ser minha amiga por lá. Ou então me liga. Mas quero fazer igual à garotada de hoje em dia!"

"Allyson, é o papai. Liga para a sua mãe. Ah, estamos tentando conseguir uma reserva no Prezzo..."

"Allyson, você está doente? Porque realmente não consigo achar outra explicação para esse silêncio sepulcral..."

Daí em diante, as mensagens vão ladeira abaixo, com mamãe agindo como se fizesse três meses, não três dias, que não ligo para ela. Apago as últimas sem nem ouvir, escutando apenas a falação de Melanie sobre a faculdade, os caras gostosos de Nova York e como a pizza de lá é melhor.

Confiro a hora no celular. São seis da tarde. Se eu ligar para casa, talvez mamãe esteja na rua, e a ligação caia na secretária eletrônica. Não sei muito bem o que ela anda fazendo durante o dia. Acabou largando o emprego quando eu tinha 7 anos, mesmo sem tirar a tal licença-maternidade. A ideia era voltar ao trabalho quando eu fosse para a faculdade, mas esse plano ainda não saiu da gaveta.

Ela atende no segundo toque.

– Allyson, por onde você anda? – O tom é oficioso, meio impaciente.

– Fugi para me juntar a uma seita. – Ela fica quieta, como se realmente estivesse considerando a possibilidade. – Estou na faculdade, mãe. Ando ocupada. Tentando me ajustar à nova carga de tarefas.

– Se está achando ruim, espere só até começar a pegar firme na medicina. Espere até a residência! Eu quase não via o seu pai.

– Então já devia ter se acostumado.

Mamãe fica em silêncio. A resposta afiada é novidade. Papai diz que, desde que voltei da Europa, estou sofrendo de "aborrescência tardia". Nunca agi assim, mas agora, ao que parece, estou pesando a mão nas atitudes, no corte de cabelo e agindo de maneira irresponsável – como prova o fato de que não só perdi a mala, com tudo o que tinha lá dentro, mas também o relógio de pulso. Não importava o quanto eu e Melanie afirmássemos que a mala havia sido roubada no trem, com o relógio dentro, o que, em tese, atesta minha inocência. Mesmo assim não funcionou para eles, talvez porque eu não seja inocente.

Mamãe muda de assunto.

– Você recebeu a encomenda? Uma coisa é você me ignorar, mas a sua avó ia gostar de receber um agradecimento.

Reviro as roupas fedidas e amarfanhadas, procurando a caixa dos correios. Dentro, enrolados em plástico-bolha, há um relógio-despertador da Betty Boop e uma caixa de biscoitos pretos e brancos da Shriner's, uma confeitaria da nossa cidade. *Presente da vovó*, diz o bilhetinho colado sobre a caixa.

– Achei que o relógio ia cair bem na sua coleção.

– A-hã.

Encaro as caixas no armário. Ainda não abri nenhuma. É lá que estão minha coleção de despertadores e todas as bugigangas supérfluas que eu tinha trazido de casa.

– Pedi umas roupas novas para você. É melhor mandar pelo correio, ou levo pessoalmente?

– Pode trazer, eu acho.

– Falando no Fim de Semana dos Pais, estamos acertando os planos. Vamos tentar uma reserva no Prezzo para o sábado à noite. Domingo é o brunch, e depois, antes do voo de volta, seu pai tem um encontro de ex-alunos, então pensei em passarmos o dia em um spa. Ah, e no sábado de manhã, antes do almoço, vou tomar um café com a Lynn, mãe da Kali. Andamos trocando e-mails.

– Por que você anda trocando e-mails com a mãe da garota que mora comigo?

– Por que não? – retruca mamãe, em tom áspero, como se não houvesse motivo para aquela pergunta, como se não houvesse motivo para ela não se enfiar em todas as áreas da minha vida.

– Bom, será que você pode parar de ligar para o celular da Kali? É meio nada a ver.

– O que é meio nada a ver é minha filha passar uma semana inteira incomunicável.

– Três dias, mãe.

– Então você também estava contando. – Ela faz uma pausa, como se acabasse de marcar um ponto. – Se tivesse me deixado instalar uma linha fixa aí, a gente não teria esse problema.

– Ninguém mais tem linha fixa hoje em dia. Todo mundo usa celular. Cada um tem seu número. Por favor, não tente falar comigo pelo telefone dela.

– Então retorne as ligações, Allyson.

– Eu vou retornar. É que eu perdi o carregador.

O suspiro aflito que ela solta do outro lado da linha me faz perceber que escolhi a mentira errada.

– Será que a gente vai ter que acorrentar todos os seus pertences?

– Emprestei para uma das meninas daqui, e ficou perdido nas coisas dela.

– A Kali?

Kali e eu não dividimos nem o sabonete.

– Isso.

– Estou doida para conhecer a Kali e a família dela. Parecem uns amores. Convidaram a gente para ir a La Jolla.

Quase pergunto se minha mãe quer mesmo fazer amizade com pessoas que puseram o nome da filha de Kali em homenagem à Califórnia. Mamãe tem uma neura com nomes e odeia apelidos. Quando eu era pequena, era até meio radical a esse respeito, e vivia tentando evitar que os outros me chamassem de Ally ou Al. Vovó ignorava, mas as outras pessoas se comportavam direitinho, até os professores da escola. Nunca entendi por que ela não tinha escolhido um nome que não permitisse apelidos se aquilo a incomodava tanto, por mais que Allyson fosse um nome de família. Seguro os comentários sobre Kali, porque, se começar a bancar a chata, vou estragar meu disfarce de Universitária Feliz. E minha mãe, cujos pais não tiveram condições de pagar a faculdade que ela queria, que precisou trabalhar durante a graduação e depois ainda ajudar o papai durante os estudos de medicina, deseja muito que eu seja uma Universitária Feliz.

– Preciso ir – digo. – Vou sair com as meninas.

– Ah, que legal! Aonde vocês vão?

– A uma festa.

– Uma chopada?

– Talvez ao cinema.

– Acabei de ver um filme ótimo com a Kate Winslet. Veja este.

– Vou, sim.

– Me liga amanhã. E deixa o celular ligado.

– Os professores reclamam de quem atende o telefone no meio da aula. – Resposta afiada de novo.

– Amanhã é sábado. E eu conheço a sua grade de horários, Allyson. Você só tem aula de manhã.

Claro que ela sabe dos meus horários. Minha grade foi praticamente toda montada por ela. Aulas sempre de manhã, porque ela disse que eram mais vazias e que eu receberia mais atenção, além de ter as tardes livres para estudar. Ou dormir, como vem acontecendo.

Depois de desligarmos, enfio o despertador em uma caixa no armário, pego os biscoitos e levo para a sala, onde as meninas da república já começaram a beber umas cervejas. Estão todas arrumadas, prontas para sair.

Elas estavam muito empolgadas no início do semestre. Eram realmente Universitárias Felizes. Jenn fazia brownies orgânicos, e Kendra pendurou uma plaquinha na nossa porta com o nome de todas debaixo de um apelido para o grupo: Quarteto Fantástico. Kali distribuiu cupons de desconto para uma clínica de bronzeamento, para mantermos o inevitável transtorno afetivo sazonal, a depressão que chega quando a quantidade de horas de sol diminui.

Agora, um mês depois, as três formaram um grupo unido, e eu virei uma espécie de apêndice. Tenho vontade de dizer a Kendra que não me incomodo se ela quiser tirar a plaquinha da porta ou substituí-la por outra, com dizeres parecidos com "Trio Ternura & Allyson".

Vou me arrastando até o saguão.

– Aqui – digo, entregando o doce a Kali, mesmo sabendo que ela controla as calorias, mesmo adorando aqueles biscoitos pretos e brancos. – Desculpa pela minha mãe.

Kendra e Jenn soltam um grunhido, simpatizando com o meu problema, mas Kali estreita os olhos.

– Não quero ser *escrota* nem nada, mas já é *bem ruim* ter que escapar dos *meus* pais, beleeeza?

– Ela está com a síndrome do ninho vazio, sei lá. – É o que o papai vive dizendo. – Não vai acontecer de novo – concluo, soando mais confiante do que realmente me sinto.

– Minha mãe transformou meu quarto em ateliê dois dias depois que eu saí de casa – comenta Jenn. – Pelo menos a sua sente saudades.

– A-hã.

– Que biscoitos são esses? – pergunta Kendra.

– São biscoitos pretos e brancos.
– Que nem a gente – brinca Kendra.
– Biscoitinhos em harmonia racial – respondo.
Jenn e Kendra dão risada.
– Você devia vir com a gente hoje – diz Jenn.
– Vamos a uma festa na Henderson, e tem um bar no centro com política de entrada bem liberal – explica Kendra, amarrando os cabelos pretos alisados em um coque, depois pensando melhor e desfazendo o penteado. – Cheio de belos espécimes masculinos.
– E espécimes femininos, se for a sua praia – acrescenta Jenn.
– Não é a minha praia. Quer dizer, nada disso é a minha praia.
Kali abre um sorriso malicioso.
– Acho que você entrou para a escola *errada*. Tem um *convento* aqui em Boston.
Meu estômago se revira.
– Não aceitam judeus.
– Parem com isso, vocês duas – intervém Kendra, sempre diplomática. Ela se vira para mim. – Por que não dá uma saidinha, só por algumas horas?
– Química. Física.
Elas ficam quietas. As três estudam artes ou negócios; basta eu invocar a ciência que elas se calam.
– Bom, é melhor eu voltar para o quarto. Tenho um encontro com a Terceira Lei da Termodinâmica.
– Nossa, que fogoso – retruca Jenn.
Abro um sorriso para mostrar que pesquei a piada, então volto para o quarto. Muito aplicada, pego o livro *Fundamentos da química*, mas, assim que o Trio Ternura sai pela porta, meus olhos pesam feito chumbo. Caio no sono sobre uma montanha de estudos não cumpridos. E assim começa mais uma semana na vida da Universitária Feliz.

Quinze

OUTUBRO
Faculdade

Adio ao máximo pensar sobre o Fim de Semana dos Pais; na quinta-feira antes de eles chegarem, olho meu quarto e não o vejo mais com meus olhos – paredes, cama, escrivaninha, armário –, mas com os olhos dos meus pais. Este não é o quarto de uma Universitária Feliz. As gavetas estão abarrotadas de roupa suja, e há papéis por toda parte. Minha mãe odeia entulho. Mato as aulas e passo o dia limpando o quarto. Levo a roupa suja até a lavanderia e fico olhando a máquina rodopiar. Espano a sujeira. Guardo todos os trabalhos da faculdade no armário – as provas de mandarim, com as notas péssimas rabiscadas em vermelho; os relatórios do laboratório, com comentários do tipo "Precisa ser mais aplicada" e "Confira os cálculos!", além do temido "Precisamos conversar". No lugar, deixo à mostra um bando de belos gráficos e anotações do início do semestre, quando obviamente eu não estava levando bomba nas matérias. Abro o pacote da colcha que compramos na Bed, Bath & Beyond no último verão e estendo sobre o edredom liso onde venho dormindo. Retiro algumas fotos das caixas e espalho pelo quarto. Dou até um pulo na livraria universitária, compro uma faixa idiota com o nome da escola e penduro acima da cama. *Voilà*. Espírito escolar.

Mas acabo esquecendo os relógios, e isso me dedura.

Quando mamãe entra no quarto, depois de resmungar da sujeirinha na entrada da casa, solta várias exclamações ao ver as fotos de Buster; então olha para minhas paredes relativamente vazias e solta um suspiro. Pelo olhar de horror, parecia até que eu tinha decorado as paredes com fotografias de crimes hediondos.

– Cadê a sua coleção?

Aponto para as caixas fechadas dentro do armário.

– Por que estão aí dentro?

– São muito barulhentos – respondo, pensando em uma mentira rápida. – Não quero incomodar a Kali. – Não menciono o fato de que Kali bota o rádio no último volume às sete da manhã.

– Você pode deixar de fora, mas sem dar corda – retruca ela. – Esses relógios são a sua identidade.

São mesmo? Já nem lembro quando comecei a colecioná-los. Mamãe gostava de visitar mercados de pulgas aos fins de semana, daí, quando dei por mim, já estava colecionando relógios. Curti muito durante um tempo, mas já não me lembro do momento exato em que vi um despertador antigo e pensei *quero colecionar isso aí*.

– O seu lado está com um aspecto horrível, comparado ao da Kali – diz mamãe.

– Você devia ter visto o meu quarto quando eu era estudante – solta papai, perdido em nostalgia. – O cara que morava comigo cobria as janelas com papel laminado. Parecia uma nave espacial. Ele chamava de "Dormitório Futurista".

– Eu estava tentando criar o Dormitório Minimalista.

– Tem seu charme, um estilo meio carcerário – retruca papai.

– Parece aquelas imagens de "antes e depois" dos programas de decoração. – Mamãe aponta para a metade de Kali, onde cada milímetro é coberto por pôsteres, gravuras e fotografias. – Você é o "antes" – conclui.

Como se eu já não soubesse.

Partimos para uma das oficinas especiais, um troço chatíssimo sobre mudanças tecnológicas na sala de aula. Mamãe até faz anotações. Papai comenta tudo o que lembra que já existia e tudo o que é novidade. Foi exatamente o que ele fez durante o passeio pela escola, no ano passado; ele e mamãe estavam superempolgados com a possibilidade de eu estudar aqui. Estavam criando um legado. Na época, eu também estava empolgada.

Depois da oficina, papai vai encontrar os outros pais ex-alunos, e mamãe parte para o café com Lynn, mãe de Kali. As duas se dão muito bem. Kali não deve ter contado à mãe a desgraça que eu sou – ou, se contou, a mãe fez a gentileza de ficar de calada.

Antes do Almoço Presidencial, as integrantes do Quarteto Fantástico e suas respectivas famílias se encontram no apartamento, e os pais todos se apresentam, zombam dos quartos minúsculos, elogiam o que fizemos na pequenina sala de entrada e tiram fotos da faixa que as meninas prepararam: O QUARTETO FANTÁSTICO RECEBE O OCTETO FANTÁSTICO. Então caminhamos até a quadra e fazemos um passeio pelo campus, percorrendo o caminho mais longo para olhar os prédios mais antigos e imponentes, com heras avermelhadas subindo pelos tijolos velhos. As meninas estão todas lindas, com saias de flanela, botas de cano alto, suéteres de caxemira e jaquetas de lã, caminhando em meio às folhas de outono. Parecemos mesmo as Universitárias Felizes dos catálogos.

O almoço é requintado e entediante: frango insosso e discursos ainda mais insossos, tudo em um salão imenso, frio e reverberante. Depois do almoço, o mito do Quarteto Fantástico começa a desmoronar. Muito sutilmente, as famílias de Kendra, Jenn e Kali dão uma escapada. Tenho certeza de que estão conversando sobre os feriados de Ação de Graças e Natal, sobre o recesso de primavera, os almoços em grupo, coisas do tipo. Mamãe olha feio, mas fica quieta.

Ela e papai retornam ao hotel e vão se arrumar para o jantar. Mamãe me avisa que o lugar é chique e sugere que eu use meu vestido tubinho vermelho e preto, e que lave o cabelo, que está oleoso.

Quando eles voltam para me buscar, há um momento estranho, em que a minha família encontra as outras meninas do Quarteto Fantástico e suas Famílias Fantásticas, todas reunidas para jantar em algum restaurante famoso no centro de Boston. Ficamos em um impasse. As meninas, ruborizadas, revelam um súbito interesse pelo carpete cinza industrial. Por fim, o pai de Jenn se pronuncia e estende um convite tardio para que meus pais e eu jantemos com eles.

139

– Tenho certeza de que cabem mais três na mesa.

– Ah, não precisa! – responde mamãe, em seu tom mais arrogante. – Temos uma reserva no Prezzo de Back Bay.

– Uau! Como conseguiram? – pergunta Lynn. – A gente tentou, mas só tinha para o mês que vem.

O Prezzo, segundo mamãe, é o restaurante mais famoso da cidade.

Ela abre um sorriso misterioso. Não vai contar. Papai me disse que um de seus amigos do golfe tem um colega que trabalha em um hospital de Boston, e ele mexeu alguns pauzinhos para conseguir essa reserva. Minha mãe tinha ficado felicíssima, mas agora percebo que a vitória tinha sido conquistada jogando sujo.

– Aproveitem a moqueca! – diz, na despedida. Só papai e eu percebemos seu tom condescendente.

O jantar é sofrível. Mesmo naquele lugar superelegante, rodeados pela nata da sociedade de Boston, percebo que mamãe se sente excluída, e papai, por consequência, também. Mas não são. O que eles estão sentindo é por conta de como eu me sinto.

Eles perguntam sobre as aulas, e cumpro meu papel de filha, falando de química, física, biologia e mandarim, sem revelar a dificuldade de ficar acordada durante as aulas, por mais cedo que vá dormir, nem o péssimo desempenho nas matérias que tirei de letra nos anos de escola. Falar sobre tudo isso – ou melhor, *não* falar – me deixa tão cansada que sinto vontade de cochilar em cima da salada de 13 dólares.

Quando chegam os pratos principais, mamãe pede uma taça de Chardonnay, e papai, de Shiraz. Tento não notar o reflexo da luz das velas sobre o vermelho do vinho. Até isso dói. Encaro meu prato de ravióli. O cheiro está bom, mas não tenho apetite.

– Aconteceu alguma coisa? – pergunta mamãe.

Por uma diminuta fração de segundo, imagino o que aconteceria se eu contasse a verdade: que a faculdade não é nada do que imaginei, que sou totalmente diferente da garota do catálogo, que não sou uma Universitária Feliz. Não sei quem sou. Ou talvez eu saiba quem sou e não queira mais ser essa pessoa.

Porém, essa não é uma alternativa. Isso só deixaria mamãe aflita, decepcionada, como se a minha infelicidade fosse uma afronta pessoal a seus cuidados maternos. E ela faria eu me sentir culpada, lembrando como sou sortuda. Estou na faculdade! Vivendo a experiência universitária que *ela* não pôde ter. Um dos motivos pelos quais passou toda a minha vida escolar agindo feito um general do exército, planejando minhas atividades extracurriculares, contratando explicadores para as matérias mais difíceis, me matriculando em cursinhos preparatórios para o vestibular.

– Só estou cansada – respondo.

Isso, pelo menos, não é mentira.

– Você deve estar passando muito tempo enfiada na biblioteca – comenta papai. – Tem tomado sol? A falta de sol pode afetar seu ciclo circadiano.

Balanço a cabeça. Isso também é verdade.

– Está correndo? Tem umas pistas ótimas por aqui. E é bem pertinho do rio.

Acho que a última vez que corri foi com papai, uns dias antes de viajar.

– Vamos amanhã de manhã, antes do brunch – sugere ele. – Queimar essas calorias do jantar. Circular o ar nesses pulmões.

Fico exausta só de pensar. Mas não foi um convite, e sim uma intimação, e os planos são feitos antes mesmo do meu consentimento.

⁓

Na manhã seguinte, encontro as meninas sentadas no saguão, tomando café e conversando animadamente sobre o jantar, que incluiu um incidente com um garçom gatinho e um martelo de lagosta que já está virando lenda, uma história intitulada "O Martelo e o Moreno". Quando me veem procurando os tênis de corrida, lançam um olhar crítico para a calça de moletom e a blusa de flanela. No prédio onde moramos tem uma academia supermoderna. Kendra e Kali são viciadas em malhar, Jenn vai arrastada, e só eu que ainda não pus os pés lá.

Esperava encontrar só meu pai, mas mamãe também aparece, toda animada, de calça de lã e poncho de caxemira.

– Achei que a gente só ia se encontrar para o brunch – digo.

– Ah, vim passar um tempinho no seu quarto. Vai me ajudar a entender onde você vive quando não estou com você. – Ela se vira para Kali e completa, em um tom tão educado que minha colega de quarto nem deve ter percebido a malícia: – Se você não se incomodar.
– Você é uma *fofa* – responde Kali.
– Está pronta, Allyson? – pergunta papai.
– Quase. Não encontro meu tênis de corrida.
Mamãe olha para mim, exasperada, como se reclamasse que ando perdendo tudo.
– Onde foi que você deixou pela última vez? – pergunta papai. – Tenta lembrar. É assim que a gente costuma encontrar os objetos perdidos.
É um conselho batido, mas funciona. Como era de se esperar, encontro meu tênis onde me lembro de ter visto pela última vez: ainda guardado na mala debaixo da cama.
No andar de baixo, papai se alonga, meio desanimado.
– Vamos ver se ainda levo jeito – brinca.
Ele não é muito de correr, mas como sempre está mandando os pacientes se exercitarem, tenta praticar seus próprios conselhos.
Começamos a avançar pela pista, em direção ao rio. É um típico dia de outono, claro e fresco, e o ar já exibe um leve toque invernal. Não amo correr, não de cara, mas basta uns dez minutos para eu entrar de cabeça no exercício, aí relaxo e esqueço o que estou fazendo. Hoje, porém, toda vez que tento me soltar, minha mente volta para aquela outra corrida – a melhor corrida, a corrida da minha vida, uma corrida *pela* minha vida –, e minhas pernas se transformam em troncos de árvore empapuçados. Então toda a beleza das cores do outono é tomada por tons cinzentos.
Depois de quase dois quilômetros, preciso parar. Alego que estou com cãibra. Quero voltar, mas continuamos porque papai quer dar uma olhada no centro, ver o que mudou. Paramos em um café para um cappuccino. Papai pergunta sobre as aulas e se enche de nostalgia, relembrando seus dias de química orgânica. Então conta que anda ocupado, diz que mamãe não está muito legal e que eu devia pegar leve com ela.
– Ela não devia voltar a trabalhar? – pergunto.
Papai olha o relógio.

– Precisamos voltar.

Ele me deixa na república, para eu me trocar. Assim que ponho os pés no quarto, sinto que há algo errado. Escuto um tique-taque. Olho em volta, e, por um segundo, fico confusa, pois meu quarto não parece o dormitório da república, e sim o quarto lá de casa. Mamãe desencavou todos os pôsteres do armário e pendurou tudo, na mesmíssima configuração de antes. Reorganizou minhas fotos, transformando tudo em uma réplica de meu antigo quarto. Entupiu a cama de almofadas – que deixei bem claro que não queria trazer, porque odeio almofadas. Tem que tirar tudo antes de dormir, depois botar de volta, todo santo dia. A cama está coberta de roupas, que mamãe está organizando em pilhas e arrumando para mim, como fazia quando eu estava na quarta série.

Meus relógios estão nos peitoris das janelas e nas estantes de livros. Todos trabalhando.

Mamãe ergue os olhos. Está arrancando as etiquetas de uma calça que eu nem sequer experimentara.

– Você estava tão rabugenta ontem à noite... Achei que ia se animar se esse seu quartinho ficasse com mais cara de casa. Agora está tão mais alegre...

Abro a boca para protestar, mas não sei ao certo *qual* é o problema.

– Eu falei com a Kali, e ela acha que o tique-taque acalma. Tipo aquelas máquinas de ruído branco.

Para mim, não acalma em nada. Parecem centenas de bombas-relógio prestes a explodir.

Dezesseis

NOVEMBRO
Nova York

Da última vez que vi Melanie, ela tinha uma mecha rosa meio desbotada no cabelo loiro e usava as roupas minúsculas da Topshop, com sandálias de plataforma arrematadas na liquidação da Macy's – o que tinha virado uma espécie de uniforme. Mal a reconheço quando desço do ônibus em Nova York e a vejo disparar em minha direção, em uma rua abarrotada de Chinatown. A mecha rosa desapareceu; o cabelo está castanho-escuro, com um toque meio ruivo e uma franja curta no meio da testa, preso em um coque por dois palitinhos esmaltados. Ela usa um vestido florido meio estranho, porém muito estiloso, um par de botas de caubói surradas e óculos vintage estilo gatinho. O batom é vermelho-sangue. Está maravilhosa, mas não parece nada com a minha Melanie.

Pelo menos, quando ela me abraça, sinto que ainda tem o mesmo cheiro: condicionador de cabelo e talco de bebê.

– Meu Deus, como você emagreceu! – comenta. – A tradição é ganhar sete quilos no primeiro ano, não perder.

– Você já comeu comida de refeitório?

– Claro. Tem um bufê liberado de sorvete! Só isso já faz valer a mensalidade!

Eu me afasto. Dou mais uma olhada nela. É tudo novo. Inclusive os óculos.

– Você agora usa óculos?

– São de mentira. Olha só, não tem lente. – Ela enfia o dedo no aro vazio, para me mostrar. – Faz parte do meu novo visual "bibliotecária punk-rock". Os músicos adoram!

Ela tira os óculos e solta o cabelo. E ri.

– E adeus cabelo loiro – comento.

– Quero ser levada a sério. – Ela recoloca os óculos e pega minha mala. – Então, como vai a quase-Boston?

Quando escolhi onde ia estudar, Melanie fez piada com o fato de que a universidade ficava a oito quilômetros de Boston, assim como a cidade onde crescemos ficava a trinta quilômetros da Filadélfia. Disse que eu estava apenas orbitando a vida urbana. Ela, por outro lado, mergulhara de cabeça. Está estudando bem no centro de Manhattan.

– Quase legal – respondo. – E como vai Nova York?

– Incrível! Tanta coisa para fazer! Tipo, hoje à noite podemos escolher: tem uma reuniãozinha na república, uma noitada para maiores de dezoito em uma boate ótima na Lafayette e uma festa no apê do amigo de um amigo, em Greenpoint, onde vai tocar uma banda incrível. Ou a gente pode ir tentar arranjar ingressos para um espetáculo da Broadway.

– Tanto faz. Eu vim ver você.

Sinto uma leve pontada ao dizer aquilo. Por mais que, teoricamente, eu quisesse mesmo vê-la, tinha mais coisa na história. Eu já ia ver Melanie no dia de Ação de Graças em casa, mas, quando meus pais compraram a passagem, disseram que eu teria que ir de trem, pois os voos eram caros demais e nada confiáveis durante os feriados prolongados.

Quando me imaginei seis horas enfiada em um trem, quase vomitei. Seis horas evocando lembranças. Então Melanie contou que os pais iam de carro para Nova York, na terça-feira antes do dia de Ação de Graças, para fazer umas compras e buscá-la, e me veio a brilhante ideia de pegar um ônibus barato até lá e aproveitar a carona. Depois, volto de ônibus até Boston.

– Ah, também estou feliz em ver você! Se lembra de já ter passado tanto tempo sem me ver?

Balanço a cabeça. Nunca, desde que nos conhecemos.

– Beleza, e então? Reuniãozinha na república, espetáculo da Broadway, boate ou banda maneira no Brooklyn?

O que eu quero, mesmo, é ir para o quarto dela ver filme e me divertir como antigamente, mas suspeito que, se sugerir isso, Melanie vá me acusar de ter alergia a aventura. A festa no Brooklyn parece a opção menos interessante, mas sem dúvida é o que Melanie quer fazer, então essa é a alternativa correta. É o que escolho.

Os olhos dela brilham, como se eu tivesse acertado a resposta de um teste.

– Excelente! Tem um pessoal da faculdade que vai. A gente come primeiro, depois volta, deixa as suas coisas, se arruma e sai. Está bom?

– Está ótimo!

– Já estamos em Chinatown, bem pertinho do meu restaurante vietnamita preferido.

Tento manter os olhos no chão enquanto percorremos as ruas sinuosas e abarrotadas, repletas de lanternas vermelhas, guarda-sóis de papel e reproduções de templos. Tem placas por toda parte, e com certeza alguma deve ostentar o ideograma da "dupla felicidade". Paris está a quase cinco mil quilômetros de distância, mas as lembranças... chega uma, eu afasto. Então, outra aparece. Nunca sei quando uma memória vai pipocar. Estão enterradas em todos os cantos, feito minas terrestres.

Entramos em um restaurante minúsculo, com luzes fluorescentes e mesas de fórmica, e nos sentamos a uma mesa de quina. Melanie pede rolinhos-primavera, chá e um prato de frango. Ela dobra os óculos e os guarda em um estojo (para proteger as lentes imaginárias?). Serve uma xícara de chá para cada uma e olha para mim.

– E aí? Está melhor?

Não é bem uma pergunta, e sim uma ordem. Melanie me viu no fundo do poço. Ela me ouviu chorar a noite toda quando voltei de Paris, totalmente descontrolada, xingando Willem por ser o cafajeste ordinário que eu suspeitara desde o início que fosse. No voo de volta para casa, passou oito horas inteiras olhando feio para quem achasse graça de me ver aos prantos. Na altura da Groenlândia, quando comecei a hiperventilar em uma crise de ansiedade pensando ter cometido um erro colossal, me perguntando se algo acontecera com ele, ela me trouxe de volta à realidade.

– Aconteceu alguma coisa com ele, sim. Ele te comeu! Depois caiu fora.

– Mas e se... – comecei.

– Allyson, não inventa – cortara ela. – Em um único dia, você viu esse cara ser despido por uma garota, pegar um bilhetinho secreto com mais uma e sabe lá Deus o que aconteceu no trem, com as outras duas. Como é que você acha que ele arrumou aquela mancha na calça?

Eu não tinha nem pensado naquilo.

Melanie tinha me arrastado para o banheiro minúsculo do avião e jogado a camiseta da *Sous ou Sur* no lixo. Depois jogamos na privada a moedinha que ele tinha jogado para mim na peça, e eu a imaginei despencando daquela altura de milhares de quilômetros até o fundo do oceano.

– Pronto, eliminamos todas as evidências – dissera.

Bom, quase. Eu não tinha contado da foto que Agnethe tirara de nós dois. Ela está no meu celular, mas ainda não olhei.

Quando chegamos em casa, Melanie estava pronta para deixar a viagem para trás e se concentrar no novo capítulo de sua vida: a faculdade. Eu entendia, e também deveria estar empolgada. Só que não estava. Todos os dias, rumávamos com nossas mães para a IKEA, a Bed, Bath & Beyond, a American Apparel e a J. Crew, mas eu parecia destruída pelo jet lag; só queria me deitar e cochilar nas camas das lojas. Quando Melanie foi embora, dois dias antes de mim, chorei sem parar. Todos acharam que eu estava triste de ficar longe da minha melhor amiga, mas Melanie sabia a verdade, e talvez por isso tenha terminado nosso abraço de despedida, naquele dia, com um: "Foi só um dia, Allyson. Você vai superar."

Agora, quando Melanie me pergunta se estou melhor, sinto que não posso decepcioná-la.

– Estou. Estou ótima.

– Que bom. – Ela bate palminhas, pega o celular e digita uma mensagem de texto. – Tem um cara que vai lá hoje, amigo do meu amigo Trevor. Acho que você vai gostar.

– Ai, não. Acho que não.

– Você acabou de falar que superou o babaca holandês.

– Superei.

Ela me encara.

– Os três primeiros meses de faculdade são o máximo de ação que você vai conseguir durante a vida inteira. Você nem ao menos deu uma piscadela para algum carinha do curso?

– Passei por todas as orgias de olhos fechados.

– Rá! Essa foi boa. Mas esqueceu que eu conheço você melhor que ninguém? Aposto que nem beijou na boca.

Cutuco o recheio do estranho rolinho-primavera e limpo o excesso de gordura em um guardanapo de papel.

– E daí?

– E daí que eu quero que você conheça esse cara hoje à noite. Ele é bem mais o seu tipo.

– Que papo é esse?

Mas eu sei que papo é esse. Tinha sido absurdo sequer pensar que *ele* era o meu tipo. Ou eu, o dele.

– Legal. Normal. Mostrei uma foto sua, e ele disse que você tem cara de misteriosa. – Ela estende a mão e toca o meu cabelo. – Mas acho melhor voltar ao cabelo curto. Está todo desgrenhado.

Não corto o cabelo desde Londres; as mechas já estão batendo na nuca, mais parecem uma cortina torta.

– Estou querendo esse visual, mesmo.

– Bom, está conseguindo. Enfim, esse cara, o Mason, é muito legal...

– Mason? Que raio de nome é esse?

– Vai implicar com o nome, agora? Está parecendo a sua mãe.

Resisto ao ímpeto de cravar o hashi no olho de Melanie.

– Enfim, quem liga? Talvez ele se chame Jason, mas gosta de ser chamado de Mason. Falando nisso, ninguém aqui me chama de Melanie. É só Mel, ou Lanie.

– Dois nomes pelo preço de um.

– A gente está na faculdade, Allyson. Ninguém sabe quem a gente era. Não tem hora melhor para se reinventar. Você devia tentar.

Ela olha bem para mim.

E quero responder que até tentei, mas não tinha adiantado.

No fim das contas, acaba que Mason não é de todo mal. É inteligente e meio nerd. É do sul, o que acho que explica o nome, e tem um sotaque carregado, do qual ele próprio faz piada. Quando chegamos à festa, no trecho abandonado de uma rua cheia de vento, a vários quilômetros do metrô, ele diz que é da patrulha *hipster* e pergunta se eu tenho tatuagens suficientes para frequentar essa parte da cidade. É quando Trevor exibe seu bracelete tribal, e Melanie começa a falar sobre a *tatu* que está querendo fazer no tornozelo, ou na bunda, ou seja lá onde as garotas fazem tatuagens. Mason me encara, revirando um pouquinho os olhos.

Na festa, pegamos um elevador que leva diretamente a um loft gigantesco e decrépito, com telas imensas espalhadas pelas paredes e cheiro de pintura a óleo e terebintina. O mesmo cheiro da ocupação. Mais uma mina terrestre. Chuto-a para longe, antes que exploda.

Melanie e Trevor não param de falar sobre a tal banda incrível, e Melanie me mostra um clipe todo granulado no celular. Estão achando o máximo ver a banda se apresentar ali, naquele lugar, antes que seja descoberta pelo mundo. Quando o show começa, Melanie – Mel, Lanie, seja lá quem for – e Trevor correm para a frente e começam a dançar loucamente. Mason e eu ficamos para trás. A música está alta demais para tentarmos conversar, o que acho ótimo, e estou contente por alguém ter ficado ali comigo. Mesmo em solo nativo, sinto como se ostentasse uma enorme placa de turista na testa.

Depois de uma eternidade, a banda enfim faz uma pausa; o zumbido em meus ouvidos é tão alto que parece que ainda estão tocando.

– Está a fim de uma libação? – pergunta Mason.

– Oi? – indago, ainda meio surda.

Ele gesticula, indicando bebidas.

– Ah, não, obrigada.

– Eu. Já. Volto – diz ele, exagerando no movimento da boca, para facilitar minha leitura labial.

Enquanto isso, Melanie e Trevor começam uma leitura labial particular. Estão em um canto do sofá, se pegando. Não percebem mais ninguém ao redor. Não quero ficar olhando, mas não consigo me conter. Ver os dois aos beijos me traz um mal-estar físico. É difícil afastar essa memória. É a mais complicada, então é a que mantenho tão bem guardada.

Mason volta bebendo uma cerveja e trazendo uma água para mim.

– Isso aí estava escrito – comenta, quando vê Melanie e Trevor. – Já fazia semanas que os dois estavam se rodeando que nem cachorros no cio. Eu estava doido para saber o que detonaria essa bomba.

– Álcool e música "maneira" – digo, fazendo aspas no ar.

– Não, é o recesso. É mais fácil começar quando a gente sabe que vai passar um tempo sem ver a pessoa. Alivia a pressão. – Ele encara os dois. – Aposto que duram duas semanas, no máximo.

– Duas semanas? Quanta generosidade a sua. Alguns caras não dariam mais que uma noite.

Mesmo sob a barulheira, ouço o amargor em minha voz, sinto seu gosto na boca.

– Eu daria mais que uma noite para você – diz Mason.

Nossa, que cantada mais batida. Mas quem vai saber? Talvez ele até esteja sendo sincero, embora a essa altura eu já compreenda que sou incapaz de discernir entre falsidade e honestidade.

Mesmo assim, quero superar tudo. Quero que as lembranças desapareçam, que sejam suplantadas por outra coisa e parem de me assombrar. Quando Mason se aproxima para me beijar, fecho os olhos e aceito. Tento me perder no beijo, sem me preocupar com o mau hálito que o amargor em minha boca pode estar causando. Tento ser beijada por outra pessoa, tento *ser* outra pessoa.

Mason toca meu pescoço, bem na cicatriz daquele corte, e eu me afasto.

Ele tinha razão, no fim das contas: a ferida não deixara marca, por mais que uma parte de mim quisesse que tivesse ficado alguma coisa. Pelo menos eu teria uma prova, uma justificativa para tamanha persistência. As manchas são muito piores quando só nós conseguimos enxergá-las.

Dezessete

DEZEMBRO
*Cancún,
México*

Já virou tradição: Melanie e eu corremos para botar o biquíni assim que pomos o pé no resort de Cancún e disparamos para um mergulho inaugural no mar. Nosso batismo de férias. Fazemos a mesma coisa há nove anos, desde que viemos pela primeira vez.

Só que este ano, enquanto Melanie revira a mala em busca do biquíni, vou até a pequena mesa junto à cozinha, por onde só costumam circular livros de culinária, e abro meus livros da faculdade. Vou ter que estudar todos os dias, das quatro às seis. Vou tirar uma folga no último dia do ano, e só. São os termos da minha liberdade condicional.

Passei o semestre inteiro escondendo as notas de meus pais, e o choque foi grande quando eles receberam o primeiro histórico semestral. Eu tinha tentado, de verdade. Depois do péssimo desempenho nas provas do meio do semestre, me esforcei ainda mais. Mas essa piora não era resultado de negligência. Nem de ausência nas aulas. Nem de excesso de festas.

Considerando meu cansaço, daria no mesmo se eu estivesse saindo demais. Por mais que dormisse dez horas por noite, bastava botar os pés na sala de aula e o professor começar seu blá-blá-blá sobre movimento ondulatório, passando as equações no monitor, que os números começavam a dançar diante de meus olhos. Eu sentia as pálpebras pesarem e só acordava com os empurrões dos alunos chegando para a aula seguinte.

Durante a Semana da Leitura, bebi tanto expresso que nem dormi, como se quisesse gastar todos os créditos obtidos com os cochilos nas aulas. Esforcei-me o quanto pude para recuperar, mas, àquela altura, já estava tão para trás na matéria que não havia mais salvação.

Diante de tudo isso, foi um milagre terminar o semestre com a média de 2,7, em um máximo de 4.

Nem preciso dizer que meus pais não compartilham da mesma opinião.

Os dois surtaram na semana passada, quando viram minhas notas. E os meus pais, quando surtam, não gritam: fazem silêncio. Um silêncio ensurdecedor de raiva e decepção.

– O que você sugere que a gente faça a respeito disso, Allyson? – tinham perguntado, durante o jantar, como se realmente quisessem minha opinião.

Então, apresentaram duas opções: podíamos cancelar a viagem, o que seria muitíssimo injusto com as outras pessoas, ou eu podia concordar com suas condições.

Melanie me olha com compaixão e corre para trocar de roupa. Parte de mim queria que ela boicotasse a praia em solidariedade; por mais que eu saiba que é um sentimento egoísta, acho que a antiga Melanie teria feito isso por mim.

Esta, porém, é a nova Melanie. Ou a nova "nova Melanie". Depois do dia de Ação de Graças, ela mudou completamente. De novo. Fez um corte assimétrico no cabelo, com uma franja lateral enorme, botou uma argola no nariz – os pais dela não pararam de reclamar até que ela disse que era o piercing ou uma tatuagem. Agora que pôs o biquíni, vejo que está deixando os pelos das axilas crescerem, embora mal dê para perceber, de tão fininhos e loiros.

– Tchau – diz ela, sem som, só movendo os lábios, e sai depressa, agarrando o tubo de protetor solar SPF-40 que Susan, sua mãe, joga para ela.

Minha mãe está procurando sua lupa na mala, que usa para conferir os colchões em busca de percevejos. Depois que a encontra, passa por mim e enfia a lupa no meu livro de química, de brincadeira. Fecho o livro, e ela lança um olhar irritado.

– Acha que eu gosto de ser sua carcereira? Pensei que ia ter tempo livre quando você entrasse na faculdade, mas parece que a minha sina é manter você na linha.

E quem te pediu para me manter na linha? Penso, revoltada, mas mordo o lábio, abro o livro e releio os primeiros capítulos, obediente, seguindo as instruções da minha mãe. Nada daquilo faz o menor sentido, tal e qual da primeira vez em que li.

Aquela noite, nós seis saímos para jantar no restaurante mexicano, um dos oito anexos ao resort. A primeira noite é no mesmo lugar todos os anos. Os garçons usam sombreiros gigantes, e sempre tem uma banda mariachi tocando de mesa em mesa, mas a comida é igualzinha à do El Torrito, lá perto de casa. O garçom vem anotar as bebidas, e Melanie pede uma cerveja.

Seus pais a encaram.

– Aqui a gente já tem idade para beber – afirma, em um tom displicente. Minha mãe olha para Susan, dizendo:

– Não acho isso muito prudente.

– Por que não? – provoco.

– Se querem minha opinião, acho que é menos questão de idade e mais de expectativa. Vocês viveram 21 anos sem beber, então pode ser que não estejam preparadas para lidar com o álcool – responde Susan, como boa terapeuta.

– Desculpa a pergunta, mas você não se lembra da faculdade? – pergunto. – Não é possível que tenha mudado tanto. Você não lembra que tudo o que fazem por lá é beber?

Meus pais se entreolham, então encaram Susan e Steve.

– É isso o que está acontecendo com você? – pergunta meu pai. – Anda exagerando na bebida?

Melanie ri tanto que quase engasga com a água mineral da garrafinha que a minha mãe sempre traz para o México.

– Desculpa, Frank, mas você não conhece a Allyson? – Meus pais a encaram. – Todo mundo bebeu na excursão, no ano passado... – A mesa mergulha em um silêncio de choque. – Ah, me poupem! Na Europa, a idade mínima para beber é 18! Enfim, todo mundo bebia, *menos* a Allyson. Ela é toda certinha. E vocês aí, perguntando se ela anda enchendo a cara na faculdade? Não consigo nem imaginar como seria isso.

Meu pai olha para mim, então para Melanie.

– Só estamos tentando entender o que está acontecendo com ela. Por que a Allyson encerrou o semestre com um CR de 2,7.

Agora é Melanie quem fica boquiaberta.

– *Você fechou com 2,7?* – Ela leva as mãos à boca. Então, vendo o que causou, completa, enunciando a palavra sem emitir nenhum som:
– Desculpa.

Ela me encara com um misto de surpresa e respeito.

– A Melanie fechou com 3,8 – anuncia minha mãe.

– Pois é, a Melanie é um gênio, e eu sou uma idiota. Agora é oficial.

Minha amiga parece chateada.

– Eu frequento a Gallatin School. Todo mundo lá tira nota máxima – explica, meio culpada.

– E a Melanie provavelmente bebe – concluo, sabendo muito bem que ela bebe.

Ela parece um pouco nervosa.

– Claro que bebo. Mas nunca passo mal nem nada. Só que estou na faculdade, né? Eu bebo. Todo mundo bebe.

– Eu não – respondo. – E é a Melanie que está com média alta. Eu estou com a média baixa, então talvez devesse começar a me embriagar por aí, para ver se melhora. Talvez seja uma ideia melhor do que essa porcaria de horário de estudo que vocês instituíram.

Entrei de vez na briga, o que é meio doido, porque nem quero cerveja. Uma das poucas coisas de que gosto neste restaurante é a margarita sem álcool, feita com frutas frescas.

Mamãe se vira para mim, boquiaberta.

– Allyson, você está com algum problema com bebida?

Dou um tapa na minha própria testa.

– Mãe, você está com algum problema de audição? Porque acho que não ouviu uma palavra que eu disse.

– Acho que a Allyson só está querendo que você relaxe um pouco e deixe as duas tomarem uma cervejinha – explica Susan.

– Obrigada, Susan! – exclamo.

Mamãe olha para meu pai.

– Deixa as meninas tomarem a cerveja – diz ele, efusivo, acenando para o garçom e pedindo duas Tecates.

De certa forma, é uma vitória. Só que não curto cerveja, então acabo fingindo dar uns goles, a cerveja esquenta, e acabo não pedindo a margarita que queria.

～

No dia seguinte, Melanie e eu nos sentamos juntas perto da enorme piscina. É a primeira vez que passamos um tempo sozinhas desde que chegamos.

– Acho que a gente devia fazer um troço diferente – sugere ela.

– Eu também. Todo ano a gente vem para cá e faz as mesmas coisas. Vamos até a mesma droga de ruína. Tulum é legal, mas queria dar uma variada. Vamos convencer os nossos pais a visitar um lugar diferente.

– Que tal nadar com golfinhos? – pergunta Melanie.

Nadar com golfinhos é diferente, mas não é o que quero. Ontem, comecei a olhar o mapa da península de Yucatán, no lobby do hotel, e vi umas ruínas mais escondidas, fora da rota mais turística. Talvez descobríssemos um pouco do verdadeiro México.

– Estava pensando em Coba, Chichén Itzá. Ruínas diferentes.

– Nossa, que radical – provoca Melanie, tomando um gole de chá gelado. – Mas eu estava falando da noite de ano-novo.

– Ah. Quer dizer que você não está empolgada para dançar Macarena com o Johnny Maximo?

Johnny Maximo é um ator de cinema mexicano já acabado, que agora trabalha com o resort. Todas as mães o amam, porque é lindo, machão e vive fingindo que elas parecem ser nossas irmãs.

– Tudo, menos a Macarena! – Melanie baixa o livro, uma obra de Rita Mae Brown que parece coisa da faculdade, mas ela diz que não é. – Um dos garçons me falou que vai rolar uma festança em Puerto Morelos, na praia. É coisa local, mas ele disse que vão muitos turistas, só que tipo a gente. Uma galera mais jovem. Vai ter uma banda de reggae mexicana, o que eu acho meio bizarro... mas um bizarro legal.

– Você só está querendo achar algum cara com menos de sessenta, para beijar na hora da virada.

Melanie dá de ombros.

– Menos de sessenta, sim. Um cara? Talvez não. – Ela olha de esguelha para mim.

– Oi?

– Eu meio que ando curtindo meninas.

– Oi?! – repito, agora em um berro. – Desculpa. Desde quando?

– Desde logo depois do feriado de Ação de Graças. Conheci uma garota na aula de teoria do cinema, ficamos amigas, e um dia a gente saiu... daí rolou.

– Então você é lésbica?

– Prefiro não rotular.

Ela diz isso em um tom meio hipócrita, dando a entender que *eu* é que tenho necessidade de rotular tudo, mas a verdade é que é *ela* quem não para de rotular a si mesma: Mel, Mel 2.0. Bibliotecária punk-rock. Pergunto o nome da namorada. Ela diz que não estão chamando de namoro, mas que a garota se chama Zanne.

– Zanne?

– *É apelido de* Suzanne.

Será que ninguém usa mais o nome inteiro?

– Não conta para os meus pais, beleza? Você conhece a minha mãe. Ela me obrigaria a processar tudo isso, conversar, como se fosse só uma fase do meu desenvolvimento. Quero ter certeza de que é mais do que uma ficada antes de me submeter a isso.

– Ai, por favor, nem me fale sobre excesso de análise parental.

Ela ajeita os óculos de sol e se vira para mim.

– Então, o que eles têm?

– Como assim? Você conhece os meus pais. Acha que ainda existe alguma área da minha vida onde eles *não* se metem? Devem estar surtando por não poderem se envolver em literalmente tudo o que ando fazendo na faculdade.

— Pois é. Achei que tivesse sido por isso o horário de estudo. Pensei que talvez você tivesse ficado com o CR meio baixo. Mas 2,7? Sério?

— Não começa *você* também.

— Não estou começando, só fiquei surpresa. Você sempre foi superaplicada. Não estou entendendo. — Ela toma mais um gole do chá gelado, já não tão gelado assim. — A terapeuta anda dizendo que é depressão.

— A sua mãe? Ela falou isso?

— Ouvi ela conversando com a sua mãe.

— E a minha, falou o quê?

— Que não é depressão coisa nenhuma, que você está de malcriação, porque não está acostumada a ser castigada. Tem horas que tenho que me segurar para não enfiar a mão na cara da sua mãe.

— É, eu também.

— Enfim, depois minha mãe veio me perguntar se *eu* estava achando você deprimida.

— E o que você disse?

— Falei que muita gente tem dificuldade no primeiro ano de faculdade. — Ela me encara com firmeza por trás dos óculos escuros. — Eu não podia dizer a verdade, né? Que acho que você ainda está sofrendo por aquele cara com quem passou uma noite em Paris.

Penso um pouco, ouvindo os gritinhos de alguma criança pulando do trampolim. Quando eu e Melanie éramos pequenas, saltávamos juntas, de mãos dadas, depois subíamos e saltávamos de novo, sem parar.

— Mas e se não for ele? O Willem.

É estranho dizer aquele nome em voz alta. Aqui. Depois de tanto tempo me segurando. *Willem*. Quase já nem me permito pensar nesse nome.

— Não me diga que levou um pé na bunda de outro cara!

— Não! Estou falando de *mim*.

— De você?

— É... tipo, da pessoa que eu fui aquele dia. Era diferente, sabe?

— Diferente? Como?

— Eu fui a Lulu.

— Mas era só um nome. Era faz de conta.

E talvez fosse. Mesmo assim, durante todo aquele dia com Willem, ser Lulu me fez perceber que eu passara a vida inteira em um quartinho quadrado, sem portas nem janelas. E estava tudo bem. Eu até era feliz, ou pensava que era. Até que alguém chegou e me mostrou que havia uma porta naquele quartinho, uma porta que eu nunca tinha visto, e abriu essa porta para mim, me pegou pela mão, e saímos. E passei um dia perfeito, lá fora. Em outro lugar. Sendo outra pessoa. Daí ele desapareceu, e fui largada de volta no quartinho. Agora, não importa o que eu faça, não consigo reencontrar a porta.

– Não pareceu faz de conta – explico a Melanie.

Melanie me encara com um olhar de compaixão.

– Ah, querida, foi porque você estava entorpecida pelo nevoeiro da paixão. E por Paris. Mas ninguém muda do dia para a noite. Muito menos você. Você é a Allyson. É tão sólida. É uma das coisas que mais amo em você... o quanto você é *você mesma*.

Sinto vontade de protestar. E as transformações? E a reinvenção da qual ela vive falando? Isso tudo é privilégio dela? Não tenho direito de mudar?

– Sabe do que você precisa? De um pouco de Ani DeFranco.

Ela pega o iPhone e enfia os fones em meus ouvidos. Ouço Ani cantar sobre encontrarmos nossa própria voz e sermos ouvidas, e uma frustração enorme me invade. Sinto vontade de me rasgar, de sair de dentro de mim mesma. Esfrego os pés no piso de cimento e suspiro, desejando poder explicar isso a alguém, desejando encontrar uma pessoa que entenda o que sinto.

Então, por um breve momento, lembro bem com quem poderia falar sobre essa porta, que encontrei e depois perdi. *Ele* entenderia.

Mas essa é a única porta que precisa permanecer fechada.

Dezoito

Usando o mesmo argumento do jantar – de que somos adultas e merecemos ser tratadas como tal – e prometendo só circular com o transporte aprovado pelo hotel, Melanie e eu conseguimos permissão para ir à festa de ano-novo. Fica no alto de uma duna, toda iluminada por tochas de bambu. Às dez da noite, o local já está bombando. Tem um palco baixo, onde a tal banda de reggae mexicana vai tocar, mas onde agora um DJ toca uma batida techno.

Logo ao chegar, me deparo com várias pilhas de sapatos. Melanie tira a rasteirinha laranja. Eu hesito antes de tirar minhas sandálias de couro preto, menos chamativas, torcendo para encontrá-las de volta. Juro que não vou aguentar o falatório se perder mais alguma coisa.

– É uma bela bacanal – comenta Melanie, em um tom de aprovação, meneando a cabeça para o pessoal da festa.

Vemos caras de sunga segurando garrafas de tequila pelo gargalo, garotas de sarongue e cabelos recém-trançados. Tem até uns mexicanos de verdade, os mais arrumadinhos, os homens de camisa branca e cabelo lambido para trás, as mulheres com vestidos de festa curtíssimos, exibindo as pernas longas e bronzeadas.

– O que fazemos primeiro: dançamos ou bebemos? – pergunta ela.

Não quero dançar, então opto pela bebida. Rumamos para a fila do bar, que está lotado. Atrás de nós há um grupo de pessoas falando francês, o que me faz dar uma olhada mais atenta. No nosso hotel praticamente só tem americanos, mas é lógico que o México atrai visitantes de todos os lugares.

– Aqui. – Melanie enfia uma bebida na minha mão; o copo é uma casca de abacaxi oca. Cheiro o conteúdo. Lembra loção de bronzear. É doce, meio quente e queima um pouco a garganta. – Boa garota.

Lembro-me da Sra. Foley.

– Não me chama assim.

– Então é uma garota má?

– Também não sou isso.

Ela se irrita.

– Então não é nada?

Bebemos em silêncio, observando a festa.

– Vamos dançar – chama Melanie, me puxando para o círculo de areia onde se formou uma pista de dança.

Balanço a cabeça.

– Talvez mais tarde.

Mais um suspiro.

– Você vai passar a noite inteira assim?

– Assim como? – Lembro o que ela disse na excursão, que eu era *alérgica a aventura*, e o que falou na piscina. – Como *eu mesma*? Achei que você *amasse* isso em mim.

– Qual é o seu problema? Você está um saco a viagem inteira! Não é culpa minha que a sua mãe é a nazista dos estudos.

– Não, mas é culpa sua eu me sentir uma chata porque não quero dançar. Odeio techno. *Sempre* odiei, e você já devia saber disso, já que eu sou *sempre* tão eu mesma.

– Tá bom. Então fica lá no cantinho, sendo você mesma, enquanto eu danço.

– Tá bom.

Ela me larga na beira da pista e começa a dançar com um grupo aleatório. Primeiro, com um cara de *dreadlocks*, depois com uma garota de cabelos curtíssimos. Parece estar se divertindo, saltitando e rodopiando, e penso que, se não fôssemos amigas de infância, se nos conhecêssemos hoje, provavelmente não seríamos amigas.

Fico uns vinte minutos ali parada, observando. Entre as batidas monótonas do techno, Melanie conversa e dá risadas. Depois de meia hora, começo a ficar com dor de cabeça. Tento chamar atenção dela, mas acabo desistindo, e saio andando.

A festa se estende até a beira da água e mar adentro, onde um grupo mergulha sem roupa à luz do luar. Um pouco mais adiante, vejo um clima mais suave, com uma fogueira e um pessoal tocando violão. Fico parada a uns centímetros de distância da fogueira, sentindo o calor e ouvindo o estalar da madeira. Enfio os pés na areia; a camada de cima está geladinha, mas a parte mais funda ainda guarda o calor do sol.

Pouco depois, a batida techno cessa, e a banda de reggae sobe ao palco. A melodia, mais suave, é muito agradável. Dentro d'água, uma garota começa a dançar sentada no ombro de um cara e arranca a parte de cima do biquíni; fica ali, seminua, feito uma sereia ao luar, e por fim dá um mergulho silencioso. Atrás de mim, os caras do violão começam a tocar "Stairway to Heaven". Por mais estranho que seja, combina com o reggae.

Eu me deito na areia e olho o céu. Desse ângulo, parece que tenho a praia inteira só para mim. A banda termina uma música, e o vocalista anuncia que falta meia hora para o ano-novo.

– Ano novo. *Año nuevo*. É uma tábula rasa. Hora de *hacer borrón y cuenta nueva* – entoa. – Uma chance de apagar a lousa.

Será que isso é mesmo possível? Apagar a lousa? Será que quero isso? Se eu pudesse, apagaria o ano que passou?

– Tábula rasa – repete o cantor. – Uma nova chance de recomeçar. Recomece, meu amor. Corrija seus erros. Mu-mu-mude. Seja o que quiser. Quando bater a meia-noite, antes de *besar su* amor, guarde *un beso para tí*. Feche os olhos, pense no ano que está chegando... Esta é a sua chance. Hoje pode ser o dia em que tudo vai mudar.

Sério? É uma ótima ideia, mas por que a mudança tem que vir no dia 1º de janeiro? Daria no mesmo se fosse, sei lá, 19 de abril. Um dia é só um dia. Não significa nada.

– À meia-noite, faça o seu pedido – continua ele. – *Cuál es tu deseo? Para você mesmo. Para o mundo.*

É ano-novo, não parabéns de aniversário. E não tenho mais 8 anos. Não acredito que pedidos se realizam, mas, se acreditasse, o que pediria? Desfazer aquele dia? Encontrá-lo outra vez?

Em geral, tenho tanta força de vontade. Nem me permito chegar perto daquelas memórias, resisto como alguém de dieta resiste a um biscoitinho. Por uma fração de segundo, porém, vou até lá. Imagino-o bem aqui, caminhando pela praia, os cabelos refletindo as chamas, os olhos provocativos e tudo o mais. Por um momento, quase o vejo ali.

Eu me abro para a fantasia, à espera da pontada de dor que sempre a acompanha. Mas não vem. Em vez disso, acalmo a respiração e sinto um calor percorrer meu corpo. Abandono a cautela e o bom senso, e mergulho em pensamentos sobre ele. Envolvo meu próprio corpo nos braços, como se fosse o abraço dele. Por um instante, tudo se resolve.

– Achei que nunca ia encontrar você!

Olho para cima e vejo Melanie vindo em minha direção.

– Eu estava bem aqui.

– Passei a última meia hora procurando! Andei a praia toda! Não fazia ideia de onde você estava.

– Eu estava bem aqui.

– Eu procurei por todo canto. A festa está saindo do controle, parece que botaram droga na bebida. Uma garota acabou de vomitar do lado do meu pé, e os caras estão dando em cima das piores maneiras possíveis. Já perdi a conta de quantas vezes passaram a mão na minha bunda, e um carinha charmoso perguntou se eu queria morder o cachorro-quente dele... e não estava falando de comida! – Ele balança a cabeça, como se para afastar a lembrança. – A gente devia estar juntas, se protegendo!

– Desculpa. Você estava curtindo a dança, e acho que perdi a noção do tempo.

– Você perdeu a noção do tempo?

– Acho que sim. Desculpa por ter deixado você preocupada, mas estou bem. Quer voltar para a festa?

– Não! Já deu. Vamos embora.

– A gente não precisa ir embora. – Olho a fogueira. As chamas dançam, e não consigo desviar o olhar. – Eu não me incomodo de ficar.

É a primeira vez em um bom tempo que me sinto confortável, que me sinto bem onde estou.

– Bom, eu me incomodo. Passei a última meia hora em pânico. Agora estou sóbria e já não aguento mais este lugar.

– Ah, beleza. Então vamos.

Caminhamos até a pilha de sapatos, onde Melanie leva séculos para encontrar as rasteirinhas, e rumamos para o táxi que nos aguarda. Quando olho o relógio no painel do carro, vejo que é meia-noite e vinte. Não acredito muito no que o vocalista falou sobre pedidos à meia-noite, mas, agora que vejo que deixei passar, sinto que deveria ter tentado, para não perder a oportunidade.

Vamos em silêncio, exceto pelo cantarolar do motorista, que acompanha o rádio. Quando adentramos os portões do resort, Melanie entrega umas notas ao motorista, e tenho uma ideia.

– Melanie, e se a gente contratasse esse cara por um ou dois dias, para visitarmos lugares mais afastados da turistada?

– Por que a gente faria isso?

– Sei lá. Para ter uma experiência diferente. Com licença, quanto o senhor cobraria por uma diária?

– *Lo siento. No hablo inglés.*

Melanie revira os olhos.

– Vai ter que se contentar com uma única grande aventura.

A princípio, acho que ela está falando da festa, mas depois percebo que é das ruínas. Consegui mesmo levar nossos pais para ruínas diferentes. Fomos a Coba, em vez de Tulum, e ainda paramos em um vilarejo no caminho, como eu queria. Até fiquei empolgada, achando que estava conhecendo o México de verdade. Estava em uma aldeia maia, mesmo com a família a tiracolo. Daí Susan e minha mãe piraram com as bijuterias com miçangas, os aldeões tocaram tambor para nós, fomos todos convidados a dançar em um círculo, e rolou até uma limpeza espiritual tradicional. Mas todo mundo filmou tudo, e, depois da limpeza, meu pai "doou" 10 dólares a um chapéu claramente plantado à nossa frente. Aí percebi que não era nada diferente da excursão.

O apartamento está silencioso. Nossos pais já estão dormindo, mas, assim que a porta se abre, minha mãe desponta do quarto.

– Chegaram cedo – comenta.

– Eu estava cansada – diz Melanie. – Boa noite. Feliz ano-novo.

Ela vai para o quarto que dividimos. Mamãe me dá um beijo de ano-novo e volta para a cama.

Não estou nem um pouco cansada, então me sento na varanda, ouvindo a agitação da festa do hotel ao longe. Uma tempestade se avulta no horizonte. Pego o celular na bolsa e, pela primeira vez em meses, abro a galeria de fotos.

O rosto dele é tão lindo que sinto um nó no estômago, mas parece irreal, não alguém que eu poderia ter conhecido. Olho para mim, para aquela pessoa na foto, e também mal a reconheço. Não é só o cabelo diferente: ela parece diferente *de mim*. Não sou eu. É Lulu. E, assim como Willem, ela desapareceu.

Tábula rasa, foi o que o cantor de reggae disse. Talvez eu não tenha meu pedido atendido, mas posso tentar apagar a lousa, tentar superar isso.

Passo um longo minuto olhando a fotografia de Willem e Lulu em Paris.

– Feliz ano-novo – desejo a eles.

Então, os apago.

Dezenove

JANEIRO
Faculdade

Boston fica coberta por sessenta centímetros de neve enquanto estou no México, e a temperatura não sobe acima de zero. Duas semanas depois, quando retorno, encontro o campus parecendo uma tundra cinzenta deprimente. Chego uns dias antes do início das aulas, com a justificativa de me preparar para o semestre, mas a verdade é que eu não aguentava passar mais nem um dia lá em casa, sob o olhar atento da carcereira. Já tinha sido péssimo em Cancún, mas estava insuportável em casa, sem Melanie para me distrair – ela tinha voltado para Nova York logo no dia seguinte, antes de resolvermos o climão que se instalara entre nós.

O Trio Ternura volta do recesso cheio de histórias e piadinhas internas. As três passaram o feriado juntas em Virginia Beach, na casa da família de Kendra, nadaram na neve, e agora estão comprando camisetas do urso-polar. São até legais comigo, perguntam sobre a viagem, mas o ar até pesa de tanta cordialidade. Então começo a dobrar meus suéteres e parcas, depois vou até a livraria universitária buscar o novo livro de exercícios de mandarim.

Quando chego na seção de línguas estrangeiras, meu telefone toca. Nem preciso olhar. Desde que voltei, minha mãe anda me ligando pelo menos duas vezes por dia.

– Fala, mãe.

– Estou falando com Allyson Healey? – A voz do outro lado é aguda e cativante, o oposto do tom da minha mãe.

– Sou eu.

– Ah, alô, Allyson. Aqui é a Gretchen Price, do departamento de orientação.

Faço uma pausa, respirando fundo para afastar o enjoo que ataca meu estômago.

– Pois não?

– Pensei em fazer um convite para você vir até a minha sala, para a gente se conhecer.

Sinto que vou vomitar bem em cima da pilha de livros *Buon Giorno Italiano*.

– Minha mãe ligou para a senhora?

– Sua mãe? Não, creio que não... – Escuto algo caindo do outro lado. – Droga. Um segundo. – Mais uns barulhos estranhos, então ela volta ao telefone. – Olha, desculpa chamar tão em cima da hora, mas é que ando meio enrolada. Adoraria ver você antes do início do semestre.

– É... o semestre começa depois de amanhã.

– Pois é. Então, que tal hoje?

Vou ser jubilada. Estraguei tudo em um único semestre. Eles sabem que não sou uma Universitária Feliz. Não pertenço ao catálogo nem a este lugar.

– Eu estou encrencada?

Aquela risada aguda outra vez.

– Comigo, não. Por que você não vem... espera aí. – Mais sons de papelada. – Que tal às quatro?

– Tem certeza de que a minha mãe não ligou para a senhora?

– Tenho, Allyson, tenho certeza. Então, às quatro?

– Mas é sobre o quê?

– Ah, é só para a gente se conhecer. Nos vemos às quatro.

O escritório fica em uma esquina da quadra de prédios administrativos, todos cobertos de heras. Há pilhas de livros, papéis e revistas espalhadas por toda parte, sobre a mesinha redonda e as cadeiras junto à janela, no sofá, na escrivaninha bagunçada.

Quando entro, Gretchen Price está ao telefone, então paro à porta. Ela faz sinal para que eu entre.

– Você deve ser a Allyson. Pode afastar as revistas da cadeira e se sentar. Já chamo.

Libero uma das cadeiras, tirando uma boneca de pano com a trança cortada e uma pilha de pastas, algumas com adesivos de *Sim. Não. Talvez.* Uma papelada escorrega de uma das pastas. É um formulário de candidatura, como o que preenchi um ano atrás. Enfio-o de volta na pasta, que deixo na cadeira ao lado.

Gretchen desliga o telefone.

– Então, Allyson, como vai?

– Eu vou bem. – Olho os formulários; tantos estudantes almejam um lugar como o meu. – *Muito* bem, na verdade.

– Sério?

Ela pega uma das pastas, e tenho a nítida impressão de que minha batata está assando.

– A-hã – respondo, no tom mais animado que consigo.

– Veja bem, dei uma olhada nas suas notas do primeiro semestre.

Sinto as lágrimas brotando em meus olhos. Ela me atraiu até ali com uma mentira. Falou que eu não estava com problemas, que era só para a gente se conhecer. E eu nem fui reprovada, só tirei nota baixa!

Ela nota minha expressão aflita e gesticula para que eu me acalme.

– Relaxa, Allyson – diz, com um tom reconfortante. – Não estou aqui para punir ninguém. Só quero saber se você está precisando de ajuda. E, se for o caso, oferecer.

– Foi só o primeiro semestre. Eu estava me ajustando.

Já usei essa desculpa tantas vezes que estou quase acreditando.

Ela encosta o corpo no espaldar da cadeira.

– Sabe, muita gente considera o processo de admissão às universidades muito injusto. Muitos dizem que não dá para julgar ninguém com base em uma folha de papel, mas a verdade é que o papel tem o poder de revelar muita coisa. – Ela toma café de uma daquelas canecas com pinturas infantis. A dela está coberta de manchas de polegares.

– Mesmo sem nunca ter te conhecido, julgando pelo que vejo aqui no papel, imagino que você esteja com algumas dificuldades.

Ela não me perguntou *se* estou com dificuldades. Não perguntou *por que* estou com dificuldades. Apenas sabe. As lágrimas vêm, e eu permito que saiam. O alívio é mais poderoso que a vergonha.

– Olha, vou ser bem direta – prossegue Gretchen, deslizando uma caixa de lencinhos de papel por cima da mesa. – Não é seu CR que me preocupa. A queda de desempenho no primeiro semestre é tão comum quanto o ganho de peso. Nossa, você tinha que ver o *meu* CR no primeiro semestre... – Ela balança a cabeça, dando risada. – Em geral, os estudantes com dificuldades se encaixam em dois grupos. Tem os que ainda estão se acostumando com a liberdade, e às vezes passam muito tempo nas chopadas e pouco na biblioteca. Esses se endireitam depois de um ou dois semestres. – Ela olha para mim. – Você anda bebendo muito Jägermeister, Allyson?

Faço que não com a cabeça, mas, pelo tom da pergunta. sinto que ela já sabia a resposta.

Gretchen assente.

– O outro grupo é um pouco mais ardiloso. Esses alunos são os mais propensos à evasão, por isso eu queria conversar com você.

– A senhora acha que vou largar a faculdade?

Ela me encara com firmeza.

– Não. Mas, olhando os seus boletins da escola e as suas notas no primeiro semestre, vejo que você se encaixa em um padrão. – Ela abana uma pasta, que obviamente contém todo o meu histórico acadêmico. – Alunos como você, em especial jovens mulheres, costumam ter um desempenho extraordinário nos últimos anos da escola. Disciplinas avançadas, aulas de ciências, ciências humanas... tudo nota máxima. Rendimento altíssimo no vestibular. Daí entram para a faculdade, o que em tese é o motivo de tanta dedicação, certo?

Eu concordo.

– Bom, daí a pessoa chega e começa se dar mal. Você se surpreenderia com a quantidade de alunos excelentes que acabam largando a faculdade. – Ela balança a cabeça, consternada. – Odeio quando isso acontece. Eu ajudo na seleção dos alunos e fico muito triste quando eles vão mal.

– Tipo um médico que perde um paciente.

– Excelente analogia. Está vendo como você é inteligente?

Abro um sorriso amargo.

– A questão, Allyson, é que a faculdade é para ser...

– A melhor época da minha vida?

– Eu ia dizer um alimento. Uma aventura. Uma exploração. Olho para você e não vejo nada disso. E olho para a sua grade de horários... – Ela encara a tela do computador. – Biologia, química. física, mandarim, laboratório. É muito ambicioso para o primeiro ano.

– Quero cursar medicina. Preciso fazer essas aulas.

Ela não diz nada, só toma outro gole de café. Até que, enfim, pergunta:

– Você *quer* fazer essas aulas?

Eu paro. Ninguém nunca me fez essa pergunta. Quando recebi o catálogo do curso pelo correio, simplesmente presumi que teria que cumprir todas as exigências para ingressar nos estudos de medicina. Mamãe sabia exatamente o que eu teria que fazer e quando. Cheguei a olhar umas disciplinas eletivas, até comentei que seria legal fazer a aula de argila, mas daria no mesmo ter demonstrado interesse em aprender tecelagem subaquática.

– Não sei o que quero fazer.

– Por que não dá uma olhada e avalia se quer trocar alguma disciplina? As matrículas ainda não se encerraram, e posso mexer alguns pauzinhos. – Ela para e empurra o catálogo por cima da mesa. – Tudo bem que você está se preparando para as aulas de medicina, mas vai ter quatro anos para cumprir esses requisitos... e também vai precisar cumprir vários pré-requisitos da área de humanas. Não precisa fazer tudo de uma vez. Suas aulas de medicina ainda nem começaram.

– Mas e os meus pais?

– *O que tem* os seus pais?

– Não posso decepcioná-los.

– Mesmo se com isso acabar decepcionando a si mesma? Duvido que eles queiram isso para você.

As lágrimas voltam. Ela me entrega outro lencinho.

– Entendo que você queira agradar os seus pais, deixá-los orgulhosos... É um atitude nobre, e é muito louvável da sua parte, mas, no fim das contas, é você quem está estudando, Allyson. As decisões têm que ser suas. É para ser gostoso. – Ela faz uma pausa e bebe mais café. – Além do mais, acho que seus pais vão gostar de ver seu CR aumentar.

Nisso ela tem razão. Concordo com a cabeça. Gretchen se vira para a tela do computador.

– Então vamos cogitar algumas trocas. Você tem alguma ideia do que gostaria de estudar?

Balanço a cabeça.

Ela começa a folhear o catálogo.

– Vamos lá. Isso aqui é um bufê intelectual. Arqueologia, salsa para iniciantes, desenvolvimento infantil, pintura, introdução a finanças, jornalismo, antropologia, cerâmica.

– É tipo argila? – interrompo.

– Isso. – Ela arregala os olhos e digita algo no teclado. – Cerâmica para iniciantes, terças-feiras, às onze. Ainda tem vaga. Ah, mas cai no mesmo horário do seu laboratório de física. Que tal adiarmos esse laboratório, e talvez botar todas as disciplinas de física um pouco mais para a frente?

– Pode tirar.

Que delícia dizer isso. Parece que estou largando um monte de balões de hélio e vendo-os subir pelo céu.

– Viu? Já está pegando o jeito – diz Gretchen. – Que tal umas matérias de humanas, para equilibrar? Você vai precisar cumprir algumas como parte do currículo de base de qualquer forma. Prefere história antiga ou moderna? Tem uma cadeira ótima de História da Europa, um módulo excelente de Revolução Russa e um de pré-Revolução Americana, ótimo para nós, que estamos tão perto de Boston. Ou você pode começar com umas aulas de literatura. Vejamos... Seu desempenho nas disciplinas avançadas da escola já te dá os requisitos básicos para ingressar. A gente também pode ser mais ousada, sabe, e partir para as aulas mais interessantes. – Ela vai rolando a tela do computador. – Poesia *beat*. Literatura do Holocausto. Política em prosa. Versos medievais. Leitura dramatizada de Shakespeare.

Sinto um choque intenso. Um circuito elétrico há muito esquecido cintila na escuridão.

Gretchen sem dúvida nota minha expressão, pois começa a explicar que não é uma disciplina comum, que o professor Glenny tem opiniões fortíssimas a respeito do ensino de Shakespeare e que tem um séquito de seguidores no campus.

Não consigo evitar pensar *nele*. Então me lembro da *tábula rasa*. Da resolução de ano-novo. Dos preparativos para cursar medicina.

– Acho que essa aula não é para mim.

Isso a faz abrir um sorriso.

– Às vezes a melhor forma de descobrirmos o que serve para a gente é fazendo o que *não* serve para a gente. – Ela dá uma batidinha no teclado. – Está lotada, como sempre, então você vai ter que ficar na lista de espera. Por que não dá uma chance? Vamos deixar nas mãos do acaso.

Acaso. Acho que é outra palavra para acidente.

Coisa na qual já não acredito.

Mesmo assim, deixo que ela me inscreva na fila de espera.

Vinte

Quando entro na sala de aula de leitura dramatizada de Shakespeare, parece que adentrei em uma faculdade totalmente diferente da que frequentei nos últimos quatro meses. Em vez do gigantesco salão de palestras onde acontecem as aulas de ciências, ou até das salas maiores, como a de mandarim, entro uma salinha minúscula e intimista, igual à da época de escola. Vejo cerca de 25 carteiras dispostas em semicírculo, com um pequeno púlpito no centro. Os alunos sentados nas carteiras também são muito diferentes. Argolas nos lábios, cores de cabelo que não existem na natureza humana. A galera da arte, imagino. Entro e procuro um lugar – estão todos ocupados –, e ninguém repara em mim.

Acomodo-me no chão, perto da porta, assim fica mais fácil de escapar. Posso não pertencer à química, mas também não pertenço a esta sala. O professor Glenny chega cinco minutos atrasado. Tem pinta de *rock star* – cabelos grisalhos e desgrenhados, botas de couro surradas, até um beicinho à la Mick Jagger –, e tropeça em mim logo na entrada. Literalmente, ele tropeça bem na minha mão. Por pior que tenha sido meu desempenho nas outras disciplinas, ninguém tropeçou em mim. Não é um início auspicioso, e quase decido abandonar o curso, mas o caminho está bloqueado por uma torrente de alunos.

O professor larga a mochila de couro artesanalmente surrado em cima do púlpito e começa:

– Levante a mão quem aqui já leu uma peça de Shakespeare pelo simples prazer da leitura? – Ele tem sotaque britânico, embora não seja o mais teatral.

Metade da turma levanta a mão. Quase considero levantar também, mas já é mentira demais, e não faz sentido puxar o saco do cara se não pretendo ficar.

– Excelente. Agora outra pergunta: quantos já dormiram tentando ler uma peça de Shakespeare sozinhos?

A turma fica quieta. Ninguém levanta a mão. O professor Glenny me encara, e fico me perguntando como é que ele adivinhou, mas então percebo que não está olhando para mim, e sim para o cara atrás de mim, o único de mão erguida. Eu me viro para olhá-lo, seguindo o exemplo da turma inteira. É um dos dois afro-americanos presentes, mas o único que ostenta um gigantesco penteado afro cheio de grampos brilhantes e brilho labial cor-de-rosa. Tirando isso, está vestido igual a uma mãe de subúrbio: moletom e botas Ugg cor-de-rosa. Em um cenário de estranhezas tão bem cultivadas, ele é uma flor silvestre – ou talvez uma erva daninha.

– Qual foi a peça que deu sono? – pergunta o professor.

– Pode escolher. *Hamlet. Macbeth. Otelo.* Cochilei em todas.

Um burburinho se espalha entre os alunos, como se fosse um absurdo dormir durante os estudos.

Glenny assente.

– Então, por que... desculpe, como você se chama...?

– D'Angelo Harrison, mas meus amigos me chamam de Dee.

– Então serei ousado, vou chamar você de Dee. Dee, por que se inscreveu nesse curso? A não ser que esteja precisando botar o sono em dia.

Mais uma vez, a turma ri.

– Pelas minhas contas, essa cadeira custa cinco mil por semestre – responde Dee. – Dormir, eu durmo de graça.

Tento fazer as contas. É isso que custa uma disciplina?

– Muito prudente – responde o professor. – Então, mais uma vez, por que se inscrever nessa aula, dado o preço alto e o histórico de sonolência causado por Shakespeare?

– Bom, na verdade não estou na aula ainda. Estou na lista de espera.

A essa altura, não sei dizer se ele está se esquivando ou rebatendo o professor, mas fico impressionada. A turma parece ávida para dar as respostas certas, e esse cara está levando o professor na conversa. Em sua defesa, o professor parece mais achar graça do que se incomodar.

– O que estou querendo saber, Dee, é o seguinte: por que se dar ao trabalho de tentar?

Há uma longa pausa. Ouço o chiado das lâmpadas fluorescentes, o pigarro de alguns alunos que claramente têm a resposta na ponta da língua.

– Porque o filme *Romeu e Julieta* me faz chorar mais do que qualquer coisa que já vi – responde Dee. – Choro toda vez que eu vejo.

Mais uma vez, a turma ri. Não é uma risada amistosa. O professor Glenny retorna ao púlpito e puxa um papel e uma caneta da bolsa. É uma lista. Ele a encara, com o semblante ameaçador, e risca um nome. Fico pensando se o tal Dee acabou de ser expulso da lista de espera. Que raio de curso foi esse em que Gretchen Price me enfiou? Gladiadores de Shakespeare?

O professor Glenny, então, se vira para uma garota esquisita de cabelo cor-de-rosa com a cara enfiada em um exemplar das obras completas de Shakespeare – o tipo de pessoa que certamente nunca se dignou a ver a versão de *Romeu e Julieta* estrelada por Leo e Claire, nem cochilou lendo *Macbeth*. O professor vai se aproximando, intimidador, e para bem ao lado dela. A garota ergue os olhos e abre um sorriso tímido, como se dissesse *"ai, você me pegou bem no meio da leitura"*. Em resposta, ele escancara os dentes. E fecha o livro com força. É um livro grande. Faz um barulhão.

O professor Glenny volta ao púlpito.

– Shakespeare é uma figura misteriosa. Tanta coisa foi escrita por esse homem, que de fato conhecemos tão pouco... Às vezes acho que só se escreveu mais sobre Jesus, e com resultados menos frutíferos. Por isso não gosto de fazer nenhuma caracterização a respeito dele. Mas arrisco dizer uma coisa: Shakespeare não escreveu suas peças para serem lidas em silêncio, na biblioteca. – Ele para, deixa os alunos assimilarem a frase e continua: – Dramaturgos não são romancistas. Suas obras precisam ser encenadas, interpretadas e reinterpretadas ao longo dos tempos. Shakespeare, com sua genialidade, nos presenteou com um material bruto tão incrível que realmente sobreviveu ao tempo, resistiu a uma miríade de reinterpretações, mas, para apreciarmos sua obra de verdade, para compreendermos por que ela resiste ao tempo, é preciso ouvi-lo em voz alta. Ou, melhor ainda, vê-lo encenado, seja em roupas de época ou sem roupa nenhuma, um prazer duvidoso do qual já desfrutei. Por mais que uma boa produção cinematográfica dê conta do recado, como nosso amigo Dee demonstrou. Inclusive, Sr. Harrison – ele olha outra vez para Dee –, os meus livros da faculdade ainda têm marcas de baba. Você está fora da lista de espera.

O professor Glenny vai até a lousa e rabisca *Inglês 317 – leitura dramática de Shakespeare*.

– O nome desta disciplina não foi escolhido ao acaso. É bastante literal. Aqui, nesta aula, não vamos *ler* Shakespeare em silêncio, sozinhos, no sossego do quarto ou da biblioteca. Vamos *encenar*. Faremos uma leitura dramatizada em sala de aula e com os colegas. Nesta disciplina, cada um de nós se tornará ator; vamos interpretar uns para os outros, diante dos outros. Para os que não se sentem preparados ou preferem uma abordagem mais convencional, esta excelente instituição oferece diversos cursos de pesquisa sobre Shakespeare, e sugiro que tirem muito proveito delas.

Ele faz uma pausa, como se desse aos alunos uma chance de escapar. Seria a minha chance de sair, mas algo me prende.

– Outra informação sobre esta disciplina é que eu coordeno nossas leituras para que coincidam com as apresentações teatrais do semestre, sejam encenadas por atores amadores ou companhias de teatro profissionais. Espero que os alunos assistam a todas as peças, e consigo descontos excelentes para grupos. O inverno e a primavera terão uma seleção deliciosa.

Ele começa a distribuir o programa; antes mesmo de pegar uma folha, antes que ele termine de escrever a ordem das peças na lousa, sei que *aquela* vai estar no meio, por mais que Shakespeare tenha escrito mais de trinta peças. Sei que estará na lista.

E está, bem no meio do programa, depois de *Henrique V* e *Conto de inverno*, antes de *Como gostais*, *Cimbelino* e *Medida por medida*. Mas ali, naquela folha, parece saltar aos meus olhos feito um outdoor. *Noite de reis*. E o meu desejo de cursar ou não aquela disciplina é irrelevante. Não tenho como ficar lá na frente e ler essas linhas. Isso é o oposto da tábula rasa.

O professor Glenny fala um pouco sobre as peças, muito animado, apontando uma por uma na lousa, apagando um pouco a tinta com o dedo.

– O que mais amo nesta disciplina é que nós, na verdade, deixamos os temas nos escolherem, deixamos as peças nos escolherem. No início o reitor foi meio cético em relação a essa abordagem acadêmica não planejada, mas sempre funciona. Vejam essa amostra. – Ele aponta outra vez para a lista de peças. – Alguém consegue ter uma ideia da temática deste semestre, com base na lista de peças?

– São todas comédias? – arrisca uma garota de cabelo rosa, na fileira da frente.

– Ótimo palpite. Só que *Conto de inverno*, *Medida por medida* e *Cimbelino*, por mais que tenham uma boa dose de humor, não são consideraras comédias, e sim peças-problemas, uma categoria que discutiremos mais tarde. E *Henrique V*, embora tenha muitos momentos cômicos, é uma peça bastante séria. Algum outro palpite?

Silêncio.

– Vou dar uma dica. Fica mais óbvio em *Noite de reis* e *Como gostais*, que *são* comédias, mas também são peças muito comoventes.

Mais silêncio.

– Vamos lá. Tem tantos literatos nesta sala, alguém já deve ter visto uma das duas... Quem aqui já assistiu a *Como gostais* ou *Noite de reis*?

Só percebo que levantei a mão quando é tarde demais, quando o professor Glenny já tinha me visto e acenado para que eu falasse, me encarando com aqueles olhos vibrantes e curiosos. Quero dizer que cometi um erro, que fui dominada pela outra versão de Allyson, a que levantava a mão em sala de aula, mas não consigo. Conto que assisti a *Noite de reis* durante o verão.

O professor Glenny fica ali, parado, como se aguardasse a conclusão do meu pensamento; mas é só o que tenho a dizer. Faz-se um silêncio constrangedor, como se eu acabasse de anunciar que sou alcoólatra em um encontro das Filhas da Revolução Americana.

O professor Glenny se recusa a desistir de mim.

– E qual era a principal fonte de humor e tensão, nessa peça em especial?

Por um brevíssimo segundo, saio daquela sala de aula quente em uma manhã de inverno. Transporto-me de volta para aquela noite de verão da Inglaterra, na bacia do canal em Stratford-upon-Avon. Para um parque de Paris. Então, volto para cá. Nos três lugares, a resposta permanece a mesma.

– Ninguém é quem diz ser.

– Obrigado...?

– Allyson – completo. – Allyson Healey.

– Allyson. Talvez um pouco de generalização, mas, para os nossos fins, você acertou em cheio.

Ele retorna ao quadro e escreve: *alteração de identidade, alteração da realidade*. Então, confere alguma coisa em sua folha.

– Agora, antes de terminar, vou deixar um último deverzinho de casa. Não teremos tempo de ler todas as peças na íntegra em sala de aula, mas leremos bastante. Acho que já deixei claro o que acho de leituras solitárias, então gostaria que vocês lessem o restante de cada peça em voz alta, com seus colegas. Isso não é opcional. Por favor, formem duplas. Se estiver na lista de espera, encontre uma dupla que também esteja. Allyson, você não está mais na lista de espera. Como podem ver, a participação em classe é recompensada.

A sala mergulha em um burburinho, e o pessoal começa a formar duplas. Ao meu lado tem uma menina de óculos gatinho. Eu poderia chamá-la.

Ou poderia me levantar e sair da sala. Por mais que esteja fora da lista de espera, posso simplesmente não voltar mais, ceder meu lugar para outra pessoa.

No entanto, por algum motivo, não faço nem uma coisa nem outra. Eu me afasto da garota de óculos e olho para trás. Aquele cara, Dee, está ali, sentado, tal e qual o garoto rejeitado que sempre é escolhido por último nas aulas de educação física. Tem o semblante meio distante, como se soubesse que ninguém vai chamá-lo e quisesse poupar o trabalho. Quando pergunto se ele quer fazer dupla, sua expressão astuta desaba por um instante e ele parece genuinamente surpreso.

– Bem, por acaso minha agenda não está muito cheia no momento.

– Isso é um sim?

Ele concorda com a cabeça.

– Que bom. Só tem uma condição. É mais um favor; dois, na verdade.

Ele franze o cenho por um instante, depois ergue a sobrancelha tão alto que ela desaparece no meio da cabeleira.

– Não quero ler *Noite de reis* em voz alta. Você pode ler todos os papéis, se quiser, e eu escuto, então leio uma outra peça inteira. Ou a gente pode alugar a versão em filme e assistir juntos. Só não quero ter que falar. Nenhuma palavra.

– E como é que você vai se safar na aula?

– Vou dar um jeito.

– Qual é o seu problema com *Noite de reis*?

– Essa é a segunda coisa. Não quero falar sobre isso.

Ele suspira, como se refletisse.

– Você é diva, ou é do tipo esquisitona? Diva eu até aguento, mas não tenho tempo para esquisitona, não.

– Acho que não sou nenhum dos dois.

Dee faz cara de cético.

– É só essa peça, eu juro. Tenho certeza de que tem em DVD.

Ele me encara por um longo minuto, como se tentasse escanear meu verdadeiro eu. Por fim, ou conclui que sou legal, ou reconhece que não tem opção, pois revira os olhos e solta um suspiro alto.

– Tem várias versões de *Noite de reis*, na verdade. – De repente sua voz assume um tom totalmente diferente. Até sua expressão fica mais professoral. – Tem um filme com a Helena Bonham Carter, que está magnífica no papel, mas, se a gente vai fazer esse tipo de trapaça, melhor alugarmos a versão teatral, mesmo.

Eu o encaro por um instante, aturdida. Ele me olha de volta com um sorrisinho sutil. Então percebo a verdade do que tinha dito antes: *ninguém é quem diz ser.*

Vinte e um

FEVEREIRO
Faculdade

Nas primeiras semanas de aula, Dee e eu até tentamos nos reunir na biblioteca, mas sempre nos olhavam com cara feia quando Dee começava a imitar as vozes dos personagens. Ele tem muitas vozes: um sotaque britânico solene para Henry, um tom irlandês esquisito – acho que sua versão do sotaque galês – para as falas de Fluellen, uma cadência francesa exagerada ao ler os personagens franceses… Não me dou ao trabalho de fazer sotaques. Já considero de bom tamanho acertar as falas.

Depois de muitas repreensões na biblioteca, resolvemos ir até o centro acadêmico, mas Dee não conseguia me ouvir no meio do falatório. Ele fala tão bem que mais parecia um estudante de teatro ou coisa assim, mas acho que estuda história ou ciências políticas. Não que tenha me contado; tirando as leituras, não conversamos sobre nada. Mas dei uma espiada nos livros que ele carrega, e são todos calhamaços sobre história do movimento trabalhista ou tratados governamentais.

Pouco antes de começarmos a segunda peça, *Conto de inverno*, sugiro irmos até a minha república, onde é mais sossegado durante a tarde. Dee me olha de soslaio, mas concorda. Digo para ele chegar às quatro.

À tarde, ponho os biscoitinhos que vovó vive me mandando em um prato e preparo um chá. Não faço ideia do que Dee espera, mas é a primeira vez que recebo alguém em meu quarto. Não sei muito bem se isso configura receber visita, ou se Dee sequer é uma visita.

Quando vê os biscoitos, Dee abre um sorrisinho engraçado. Tira o casaco e pendura no armário, mesmo vendo o meu largado sobre uma cadeira. Tira as botas. Então, dá uma olhada no meu quarto.

– Você tem relógio? – pergunta. – Meu telefone morreu.

Eu me levanto e mostro a caixa de despertadores, que estava de volta no armário.

– Pode escolher.

Ele leva um bom tempo escolhendo, até que se decide por um modelo de mogno de 1940. Eu o ensino a dar corda. Ele pergunta como ativar o alarme, e eu mostro. Então programa o despertador para as cinco e meia, explicando que precisa estar às seis no trabalho, no bandejão. A leitura não costuma levar mais de meia hora, então não sei bem por que ele está programando o alarme, mas não comento nada. Nem pergunto sobre o trabalho dele, por mais que esteja curiosa.

Ele se senta na cadeira da minha escrivaninha, e eu fico na cama. Ele apanha de cima da mesa um frasco cheio de mosquinhas de fruta e o examina com curiosidade.

– São drosófilas – explico. – Estou cultivando para uma disciplina.

Ele balança a cabeça.

– Se morrerem, pode pegar mais na cozinha da mamãe.

Quero perguntar onde fica essa cozinha, de onde ele vem, mas Dee parece blindado. Ou talvez seja eu. Talvez fazer amizade requeira uma habilidade específica que nunca tive.

– Beleza, vamos ao trabalho. Até logo, minhas drofósilas – diz ele, aos insetos. Não corrijo a pronúncia.

Lemos uma cena excelente do início de *Conto de inverno*, na qual Leontes surta achando que está sendo traído por Hermione. Quando chegamos ao fim, Dee guarda o livro de Shakespeare. Acho que ele está indo embora, mas pega o livro de um cara chamado Marcuse e me dá uma olhadela rápida.

– Vou fazer mais chá – anuncio.

Estudamos juntos, em silêncio. É legal. Às cinco e meia, o alarme toca, e Dee se apronta para ir trabalhar.

– Quarta? – pergunta.

– Claro.

Dois dias depois, repetimos a cena: biscoitos, chá, oi para as "drofósilas", Shakespeare em voz alta, estudos em silêncio. Não conversamos, só trabalhamos. Na sexta-feira, Kali entra no quarto. É a primeira vez que vê alguém ali comigo. Ela encara Dee por um longo instante, e apresento os dois.

– Oi, *Dee*. Muito *prazer* – diz ela, em um estranho tom de paquera.

– Ah, o prazer é todo meu – responde Dee, animado até demais.

Kali o encara, e então abre um sorriso. Vai até o armário e pega um casaco caramelo e um par de botas marrom-amareladas.

– Dee, posso perguntar uma coisa? O que você acha *dessas* botas com *esse* casaco? Muito *combinandinho*?

Olho para Dee. Ele está de calça azul-celeste e camiseta com um estampa cintilante e a frase EU ACREDITO. Não entendo muito bem de onde Kali tirou que o cara é especialista em moda.

Mas Dee se interessa na mesma hora.

– Nossa, garota, essas botas são *divinas*. Acho que vou roubar de você.

Olho para ele, surpresa. Eu até tinha imaginado que Dee era gay, mas ainda não o vira falar daquele jeito.

– Ah, não vai, não – responde Kali, com seu estranho jeitinho de esmurrar as palavras, misturado a uma tendência latente de falar como patricinha. – Elas custaram, tipo, *400* dólares. Mas posso *emprestar*.

– Ah, você é um amorzinho. Mas tem pezinhos de Cinderela, e o Dee aqui é uma das irmãs feiosas.

Kali ri. Os dois passam um bom tempo conversando sobre moda. Eu me sinto meio mal. Acho que nunca reparei que Dee gostava tanto desse tipo de coisa, e Kali percebeu na hora. É como se ela tivesse um radar para abordar as pessoas e fazer amigos. Não ligo muito para moda, mas, naquela noite, quando o alarme toca e Dee se arruma para ir embora, mostro a última saia que minha mãe me mandou. Ele acha muito escolar. Na verdade, nem olha direito. Só diz:

– É legal.

Depois disso, Kali começa a aparecer com mais frequência. Ela e Dee entram rápido no clima *Project Runway*, e Dee sempre muda o tom de voz. Deixo pra lá, pensando que deve ser uma coisa do mundo da moda. Uns dias depois, quando estamos saindo, Kendra entra no quarto, e apresento os dois. Kendra olha Dee de cima a baixo, como faz com todo mundo, abre seu sorriso de comissária de bordo e pergunta de onde ele é.

– Nova York.

Computo a informação. Já o conheço há quase três semanas e só agora estou descobrindo o básico.

– Nova York, onde?

– Da cidade.

– Onde?

– Bronx.

Ela fecha o sorriso de comissária, franzindo os lábios.

– Ah, tipo o sul do Bronx? Entendi. Você deve estar superfeliz de morar aqui.

Agora é Dee quem olha Kendra de cima a baixo. Os dois se encaram. Então ele assume um tom de voz diferente do que costuma usar comigo ou com Kali.

– Você é do sul do Bronx?

Kendra recua um pouco.

– Não, sou de Washington.

– Aquele lugar onde só tem chuva e essas merdas?

Chuva e essas merdas?

– Não, não do estado. Sou da capital.

– Ah. Tenho uns primos na capital. Em Anacostia. Nossa, são umas casas horríveis, até piores que de onde eu venho. Toda semana tem tiroteio em alguma escola.

Kendra parece horrorizada.

– Nunca cheguei a ir a Anacostia. Moro em Georgetown. E estudei na Sidwell Friends, a mesma escola das filhas do Obama.

– Eu estudei no South Bronx High. A pior escola dos Estados Unidos. Já ouviu falar?

— Não, creio que não. — Ela dá uma olhada para mim. — Bom, tenho que ir. Estou indo encontrar o Jeb.

Jeb é o novo namorado.

— Até mais, colega — diz Dee, quando Kendra desaparece do quarto. Ele começa a arrumar suas coisas, rachando o bico de tanto rir.

Resolvo ir com ele até o bandejão, talvez comer lá, para variar. Comer sozinha é um saco, mas tem hora que a gente se cansa de comer burritos esquentados no micro-ondas. Quando chegamos ao térreo, pergunto se ele realmente estudou na South Bronx High School.

Quando abre a boca outra vez, volta a falar como Dee. O Dee que eu conheço.

— A South Bronx High School foi fechada há um ano, mas eu nunca frequentei. Eu estudei em uma escola autônoma livre. Depois arrumei uma bolsa para o *Prep for Prep*, aquele programa de desenvolvimento de talentos, e lá fui pescado por uma escola particular, até mais cara que a Sidwell Friends. Chupa essa, bonita.

— Por que você não disse onde tinha estudado?

Ele olha para mim.

— Se as colegas querem me ver como um lixo do gueto — diz, na voz que usou com Kendra — ou como uma bichona — agora de volta ao tom alegre e ousado —, não serei eu a carregar o fardo de desiludi-las — conclui, na entoação mais profunda de Shakespeare.

Quando chegamos ao bandejão, sinto que devo dizer algo, mas não sei bem o quê. No fim, apenas pergunto se ele quer biscoitos de manteiga ou com gotas de chocolate da próxima vez. Vovó mandou os dois.

— Deixa que eu levo os biscoitos. Mamãe mandou uns caseiros, de melaço apimentado.

— Que legal.

— Não tem nada de legal. Ela está competindo. Não ia se permitir perder para a avó de ninguém.

Dou risada. É um som estranho, como um carro antigo sendo ligado depois de um bom tempo na garagem.

— Não vamos contar nada à minha avó. Se ela aceitar o desafio e resolver assar biscoitos, talvez a gente morra de intoxicação alimentar. Ela é a pior cozinheira do mundo.

~

Criamos uma rotina. Toda segunda, quarta e sexta temos biscoitos, chá, alarme, Shakespeare e estudo. Ainda não conversamos muito sobre nós mesmos, mas algumas coisinhas escapam pelas brechas. A mãe trabalha em um hospital. Ele não tem irmãos, mas tem cinco zilhões de primos. Tem bolsa integral. É apaixonado pelo professor Glenny. Está estudando história e literatura, e talvez também gradue em ciências políticas. Costuma cantarolar quando está entediado. Quando gosta de verdade de algo que lê, enrosca o cabelo no indicador com tanta força que o dedo fica vermelho. E, como suspeitei desde aquela primeira aula, ele é muito inteligente. Isso ele não diz, mas fica óbvio. É o único da turma a tirar nota máxima na primeira tarefa proposta por Glenny, uma resenha de *Henrique V*. Quando anuncia o feito à turma, o professor lê uns trechos do trabalho, como exemplo do que o restante de nós precisa almejar. Dee morre de vergonha, e eu me sinto meio mal, mas as tietes de Glenny o encaram com tanta inveja que quase vale a pena. Enquanto isso, ganho um sólido B pela resenha sobre Perdita e a temática dos achados e perdidos.

Também conto a Dee umas coisinhas a meu respeito, mas quase sempre acabo me impedindo de falar o que quero. Gosto dele, de verdade, mas estou tentando cumprir minha promessa sobre a tábula rasa. Ainda assim, queria a opinião dele a respeito de Melanie. Cheguei a enviar para ela a primeira peça que fiz na aula de cerâmica, acompanhada de uma cartinha contando como virei a grade de disciplinas de cabeça para baixo. Mandei pelo correio. Depois de uma semana, eu ainda não tinha recebido resposta. Liguei para ela, para confirmar se tinha recebido – era só uma vasilha tosca, feita à mão, mas tinha um brilho turquesa –, e ela pediu desculpas por não ter respondido, disse que andava ocupada.

Contei sobre as matérias novas que estava cursando, disse que estava cortando um dobrado para meus pais não descobrirem: mandava testes de biologia com notas melhores (minhas sessões de estudo com Dee estão valendo a pena), mas também enviava as notas da minha antiga parceira de laboratório, só que com meu nome. Achava que Melanie ia rir, mas ela reagiu com indiferença e disse que eu poderia me dar mal se fosse pega – como se eu já não soubesse. Então mudei de assunto: contei tudo sobre o professor Glenny e Dee, sobre as leituras em voz alta e como achei que fosse ser tenebroso ler diante da turma, mas que todo mundo lê, e não é tão ruim. Esperei que ela fosse ficar animada, mas a resposta foi quase sem emoção, e senti uma raiva enorme subindo dentro de mim. Faz semanas que a gente não se fala nem troca e-mails, e estou ao mesmo tempo chateada e aliviada.

Meio que queria comentar isso com Dee, mas não sei bem como. Nunca tive nenhum amigo muito íntimo além de Melanie e não sei direito como se faz. Sei que é bobeira. Já vi outras pessoas fazendo amizade, e para elas parece tão fácil: divirta-se, abra o coração, compartilhe histórias. Mas como é que vou fazer isso se a única história que realmente tenho vontade de compartilhar é a que eu deveria esquecer? Além do mais, da última vez que me abri com alguém... bom, é exatamente por isso que preciso de uma tábula rasa, para começo de conversa. Parece mesmo mais seguro manter as coisas como estão: amistosas, cordiais, simples e simpáticas.

No fim de fevereiro, meus pais vêm para o feriado do dia dos presidentes. É a primeira vez que vão vir à faculdade desde o Fim de Semana dos Pais, e já aprendi a lição: elaboro um esquema complexo para sustentar a imagem que esperam de mim. Reorganizo os relógios nas estantes, marco algumas páginas no livro de química, que nem havia aberto, e copio uns exercícios do laboratório do livro do meu antigo parceiro. Faço vários roteiros por Boston, para manter os dois longe do campus, longe das evidências incriminadoras e do Trio Ternura (que agora está mais para Dupla Dinâmica, já que Kendra vive com o namorado). Digo a Dee, com quem agora às vezes estudo aos fins de semana, que não vou estar por perto e não vou poder me reunir na sexta nem na segunda.

– Está me largando para ficar com o Drew?

Drew é o segundo melhor leitor de Shakespeare da turma.

– Não. Claro que não – respondo, com a voz tensa e nervosa. – Só vou viajar com a turma de cerâmica na sexta.

Não é uma mentira completa. A professora de cerâmica realmente propõe viagens de campo vez ou outra. Estamos fazendo uns experimentos com vidro, usando diferentes tipos de materiais orgânicos no forno, e às vezes até cozemos a cerâmica ao ar livre, em fornalhas de terra que construímos com nossas próprias mãos. Eu *realmente* faço viagens de campo, só não vou fazer nos próximos dias.

– E com certeza vou ter algum trabalho para o fim de semana – acrescento. Mais uma mentira; a única aula que me passa dever de casa é a de Shakespeare. É impressionante como desenvolvi talento para mentir.

– Te vejo na quarta, beleza? E levo os biscoitos.

– Fala para a sua vó mandar mais daqueles torcidinhos com semente de papoula.

– Rugelach.

– Não sei falar. Só sei comer.

– Eu aviso a ela.

~

O fim de semana com meus pais acaba não sendo tão ruim. Vamos ao museu de Belas-Artes e ao museu da Ciência. Patinamos no gelo (não consigo manter as lâminas alinhadas). Vamos ao cinema. Tiramos milhares de fotos. Há um ou dois momentos estranhos, quando mamãe pega o catálogo de disciplinas do segundo ano e começa a olhar os horários comigo, me perguntando sobre os planos para o verão, mas só escuto as sugestões sem dizer nada, como sempre. Ao final de tudo, sinto-me drenada, como se tivesse feito uma maratona de leitura de Shakespeare em voz alta, tentando interpretar todos os papéis ao mesmo tempo.

No domingo à tarde, estamos no meu quarto, antes do jantar, quando Dee aparece. Embora eu não tenha contado a ele sobre a minha família nem dito que estavam vindo, e muito menos o que pensam a meu respeito e o que esperam de mim, ele aparece de calça jeans lisa e um suéter, de um jeito que nunca vi. Os cabelos estão puxados para trás e presos por uma boina, e ele não está de brilho labial. Quase não o reconheço.

– Então, como é que vocês se conheceram? – pergunta mamãe, depois que eu o apresento, muito nervosa.

Eu congelo, em pânico.

– Fazemos dupla no laboratório de biologia – responde Dee, sem titubear. – Estamos cultivando drosófilas. – É a primeira vez que o ouço pronunciar corretamente. Ele apanha o frasco. – Aqui cresce todo tipo de anormalidade genética.

Meu pai ri.

– Tive que fazer o mesmo experimento quando estudei aqui. – Ele olha para Dee. – Você também vai cursar medicina?

Dee ergue as sobrancelhas com uma levíssima surpresa.

– Ainda não decidi.

– Bom, não tem pressa – diz mamãe.

Quase solto uma gargalhada.

Papai se vira e bota o tubo perto de um cilindro de cerâmica que eu me esqueci de esconder.

– O que é isso?

– Ah, *eu* que fiz – responde Dee, pegando a peça.

Ele começa a explicar que está fazendo aulas de cerâmica, contando que a turma está fazendo experimentos com diferentes tipos de vidros e métodos de cozedura, e que esta é uma peça cozida em um forno de terra abastecido com esterco de vaca.

– Esterco de vaca? – pergunta mamãe. – Tipo... *fezes*?

Ele assente.

– Sim, fomos às fazendas locais e pedimos para coletar o esterco. O cheiro nem é tão ruim. São vacas alimentadas no pasto.

Então percebo que Dee está usando outro tom de voz. Desta vez, a pessoa que ele está interpretando sou eu. Eu já tinha contado tudo sobre o esterco de vaca, o cheiro de terra, a coleta das fazendas... ele morreu de rir quando contei, pensando naquele bando de meninos riquinhos pagando 40 mil dólares por ano para ir às fazendas coletar bosta de vaca.

Acho que revelei a Dee mais sobre mim do que imaginava, e ele prestou atenção. Escutou, absorveu um pouco de mim e agora está salvando minha pele.

– Fezes de vaca. Que fascinante – diz minha mãe.

~

Meus pais vão embora no dia seguinte; na quarta-feira, a aula de Shakespeare começa com *Noite de reis*. Dee descobriu duas versões diferentes na biblioteca. Diz que, como punição por não termos feito o dever de casa, devemos assistir a todas. Ele me entrega a versão de montagem teatral enquanto eu ligo o computador.

– Obrigada por ter alugado – digo. – Eu podia ter ido.

– Eu já estava lá na biblioteca.

– Bom, obrigada. E também por ter sido incrível com os meus pais. – Paro um segundo, bastante constrangida. – Como é que você soube que eles estavam aqui?

– Minha amiga Kali. Ela que contou. Ela me conta *tudo*, porque somos *melhores amigos*. – Ele estreita os olhos. – Viu só? Não tinha necessidade de esconder a Srta. Dee dos velhos. Eu arrumo a casa direitinho.

– Ah, claro. Desculpa.

Dee me encara, esperando mais.

– Sério – reforço. – É só que os meus pais... eles são muito... bom, é complicado.

– Não é tão complicado. Eu entendi muito bem. Tudo bem se misturar com a ralé, mas sem servir na prataria.

– Não! Você entendeu tudo errado! Não é questão de se misturar. Eu gosto de você de verdade.

Ele cruza os braços e me encara.

– Como foi a sua *viagem de campo*? – pergunta, ácido.

Eu quero explicar, de verdade. Mas como? Como fazer isso sem me entregar? Estou tentando. Estou tentando ser uma pessoa nova, diferente, uma *tábula rasa*, mas se eu explicar a questão sobre meus pais, sobre Melanie, sobre Willem... se eu mostrar quem realmente sou, será que não vou acabar voltando ao ponto de partida?

– Me desculpa por ter mentido. Juro que não tem nada a ver com você. Não tenho nem palavras para agradecer o que você fez.

– Não foi *nada*.

– Não, é *sério*. Você foi incrível. Os meus pais adoraram você. E pareceu tão fácil... Eles não desconfiaram de nada.

Ele pega o brilho labial do bolso e o aplica com precisão milimétrica, primeiro no lábio de cima, depois no de baixo. Então une os dois lábios com um estalido, feito um som de repreensão.

– O que há para desconfiar? Não sei nada de ninguém. Sou só o serviçal.

Quero ajeitar as coisas. Quero que Dee saiba que gosto muito dele, que não sinto vergonha, que ele pode confiar em mim.

– Sabe – começo –, você não precisa fazer isso comigo. As vozes. Pode só ser você mesmo.

Minha intenção era elogiá-lo, para que ele soubesse que aprecio seu jeito de ser, mas ele não interpreta assim. Faz um bico e balança a cabeça.

– Isso *sou eu*, amor. Todos os meus eus. Cada um deles faz parte de mim. Eu sei quem estou fingindo ser e sei quem sou. – Ele me encara com um olhar fulminante. – E você?

Fiz questão de tentar manter tudo isso longe dele, mas Dee, tão esperto e sagaz, percebeu. Tudinho. Descobriu o embuste que eu sou. Sinto tanta vergonha que não sei nem o que dizer. Depois de um tempo, ele enfia *Noite de reis* no meu computador. Assistimos a tudo em silêncio, sem vozes, sem comentários, sem risadas; apenas dois pares de olhos encarando uma tela. E eu me dou conta de que estraguei a amizade com Dee.

Fico tão arrasada que me esqueço de pensar em Willem.

Vinte e dois

MARÇO
Faculdade

Contrariando a previsão do dia da marmota, o inverno demora a terminar. Dee para de me visitar durante a tarde, teoricamente porque não estamos lendo *Noite de reis* em voz alta, mas sei que não é bem esse o motivo. Os biscoitos da minha avó começam a acumular. Pego uma gripe horrível que não vai embora nunca, mas me concede o benefício de não precisar ler a peça em sala de aula. O professor Glenny, que também está entupido, me dá um pacote de um troço chamado Lemsip e me manda recuperar logo a saúde para compensar lendo Rosalinda em *Como gostais*, uma de suas peças favoritas.

Terminamos *Noite de reis*. Pensei que fosse ficar aliviada, como quem se esquiva de um projétil, mas não. Sem Dee na minha vida, parece que fui atingida pelo tiro, mesmo sem ter lido a peça. A tábula rasa era a jogada certa; entrar nessa disciplina é que foi um erro. Agora preciso me esforçar para concluir o semestre. Mas já estou acostumada.

Passamos a *Como gostais*. Na fala introdutória, o professor Glenny conta que essa é uma das peças mais românticas de Shakespeare, a mais sensual, então as tietes se aglomeram todas lá na frente. Anoto uma ou outra coisa a respeito da trama: Rosalinda, a filha de um duque deposto, conhece um cavalheiro chamado Orlando, e os dois se apaixonam à primeira vista. Com isso, o tio de Rosalinda a expulsa de casa, e ela foge com a prima Célia para a floresta de Ardenas. Lá, assume a identidade de um rapaz chamado Ganimedes. Orlando, que também fugiu para Ardenas, conhece Ganimedes, e os dois ficam amigos. E Rosalinda, sob o disfarce, resolve usar essa amizade para testar o amor que Orlando proclama ter por ela. Enquanto isso, o restante do elenco assume identidades diferentes e se apaixona. Como sempre, o professor Glenny pede para ficarmos atentos a algumas questões e passagens específicas, sobretudo à força que Rosalinda assume ao se disfarçar de Ganimedes, o que transforma tanto a si mesma quanto seu relacionamento com Orlando. A história toda mais parece um sitcom e preciso me esforçar para não me confundir.

Dee e eu retomamos as leituras em dupla, mas de volta no centro acadêmico, e ele sempre se arruma e vai embora assim que concluímos a tarefa. Parou de fazer as vozes engraçadas, o que me ajuda a perceber o quanto eram úteis na "interpretação" das peças, porque agora, com os dois lendo no mesmo tom, parece que estamos falando outro idioma. Ficou tão entediante que daria no mesmo se estivéssemos lendo sozinhos, em silêncio. A única vez que Dee usa as vozes é quando precisa falar comigo. A cada dia ouço uma voz diferente, ou duas, ou três. A mensagem é clara: eu fui rebaixada.

Queria desfazer isso tudo, consertar as coisas, mas não faço ideia de como. Acho que não sei me abrir para os outros sem levar uma porta na cara. Então, não faço nada.

– Hoje vamos ler uma das minhas cenas preferidas de *Como gostais*, o início do quarto ato – anuncia o professor Glenny, em um gélido dia de março que mais parece preceder o inverno, não a primavera. – Orlando e Ganimedes/Rosalinda vão se reencontrar na floresta de Ardenas, e a química entre os dois chega ao ponto de ebulição, o que é ao mesmo tempo confuso e divertido, já que Orlando acredita estar diante de Ganimedes, um homem. É igualmente confuso para Rosalinda, que está passando por uma deliciosa tormenta, dividida entre duas identidades, a masculina e a feminina, e entre dois desejos: o de se proteger e permanecer amigo de Orlando e o mais picante, de simplesmente se render.

Lá na frente da sala, as tietes soltam um murmúrio coletivo. Se Dee e eu ainda fôssemos amigos, estaríamos revirando os olhos um para o outro. Como não somos mais, nem olho para ele.

– Orlando encontra Ganimedes na floresta – prossegue o professor. – Os dois encenam uma espécie de teatro *kabuki* e acabam se apaixonando ainda mais, mesmo sem saber exatamente *por quem*. A linha entre o verdadeiro eu e o eu fingido está extremamente borrada, o que considero uma metáfora muito apropriada para a paixão. Então é um bom momento para lermos. Quem se anima? – Ele perscruta a turma. Algumas pessoas levantaram a mão. – Drew, você pode ler o Orlando.

Alguns colegas batem palmas quando Drew se encaminha para o centro da sala. Ele é um dos melhores leitores da turma. Normalmente o professor Glenny põe Nell ou Kaitlin, que são as melhores meninas, para ler com ele. Mas hoje não.

– Allyson, acho que você está me devendo uma Rosalinda.

Eu me arrasto até a frente da sala, junto dos outros leitores escolhidos. Nunca amei essa parte da aula, mas pelo menos antes tinha o incentivo de Dee. Quando estamos reunidos, professor Glenny se transforma em diretor, o que parece ter sido sua função antes de virar acadêmico. Ele faz algumas observações.

– Drew, neste momento o Orlando é ardente e firme, completamente apaixonado. Allyson, seu Ganimedes está dividido: está apaixonado, mas também brinca com Orlando, feito um gato brincando com um rato. O grande fascínio desta cena, para mim, é que, enquanto Ganimedes questiona Orlando, desafiando-o a provar seu amor, podemos sentir ruir a divisão entre Rosalinda e Ganimedes. Amo esse momento nas peças de Shakespeare, quando as identidades e as falsas identidades se tornam um emaranhado de emoções. Os dois personagens, aqui, sentem isso. A coisa fica bem carregada. Vejamos como vocês dois se saem.

A cena começa com Rosalinda/Ganimedes/eu perguntando a Orlando/Drew por onde ele andou, por que demorou tanto para me encontrar – estou "fingindo" ser Rosalinda. Esse é o efeito. Rosalinda estava fingindo ser Ganimedes, que agora deve fingir ser ela mesma, e tenta dissuadir Orlando de amar Rosalinda, por mais que de fato *seja* a própria Rosalinda e por mais que corresponda àquele amor. Tentar acompanhar tanto fingimento me deixa tonta.

Drew/Orlando diz que chegou só com uma hora de atraso. Respondo que quem se atrasa uma hora em um encontro amoroso põe em xeque a verdade de seu amor. Ele implora por meu perdão. Nós nos provocamos um pouco mais, então eu, como Rosalinda fingindo ser Ganimedes fingindo ser Rosalinda, pergunto:

– Que me diríeis neste momento se eu fosse, de verdade, mas de verdade mesmo, a vossa Rosalinda?

Drew hesita, e percebo que estou prendendo a respiração, à espera da resposta.

– Antes de falar, daria um beijo – responde.

Os olhos de Drew são azuis, nada parecidos com os *dele*, mas, por um segundo, são os olhos escuros dele que eu vejo. Carregados, eletrizantes, um instante antes de me beijar.

Eu entoo as falas seguintes meio atordoada, advertindo Orlando que seria melhor falar antes de beijar. Continuamos nos rodeando, e, quando chegamos à parte em que Orlando diz que se casaria comigo – com Rosalinda –, não sei o que a personagem teve, mas sinto uma tontura. Por sorte, Rosalinda é mais valente que eu.

– Pois, então – diz, como Ganimedes –, em sua pessoa direi que não vos quero.

– Nesse caso, em minha pessoa, morrerei – responde Drew.

Eu meio que me desconecto. Não consigo encontrar a fala nem a página certa. Além disso, perco outra coisa: o controle de mim mesma, deste lugar. Do tempo. Não sei quanto tempo fico ali, parada, congelada. Ouço Drew pigarrear, esperando que eu reproduza a próxima fala. Ouço o professor Glenny se remexer na cadeira. Drew sussurra a fala para mim, e a repito, e pareço recuperar um pouco o controle. Continuo questionando Orlando, continuo pedindo que ele prove seu amor. Mas já não estou atuando, já não estou fingindo.

– Dizei-me agora por quanto tempo pretendeis ficar com ela depois que ela for vossa – indago, como Rosalinda.

Minha voz já não me pertence. Está forte, vibrante de emoção. Verbaliza as perguntas que eu deveria ter feito quando tive a chance.

– A eternidade e mais um dia – responde ele.

Perco todo o ar dos pulmões. Essa é a resposta de que preciso. Mesmo que não seja verdade, no fim das contas.

Tento ler a fala seguinte, mas não consigo falar. Não consigo respirar. Ouço uma rajada de vento em meus ouvidos, então pisco, tentando fazer com que as palavras não dancem no papel.

– Dizei "um dia" sem essa "eternidade" – consigo entoar, engasgada, depois de uns instantes, antes de perder por completo a voz.

Porque Rosalinda compreende. *Dizei um dia sem essa eternidade.* Pois, no dia seguinte, vem a dor do amor. Não me admira que ela não revele sua verdadeira identidade.

Sinto meus olhos marejados e, através do véu de lágrimas quentes, vejo a turma me encarando em silêncio, todos boquiabertos. Largo o livro no chão e corro para a porta. Disparo pelos corredores, cruzo as salas de aula e entro no banheiro feminino. Acocorada em uma cabine junto à parede, respiro fundo, escutando o som das lâmpadas fluorescentes, desesperada para me afastar desse vazio que ameaça me engolir viva.

Tenho uma vida plena. Como posso estar tão oca, ainda mais por causa de *um cara*? Por causa de *um dia*? Enquanto tento controlar as lágrimas, penso em minha vida antes de Willem. Vejo a mim mesma com Melanie, na escola, as duas meninas arrogantes no casulo, fofocando sobre garotas que não nos dávamos ao trabalho de conhecer, ou, depois na excursão, encenando uma amizade já contaminada pela raiva. Lembro-me de me sentar com meus pais à mesa de jantar, de mamãe com seu onipresente calendário, agendando aulas de dança, preparatórios para o vestibular, várias atividades enriquecedoras, folheando catálogos atrás de um novo par de botas de neve, os dois falando um *para* o outro, não um *com* o outro. Vejo Evan, que depois de transar comigo pela primeira vez afirmou que aquele era o auge da intimidade entre duas pessoas, o que foi até fofinho, mas pareceu uma frase tirada de um livro. Ou talvez não tivesse ressoado fundo em mim porque eu já desconfiava de que ele só tinha ficado comigo porque Melanie estava namorando seu melhor amigo. E, quando comecei a chorar, Evan achou que fossem lágrimas de alegria, o que só piorou as coisas. Mesmo assim, continuei com ele.

Já faz um bom tempo que vivo neste vazio. Muito antes de Willem entrar e sair da minha vida tão de repente.

Não sei bem quanto tempo fico ali, até que ouço um rangido da porta do banheiro se abrindo. Olho por baixo da porta da cabine e vejo as botas rosa de Dee do outro lado da cabine.

– Está aí? – pergunta ele, baixinho.

– Não.

– Posso entrar?

Destranco a porta. Lá está Dee, segurando minhas coisas.

– Desculpa – peço.

– Desculpa? Você foi estupenda. Foi aplaudida de pé.

– Desculpa por não ter contado que os meus pais estavam vindo. Desculpa por ter mentido. Desculpa por ter estragado tudo. Não sei ser amiga de ninguém. Não sei ser porcaria nenhuma.

– Mas sabe ser a Rosalinda.

– É porque sou especialista em fingimento. – Limpo uma lágrima do rosto. – Finjo tão bem que nem sei mais quando estou fingindo.

– Ai, querida, você não aprendeu nada com essas peças? Não tem tanta diferença assim entre ser e fingir. – Ele abre os braços, e me jogo neles. – Também peço desculpas. Acho que exagerei um pouco. Eu sou bem dramático, caso você não tenha percebido.

Dou risada.

– Sério?

Dee estende meu casaco, e o visto.

– Não gosto que mintam para mim – diz ele –, mas compreendo o que você fez. As pessoas nunca sabem o que pensar de mim, seja no meu bairro, seja na escola ou aqui, então estão sempre tentando descobrir e me dizer o que eu sou.

– É, eu entendo um pouco.

Nós nos encaramos por um longo instante. Muita coisa é dita neste silêncio.

– Quer me contar o que rolou lá dentro? – pergunta Dee, por fim.

195

Quero. Tem tanta coisa me afligindo. Já faz um tempo, algumas semanas, que quero contar tudo a ele, tudo a meu respeito. Concordo com a cabeça.

Dee me oferece o braço, eu aceito, e saímos do banheiro sob o olhar atônito de duas garotas.

– Bom, eu conheci um cara... – começo.

Ele balança a cabeça e estala a língua baixinho, como a repreensão de uma avó amorosa.

– Sempre tem um cara.

~

Dee e eu vamos para meu quarto. Sirvo os biscoitinhos acumulados e conto tudo. Quando termino, lá se foram os pacotinhos do preto e branco e do de pasta de amendoim. Ele limpa as migalhas do colo e pergunta se já pensei sobre *Romeu e Julieta*.

– Nem *tudo* nessa vida tem relação com Shakespeare.

– Tem, sim. Você já parou para pensar no que teria acontecido se aqueles dois não tivessem sido tão impacientes? Se de repente o Romeu tivesse parado um segundo para pensar e chamado um médico, ou esperado a Julieta acordar, em vez de sair tirando conclusões e ir logo tomando o veneno, crente que ela estava morta, quando na verdade ela estava *só dormindo*?

– Parece que *você* já parou para pensar nisso. – E parece mesmo. Ele está empolgado.

– Já vi esse filme tantas vezes e em todas tenho a mesma sensação de quando grito para a mocinha do filme de terror. *Para. Não entra no porão. O assassino está lá embaixo.* Com Romeu e Julieta, eu grito: "Não tirem conclusões precipitadas!" Mas aqueles idiotas alguma vez me escutaram? – Ele balança a cabeça, consternado. – Sempre penso no que teria acontecido se eles tivessem esperado. A Julieta teria acordado, e os dois já estariam casados... Talvez tivessem fugido para bem longe, se afastado dos Montecchios e dos Capuletos, arrumado um castelinho fofo para morar. Iam decorar tudo bonitinho. Talvez fosse igual a *Conto de inverno*. Quando o Leontes pensou que a Hermione estava morta, conseguiu parar de agir feito imbecil e ficou superfeliz em descobrir que ela estava viva. Talvez, depois de tudo, os Montecchios e os Capuletos descobrissem que seus amados filhos estavam vivos e que era uma bobagem continuar brigando, e todo mundo terminaria feliz. Talvez toda a tragédia tivesse se transformado em comédia.

– *Conto de inverno não é comédia, é uma peça-problema.*

– Ah, cala essa boca. Você sabe muito bem aonde eu quero chegar.

E sei mesmo. Talvez não tivesse pensado nisso em relação a *Romeu e Julieta*, mas já fizera suposições parecidas sobre mim e Willem. Tinha refletido bastante no trem de volta à Inglaterra e no voo para casa. E se alguma coisa tivesse acontecido com ele? Mas nas duas vezes, quando consegui verbalizar o que sentia – primeiro para a Sra. Foley, depois para Melanie –, elas me botaram de volta na linha. Willem não era Romeu, era *um* romeu, e eu não sou nenhuma Julieta. Digo isso a Dee, e também enumero todas as suposições que confirmam que ele é um cafajeste, começando pelo fato de que conheceu uma garota aleatória em um trem e, uma hora depois, convidou-a para passar o dia em Paris.

– Gente normal não faz essas coisas – argumento.

– E quem aqui falou em normal? Talvez você não tenha sido uma garota aleatória. Talvez ele tenha mesmo gostado de você.

– Mas ele nem *me conhecia*. Eu fui outra pessoa naquele dia. Fui Lulu. Foi dela que Willem gostou. Mas está bem, vamos supor que algo realmente tenha acontecido, que ele não tenha me largado lá. Eu só sei o primeiro nome dele, e ele nem sabe o meu. Mora em outro continente. É impossível rastrear esse cara. Como é que eu encontro uma pessoa assim?

Dee olha para mim, como se a resposta fosse óbvia.

– Tem que procurar.

Vinte e três

NOME: Willem
NACIONALIDADE: Holandês
IDADE: 20 anos, no último agosto
CRESCEU EM AMSTERDÃ
PAIS: Yael e Bram. A mãe é médica naturopata e não é holandesa.
Mede 1,90 metro e pesa 75 quilos
Fez parte da trupe teatral Arte de Guerrilha no último verão

Essa é a lista completa de dados biográficos que tenho de Willem. Ocupa menos de um terço da folha de um dos meus cadernos de laboratório abandonados. Quando termino, a lista parece uma zombaria, um tapa de realidade na cara. *Acha que se apaixonou por um cara e é isso o que sabe sobre ele? Oito coisas?* Como é que vou encontrá-lo só com essas oito informações? Mais fácil encontrar uma agulha no palheiro. No palheiro, a agulha pelo menos se destaca, mas estou procurando uma agulha específica no meio de uma fábrica de agulhas.

Oito coisas. É uma vergonha. Encaro a folha de papel e quase rasgo e amasso tudo.

Em vez disso, porém, viro a página e começo a escrever uma lista diferente. Coisas aleatórias. A olhada estranha que ele me deu quando confessei ter pensado que fosse um sequestrador; o jeitinho dele no café, quando descobriu que eu era filha única e me perguntou se eu era sozinha; a alegria em seus olhos durante o passeio na barca do capitão Jack – e como gostei de ter proporcionado aquilo, os sons de Paris no trecho de canal subterrâneo; o passeio na garupa da bicicleta; a mão dele acomodada na curvinha do meu quadril; a fúria em seu olhar quando correu para ajudar as garotas no parque; a firmeza de sua mão agarrada à minha durante a fuga pelas ruas de Paris; a expressão rude em seu rosto quando perguntei por que ele tinha me levado lá; e, mais tarde, na ocupação, seu jeito de olhar para mim, como se eu fosse tão grande, forte, corajosa e capaz.

Deixo as lembranças me inundarem e saio escrevendo. Preencho uma página. Depois, outra. Em dado momento, já não escrevo mais sobre ele. Escrevo sobre mim mesma, sobre tudo o que senti naquele dia, inclusive o pânico e o ciúme, mas escrevo principalmente sobre a sensação de um mundo repleto de possibilidades.

Preencho três páginas. Nada do que ponho no papel vai me ajudar a encontrá-lo, mas me sinto bem escrevendo aquilo. Não só bem, me sinto preenchida. É uma sensação que não experimento há muito, muito tempo. E é isso, mais do que tudo, que me convence a ir atrás dele.

A coisa mais concreta da lista é a trupe Arte de Guerrilha, então começo por lá. Eles têm um site bem básico, o que me deixa muito animada, pelo menos até ver que está totalmente desatualizado. Anuncia peças de dois verões atrás. Mesmo assim, há uma aba de contato com um endereço de e-mail. Passo horas rascunhando dez e-mails diferentes, até que enfim fico com um só:

Olá,
Estou tentando encontrar um rapaz holandês chamado Willem, de 20 anos, que fez parte do elenco de *Noite de reis* no verão passado. Assisti à peça e o conheci em Stratford-upon-Avon, e viajamos a

Paris juntos no último mês de agosto. Se alguém souber onde ele se encontra, por favor, informem que Lulu, também conhecida como Allyson Healey, gostaria que ele entrasse em contato. É muito importante.

Listo todas as minhas informações de contato. Faço uma pequena pausa, imaginando todos os uns e zeros – ou seja lá o código que compõe os e-mails – viajando por oceanos e montanhas, até aterrissar na caixa de entrada de alguém. Quem sabe? Talvez até na dele.

Clico no botão de enviar.

Trinta segundos depois, minha caixa de entrada apita. Será? Tão rápido? Fácil assim? Alguém sabe onde ele está. Ou talvez ele tenha passado todo esse tempo procurando por mim.

Abro a caixa de entrada, a mão trêmula. Só encontro a mensagem que acabei de enviar devolvida para mim. Confiro o endereço. Envio outra vez. A mensagem retorna outra vez.

– Strike um – digo a Dee, no dia seguinte, antes da aula.

Conto sobre o e-mail que voltou.

– Não trabalho com metáforas esportivas, mas tenho certeza de que os jogos de beisebol costumam ter nove *innings*.

– E daí?

– Visualize a partida inteira.

O professor Glenny entra na sala e fala de *Cimbelino*, a peça que estamos prestes a começar, anuncia a última chamada para a venda dos ingressos de *Como gostais* e depois avisa que é bom já começarmos a pensar nas apresentações orais do fim do ano.

– Vocês podem trabalhar sozinhos ou em duplas, fazer uma apresentação clássica ou algo mais teatral.

– Vamos fazer a teatral – sussurra Dee.

– É bem o jeitão do Glenny.

Nós nos entreolhamos, como se tivéssemos tido a mesma ideia. Depois da aula, vamos até o púlpito, onde o típico grupo de tietes está reunido, todas sorridentes.

– Ora, Rosalinda, veio comprar o ingresso de *Como gostais*?

Enrubesço.

– Já comprei o meu. Na verdade, estou tentando encontrar uma pessoa com quem perdi contato e não sei muito por onde começar. A única pista que eu tinha era a trupe de teatro da qual ele fazia parte, que encenou Shakespeare lá em Stratford-upon-Avon. Eles têm um site, mas o e-mail voltou. Assisti a uma peça deles no ano passado...

– Em Stratford-upon-Avon?

– Isso. Mas não foi no teatro. Era uma coisa mais underground. O nome era Arte de Guerrilha. A peça foi encenada na bacia do canal. O grupo era muito bom. Na verdade, larguei o *Hamlet* da RSC para ver eles encenarem *Noite de reis*.

O professor Glenny se anima.

– Entendi. E você perdeu um Sebastian, não foi?

Prendo o ar e fico vermelha, então percebo que ele está se referindo apenas à peça.

– Tenho um velho amigo na Secretaria de Turismo de lá – conta ele. – Arte de Guerrilha, é isso?

Faço que sim com a cabeça.

– Vou ver o que consigo descobrir.

Na semana seguinte, logo antes do recesso de primavera, o professor Glenny me entrega um endereço.

– Foi isso o que meu amigo encontrou. É dos registros da polícia. Ao que parece, os seus amigos da Arte de Guerrilha têm o hábito de se apresentar sem licença, e esse endereço estava em uma antiga ficha policial. Não sei exatamente quanto tempo tem.

Eu olho o endereço. É numa cidade inglesa chamada Leeds.

– Obrigada.

– Não há de quê. Só me conte depois o fim dessa história.

Aquela noite, imprimo uma cópia do e-mail que enviei à Arte de Guerrilha, mas mudo de ideia e escrevo uma carta a Willem, à mão.

Querido Willem,
Já faz nove meses que venho tentando esquecer você, esquecer nosso dia em Paris, mas, como pode ver, não estou tendo muito sucesso. Acho que, mais do que tudo, queria saber se você simplesmente foi embora. Se

foi isso, tudo bem. Quer dizer, tudo bem, não, mas, se eu souber a verdade, vou poder superar essa história. E, se você não foi simplesmente embora, não sei o que dizer. Só peço desculpas por ter ido.

Não sei qual vai ser sua reação ao receber esta carta de um fantasma do passado. Não importa o que tenha acontecido, espero que você esteja bem.

Assino Lulu e Allyson e deixo várias informações de contato. Coloco a carta em um envelope e escrevo *Encaminhar a Willem, aos cuidados da Arte de Guerrilha*. Na véspera do recesso de primavera, ponho no correio.

―

Meu feriado em casa é superentediante. A ida de Melanie não coincide com a minha, e sinto saudades mas também alívio por não ter que encontrá-la. Eu me tranco no quarto, acomodo os antigos livros de ciências ao meu lado e passo o tempo todo fazendo buscas no Facebook, no Twitter e em todas as redes sociais imagináveis, mas percebo que ter só o primeiro nome é um problema. Ainda mais porque Willem é um nome bem comum na Holanda. Mesmo assim, percorro centenas de páginas, encarando fotos de vários Willems diferentes, mas nenhum é ele.

Crio um perfil no Facebook como Lulu, com fotos minhas e de Louise Brooks. Mudo o status todos os dias, pensando em coisas que ele compreenderia: *Você acredita em acidentes do universo? Nutella é chocolate? Apaixonar-se é o mesmo que amar?* Recebo solicitações de amizade de malucos new age. De pervertidos. De um fã-clube de Nutella de Minnesota (oi?). Mas dele, nada.

Tento procurar os pais dele. Faço buscas combinadas: Willem, Bram, Yael, depois só Bram, Yael. Sem sobrenome, não consigo nada. Vasculho todos os sites de naturopatas holandeses que consigo encontrar em busca de uma Yael, mas não encontro nada. Digito no Google o nome Yael e descubro que é hebraico. Será que a mãe dele é judia? Israelense? Por que não pensei em perguntar quando tive a chance? Mas eu sei por quê. Quando estava com ele, sentia que já o conhecia.

Vinte e quatro

O recesso de primavera termina, e, nas aulas de Shakespeare, começamos a ler *Cimbelino*. Dee e eu estamos na metade, na festa muito suculenta onde Póstumo, marido de Imogênia, vê Iachimo com o bracelete secreto que deu à esposa e conclui que foi traído – embora, claro, o bracelete tivesse sido roubado por Iachimo, que pretendia justamente ganhar a aposta que fizera com Póstumo de que convenceria Imogênia a trair o marido.

– Mais uma conclusão precipitada – diz Dee, cravando os olhos em mim.

– Bom, a gente teve muitas razões para suspeitar – respondo. – O Iachimo sabia de várias coisas a respeito dela. Sabia como era o quarto, sabia da pinta no peito...

– Porque ficava espionando enquanto ela dormia. Tinha explicação.

– Eu sei. Eu sei. Assim como você diz que o sumiço do Willem deve ter explicação. Mas, sabe, às vezes a gente precisa aceitar as evidências sem questionar. Em um único dia, vi Willem flertar com pelo menos uma garota, ser despido por outra e pegar o telefone de mais uma, sem falar em mim. Acho que ele tem "cafajeste" estampado na testa, e eu fui só mais uma.

– Por que o cara falou tanto em amor, se você era só mais uma?

– Falou em paixão, não em amor. E nessa hora estava falando da Céline.

No entanto, quando ele falou sobre seus pais e as manchas, eu me lembro bem do desejo escancarado em seu rosto. Ainda sinto o calor em meu punho, como se a saliva dele ainda estivesse ali.

– Céline – repete Dee, estalando os dedos. – A gostosona francesa.

– Não era *tão* gostosa assim.

Dee arregala os olhos.

– Por que é que a gente não pensou nisso? Qual é o nome da boate? O lugar onde você deixou a sua mala?

– Não faço ideia.

– Beleza. Onde fica?

– Perto da estação de trem.

– Qual estação?

Dou de ombros. Eu praticamente bloqueei a história.

Dee agarra meu notebook.

– Você está de má vontade. – Ele começa a digitar. – Se viajou de Londres, chegou a Paris pela Gare du Nord. – Ele pronuncia *Gary du Nord*.

– Mas como você é espertinho, hein?

Ele acessa o Google Maps e digita alguma coisa. Um grupo de bandeirinhas vermelhas pipoca na tela.

– Olha aí.

– O quê?

– Essas são as boates próximas à Gare du Nord. Ligue para todas. Céline deve trabalhar em uma dessas. Se a encontrar, você encontra ele.

– Claro, talvez na mesma cama.

– Allyson, você acabou de concordar que precisava abrir os olhos.

– Falei mesmo. Só não quero nunca mais ver essa Céline.

– O quanto você realmente quer encontrá-lo?

– Não sei. Acho que, mais do que tudo, quero descobrir o que aconteceu.

– Mais um motivo para ligar para a tal Céline.

– Ligar para essas boates e pedir para falar com ela? Esquece, eu não falo francês.

– Qual é a dificuldade? – pergunta ele, fazendo bico. – *Bon lacroix monsoir oui, très, chic croissant French Biscatê.* – Abre um sorriso. – Viu? Molezinha – completa, ainda com bico.

– Essa última parte também foi em francês?

– Não, mas ninguém vai reparar nisso. E você também pode perguntar pelo outro cara, o africano.

O gigante. Não seria ruim falar com ele, mas claro que não sei nem como se chama.

– Liga você. Você é muito melhor que eu nessas coisas.

– Como assim? Eu estudei espanhol.

– Ué, você é melhor de fazer vozes, de fingir.

– Já vi você interpretando a Rosalinda. Sem falar que você passou um dia inteiro bancando a Lulu e atualmente finge para seus pais que está se preparando para estudar medicina.

Baixo os olhos e cutuco as unhas.

– Isso só faz de mim uma mentirosa.

– Não faz, não. Você só está testando identidades diferentes, como toda a galera nas peças de Shakespeare. Além do mais, as pessoas que a gente finge ser já estão dentro de nós. Por isso é que conseguimos fingir.

Kali está cursando o primeiro ano de francês, então pergunto, como quem não quer nada, como mandar chamar Céline, ou um garçom senegalês com um irmão que mora em Rochester. Ela me encara, chocada. Desde que a faculdade começou, talvez seja a primeira vez que pergunto algo mais profundo que "essas meias são suas?".

– Bom, isso dependeria de muitos fatores – diz ela. – Quem são essas pessoas? Qual é a sua relação com elas? O francês é uma língua de muitas nuances.

– Ué, não pode só ser alguém com quem eu quero falar ao telefone?

Kali estreita os olhos e retoma o que estava fazendo.

– Tenta um tradutor eletrônico.

Respiro fundo.

– Beleza. São, respectivamente, uma gostosa muito escrota e um cara superlegal que eu conheci. Os dois trabalham em uma boate de Paris, e acho que podem ter a chave da minha... felicidade. Isso ajuda nas nuances?

Kali fecha o livro e se vira para mim.

– Sim. E não. – Ela pega uma folha de papel e dá batidinhas no queixo. – Por acaso você sabe o nome do irmão lá de Rochester?

Balanço a cabeça.

– Ele chegou a me dizer, mas muito rápido. Por quê?

Ela dá de ombros.

– É só que, se soubesse, daria para procurar o cara em Rochester, daí encontrar o irmão dele.

– Ah, meu Deus, nem pensei nisso. Talvez eu consiga lembrar e tentar isso também. Valeu.

– Coisas incríveis acontecem quando a gente pede ajuda – solta ela, cravando os olhos em mim.

– Quer saber a história inteira?

E macaco gosta de banana?, responde sua sobrancelha erguida.

Então conto a Kali, a mais improvável das confidentes, uma versão resumida da saga.

– Ai. Meu. Deus. Isso explica *tudo*.

– Explica o quê?

– Por que você vive tão sozinha, sempre dizendo não. A gente achava que você *odiasse* a gente.

– O quê? Não! Eu não odeio vocês. Só me sinto uma ovelha negra, fico muito mal por vocês serem forçadas a me aturar.

Kali revira os olhos.

– Eu terminei com o meu namorado logo antes de vir para cá, e a Jenn terminou com a namorada dela. Por que acha que eu tenho tantas fotos do Buster? Todo mundo estava se sentindo tão mal, com tanta saudade de casa... Por isso a gente saía tanto.

Balanço a cabeça. Eu não sabia. Nem cogitei saber. Então, dou risada.

– Eu tenho a mesma melhor amiga desde os 7 anos. Ela é a única menina com quem eu saía, então parece que passei vários anos sem aprender a fazer amizade.

– Claro que não. Só se não tiver feito o jardim de infância.

Eu a encaro, impotente. Claro que fiz o jardim de infância.

– Se você frequentou o jardim de infância, aprendeu a fazer amigos. É a primeira coisa que ensinam. – Ela me encara. – Para ter amigos... – Começa.

– Você precisa ser amigo – termino, recordando o que me foi ensinado na turminha da Sra. Finn, ou talvez no desenho do *Barney*.

Ela abre um sorriso e pega a caneta.

– Acho que pode ser mais simples se você só perguntar pela tal da Céline e pelo garçom e deixar o irmão para lá, porque, tipo, quantos garçons senegaleses pode haver por aí? Daí, se conseguir falar com o garçom, você pergunta se ele tem um irmão que mora em Rochester.

– Roché Estair – corrijo. – Foi assim que ele falou.

– Dá para entender por quê. Soa muito mais classudo. Toma.

Kali me entrega uma folha de papel. *Je voudrais parler à Céline ou au barman qui vient du Sénégal, s'il vous plaît.* Ela escreveu em francês e botou a tradução fonética abaixo.

– É assim que se pergunta por eles em francês – explica. – Se quiser ajuda com os telefonemas, me avisa. É para isso que servem os amigos.

Je voudrais parler à Céline ou au barman qui vient du Sénégal, s'il vous plaît. Uma semana depois, já entoei essa frase tantas vezes – primeiro para treinar, depois em uma série de telefonemas cada vez mais deprimentes – que juro que ando falando também durante o sono. Faço 23 ligações. *Je voudrais parler à Céline ou au barman qui vient du Sénégal, s'il vous plaît...* É isso o que digo. E uma destas três coisas sempre acaba acontecendo: um, desligam na minha cara, dois, vem um *non* em resposta, então desligam na minha cara. Esses números eu risco da lista, pois são negativas sem retorno. A terceira opção é quando a pessoa do outro lado dispara a falar francês, e eu não consigo responder. *Céline? Garçon? Sénégal?* Repito, ao celular, sentindo as palavras afundarem feito botes furados. Não faço ideia do que estão falando. Talvez estejam dizendo que Céline e o Gigante saíram para almoçar, mas voltam logo ou talvez estejam dizendo que Céline se encontra, mas está lá embaixo transando com um holandês alto.

Aceito a oferta de ajuda de Kali. Em algumas das ligações ela consegue entender que não há nenhuma Céline ou nenhum garçom senegalês, mas na maioria das vezes se enrola tanto quanto eu. Enquanto isso, ela e Dee começam a vasculhar o Google em busca de todos os supostos nomes senegaleses na área de Rochester. Damos alguns telefonemas constrangedores, mas não conseguimos nada.

Depois do vigésimo quarto telefonema infeliz, acabam-se as boates nos arredores da Gare du Nord. Então recordo o logo da banda na camiseta que Céline tinha na boate, a que deu a Willem – e a mim. Jogo no Google "Sous ou Sur" e procuro as datas dos shows. Mas, se tocaram na boate de Céline, deve fazer muito tempo, pois parece que a banda se separou.

A essa altura, já se passaram mais de três semanas desde que botei a carta no correio, então também já estou perdendo as esperanças de receber uma resposta por escrito. As chances de encontrá-lo, que já não eram muito boas, ficam cada vez menores. O mais estranho é que a sensação de certeza não diminui. Na verdade, aumenta.

~

– Como está a busca pelo Sebastian? – pergunta o professor Glenny um dia, depois da aula, enquanto os alunos formam fila para receber os trabalhos corrigidos sobre *Cimbelino*.

As tietes me encaram, cheias de inveja. Desde que contei ao professor sobre a Arte de Guerrilha, ele ganhou um novo respeito por mim. E, claro, sempre adorou Dee.

– Murchou um pouco – respondo. – Fiquei sem pistas.

Ele escancara um sorriso.

– Sempre tem pistas. O que é que dizem os detetives dos filmes? "Pense fora da caixa" – recita, imitando um terrível sotaque de Nova York, e me entrega meu trabalho. – Parabéns.

Eu olho o trabalho, a nota A-, grande e vermelha, e sou tomada por uma onda de orgulho. Dee e eu vamos para as aulas seguintes, e fico encarando o papel, para garantir que a nota não vai se transformar em um C, mesmo sabendo que não teria como. Não consigo parar de olhar. Nem de sorrir. Dee me flagra e solta uma risada.

– Para os reles mortais, nota alta é pura ficção – digo.

– Ah, não faz drama. Te vejo às quatro?

– Estou contando os minutos.

Às quatro, Dee chega, empolgadíssimo.

– Esquece isso de pensar fora da caixa. A gente tem que olhar *dentro* da caixa.

Ele ergue dois DVDs que pegou no centro de mídia. Um deles é intitulado *Caixa de Pandora*, e a capa exibe a foto de uma bela mulher de olhos escuros e tristes, os cabelos pretos e bem curtinhos. Reconheço-a no mesmo instante.

– Como é que isso vai ajudar?

– Não sei, mas, quando a gente abre a caixa de Pandora, nunca se sabe o que vai sair de dentro. Podemos assistir hoje à noite depois que eu sair do trabalho.

Eu aceito.

– Vou fazer pipoca.

– E eu levo umas sobras de bolo lá do bandejão.

– Que noitada de sexta!

Mais tarde, enquanto me arrumo para receber Dee, vejo Kali na sala. Ela olha a pipoca.

– *Assaltando* a despensa?

– Dee e eu vamos ver uns filmes.

Nunca convidei Kali para nada, e ela quase sempre sai aos fins de semana, mas, considerando a ajuda que ela vem me dando e o que disse sobre amizade, resolvo convidá-la para ficar com a gente.

– É tipo uma missão de filmes e apuração de indícios. Você bem que podia ajudar. Foi tão boa a sua ideia de tentar procurar o irmão em Rochester.

Ela se anima.

– Vou *adorar* ajudar. Estou *tão* de saco cheio de chopadas. Jenn, quer ver um *filme* com *Allyson* e *Dee*?

– Antes de aceitarem, estejam avisadas que são filmes mudos.

– Legal – responde Jenn. – Nunca vi um filme mudo.

Nem eu, e acaba sendo um pouco parecido com Shakespeare. A gente precisa se ajustar, pegar o ritmo. Não há palavras, mas também não é feito um filme estrangeiro, com todos os diálogos legendados. Só os diálogos maiores são exibidos por escrito. O restante é preciso adivinhar pelas expressões dos atores, o contexto, o tom da música de fundo. É preciso um pouquinho de esforço.

Assistimos a *Caixa de Pandora*. O filme mostra uma garota festeira chamada Lulu, que vive trocando de homens. Ela se casa com o amante, então atira nele na noite do casamento. É acusada de homicídio, mas foge da prisão e se exila com o filho do marido morto. Acaba sendo vendida para a prostituição. O filme termina com o assassinato dela na noite de ano-novo, por ninguém menos que Jack, o Estripador. Todos assistimos ao filme como quem testemunha um acidente de trem em câmera lenta.

Dee pega o filme seguinte: *Diário de uma garota perdida*.

– Esse aqui é comédia – brinca.

Não é tão para baixo quanto o outro. Lulu, que nesse filme recebe outro nome, não tem uma morte trágica, mas é seduzida, tem um filho fora do casamento, que depois é sequestrado, e termina banido e largado em um reformatório horrível. E ela mergulha na prostituição.

Quando acendemos as luzes, são quase duas da manhã. Todos nos entreolhamos, cansados.

– E aí? – pergunta Jenn.

– Gostei das *roupas* – responde Kali.

– As roupas são mesmo incríveis, mas não deram nenhuma pista. – Dee se vira para mim. – Se ligou em alguma coisa?

Eu olho em volta.

– Não pesquei nada.

Não pesquei mesmo. Passei todo esse tempo acreditando que era Lulu... Mas não sou *nada* parecida com as garotas desses filmes. Nem quero ser.

Jenn boceja, abre o notebook e acessa uma página sobre Louise Brooks, que parece ter levado uma vida tão tumultuada quanto a de Lulu, passando de estrela de cinema a vendedora da Saks, e terminou reclusa.

– Mas aqui diz que ela sempre foi rebelde, sempre fez as coisas como bem entendia. E teve um romance com a Greta Garbo! – diz Jenn, com um sorriso.

Kali pega o computador e lê.

– E ainda foi a pioneira no corte chanel.

– Eu estava com o cabelo assim quando a gente se conheceu. Eu devia ter mencionado.

Kali fecha o tela do computador, desfaz o meu rabo de cavalo e encolhe meu cabelo até o queixo.

– Hum. De cabelo *curto*, você *realmente* se parece um pouco com ela.

– Pois é, foi o que ele disse, que eu parecia ela.

– Se ele viu você assim – diz Jenn –, quer dizer que achou muito bonita.

– É. Talvez, ou talvez isso tudo tenha sido só uma brincadeira. Ou me chamar de Lulu fosse uma forma de manter a distância, para não ter que saber nada a meu respeito.

Porém, enquanto vou tecendo os cenários menos românticos – e, sejamos honestos, os mais prováveis –, não sinto a costumeira pontada de vergonha e humilhação. Na companhia desse pessoal, nada parece tão desesperador.

Kendra vai passar a noite com Jeb, então Kali oferece a cama para Dee e vai dormir na de Kendra. Já acomodados sob as cobertas, damos boa-noite, como se estivéssemos em um acampamento de verão ou coisa do tipo. Outra vez, com mais força do que nunca, me vem aquela certeza.

Dee começa a roncar na mesma hora, mas ainda levo um tempo para pegar no sono, pois fico pensando em Lulu. Talvez fosse só um nome. Talvez fosse só fingimento. Em dado momento, contudo, parou de ser mentirinha. Naquele dia eu de fato me transformei em Lulu. Talvez não na do filme, nem na verdadeira Louise Brooks, mas na minha própria ideia do que Lulu representava. Liberdade. Ousadia. Aventura. Receptividade.

E percebo que não é só Willem que estou procurando; é Lulu, também.

Vinte e cinco

ABRIL
Miami Beach

Meus pais me aguardam no portão do aeroporto de Miami, já que mamãe conseguiu um voo que chegava meia hora antes do meu. Achei que este ano me livraria do Sêder de Pessach. Acabei de ver meus pais no recesso de primavera, umas semanas atrás, e vir para o Sêder significa faltar um dia de aulas. Mas não tive essa sorte; tradição é tradição, e esse jantar é a única época do ano em que vamos visitar vovó.

Amo minha avó, e mesmo que o Sêder sempre seja chatíssimo e a gente sempre arrisque a própria vida comendo os biscoitinhos caseiros que ela prepara, não é esse o meu temor.

Vovó deixa minha mãe louca, o que significa que, sempre que vamos visitá-la, mamãe acaba *nos* enlouquecendo. Quando vovó vai lá para casa, a situação fica mais contornável. Mamãe vai dar umas voltas, desabafa com Susan, joga tênis, organiza os calendários e vai ao shopping renovar meu guarda-roupas, o que é sempre desnecessário. Mas, quando estamos em Miami Beach, parece que estamos presos em uma ilha geriátrica dentro daquele condomínio abarrotado de velhos.

Mamãe começa a encher meu saco logo na esteira de bagagens, me criticando por não ter enviado bilhetes de agradecimento pelos presentes que ganhei de aniversário, ou seja, deve ter perguntado a vovó e Susan se eu agradeci. Além de Jenn e Kali, que assaram um bolo, Dee, que me levou para jantar em seu "podrão" favorito, em Boston, e meus pais, claro, não tenho mais ninguém a quem agradecer este ano. Melanie não me deu presente, só deixou um recadinho em minha página do Facebook.

Quando entramos no táxi (o segundo, pois mamãe rejeitou o primeiro por estar com o ar-condicionado muito fraco – ninguém escapa quando mamãe está em rota de colisão com vovó), ela começa a me atazanar com os planos para o verão.

Lá em fevereiro, quando o assunto veio à tona, ela me perguntou o que eu pretendia fazer durante o verão, e eu disse que não tinha ideia. Umas semanas depois, no fim do recesso de primavera, minha mãe anunciou que fizera algumas pesquisas em meu nome e que mexera uns pauzinhos, e conseguira duas ofertas promissoras. Uma era trabalhar em um laboratório em uma das empresas farmacêuticas na área da Filadélfia. A outra era trabalhar no consultório de um dos amigos de papai, um proctologista chamado Dr. Baumgartner (Melanie sempre o chamava Dr. Bumbum-gartner). Nenhum dos trabalhos seria remunerado, mas minha mãe tinha conversado com meu pai, e os dois decidiram compensar minha perda com uma mesada generosa. Ela parecia tão satisfeita consigo mesma... Qualquer um dos dois trabalhos seria excelente para meu currículo, e essa boa dose de sucesso contrabalancearia o que ela considerava o "desastre" do primeiro semestre.

Eu tinha ficado tão irritada que quase respondi que não poderia fazer estágio nenhum por falta de qualificação, já que não estava me preparando para medicina. Só de maldade. Só para ver a cara dela. Mas fiquei com medo. Eu estava com nota A em leitura dramática de Shakespeare; A- em mandarim, pela primeira vez; um sólido B na aula e no laboratório de biologia; e A em cerâmica. Percebi que estava, de fato, orgulhosa do meu desempenho escolar, e não queria que a decepção constante e inevitável de mamãe estragasse aquela sensação. De todo modo, isso cedo ou tarde aconteceria, mesmo que eu seguisse com meu plano inicial de só mostrar as notas finais do semestre, e então fazer a revelação.

Mas ainda faltam três semanas para as provas finais, e mamãe está em cima de mim por conta desses trabalhos. Quando o carro para diante da casa de vovó, digo a ela que ainda estou refletindo e saio do táxi para ajudar papai com as malas.

É tão estranho. Mamãe é a pessoa mais intimidadora que conheço, mas, quando vovó abre a porta, ela parece encolher – como se vovó fosse o bicho-papão, não uma loira de farmácia de um metro e meio, vestida em um conjuntinho amarelo e um avental com os dizeres ATENÇÃO: COZINHEIRA MESHUGGENEH. Vovó me abraça forte, está com cheiro de perfume Shalimar e gordura de frango.

– Ally! Deixa eu olhar para você! O seu cabelo está diferente! Eu vi as fotos no Facebook.

– Você tem Facebook? – pergunta mamãe.

– A Ally e eu somos amigas, não é? – Ela me dá uma piscadela.

Mamãe estremece visivelmente. Não sei bem se é porque vovó e eu somos amigas no face, ou se porque vovó insiste em me chamar pelo apelido.

Entramos na casa. Phil, namorado de vovó, cochila no grande sofá florido. Um jogo de basquete passa, aos berros, na televisão.

Vovó toca meu cabelo. Está na altura dos ombros. Não corto desde o último verão.

– Estava mais curto – explico. – Está no meio do caminho.

– Está melhor do que antes. Aquele corte chanel era terrível – diz mamãe.

– Era só um chanel, mãe. Não era um moicano.

– Eu sei. Mas você estava parecendo um menino.

Eu me viro para vovó.

– Ela por acaso teve algum trauma com corte de cabelo quando era nova? Porque parece que não consegue superar isso.

Vovó bate as palmas.

– Ah, Ally, talvez você tenha razão. Quando a sua mãe tinha 10 anos, viu *O bebê de Rosemary* e me implorou para ir ao cabeleireiro. Ficou forçando a moça a cortar mais e mais, até tirar tudo. Quando saíamos do salão, outra mãe apontou para Ellie e disse ao filho "por que você não corta o cabelo igual àquele menininho tão bonzinho?". – Ela olha para mamãe, com um sorriso. – Nunca imaginei que isso ainda afetasse você, Ellie.

– Isso não me afeta, mãe, porque nunca aconteceu. Nunca vi *O bebê de*

Rosemary. Inclusive, se tivesse visto esse filme aos 10 anos de idade, teria sido muito inapropriado.

– Eu mostro as fotos!

– Não tem necessidade.

Vovó olha o cabelo de mamãe.

– Você podia tentar aquele corte joãozinho outra vez. Acho que não muda o estilo desde que o Bill Clinton era presidente. – Vovó abre outro sorriso maldoso.

Mamãe toca os cabelos – lisos, castanhos, presos em um rabo de cavalo baixo – e parece encolher mais um centímetro. Vovó a deixa quieta e me puxa para perto.

– Quer uns biscoitinhos? Fiz *macaroons*.

– *Macaroon* não é biscoito, vó. São substitutos de biscoito, feitos de coco, e são nojentos.

Vovó não tem nada em casa com farinha durante o Pessach.

– Vamos ver o que mais eu tenho.

Vou com ela até a cozinha. Vovó serve uma limonada diet.

– A sua mãe está passando por um tempo bem complicado – revela.

Quando mamãe sai de vista, minha avó é solidária e a defende, como se eu é que a estivesse tirando do sério.

– Não sei por quê. Ela tem uma vida de conto de fadas.

– Que engraçado, é exatamente o que ela diz quando fala que você é ingrata. – Vovó abre o forno e confere alguma coisa. – Ela está com dificuldade de se ajustar sem a sua presença. Você é tudo o que ela tem.

Sinto um aperto no peito. Mais uma decepção para mamãe.

Vovó serve um prato daquele doce nojento de gelatina – odeio, mas nunca consigo recusar.

– Eu a aconselhei a ter outro filho, para arrumar o que fazer.

Eu cuspo a limonada.

– Ela tem 47 anos.

– Mas podia adotar – diz vovó, sacudindo a mão.

– Não é cachorro, vovó!

– Eu sei disso. Mesmo assim, ela podia pegar um mais velho. Isso sim é uma verdadeira mitzvá.

– Você falou isso para a mamãe?

– Claro que falei.

Vovó sempre toca em assuntos sobre os quais ninguém mais fala. Por exemplo, todo ano ela acende uma vela no dia do aborto de mamãe, que já aconteceu há muitos anos. Isso também deixa minha mãe bastante irritada.

– Se ela não vai voltar a trabalhar, precisa fazer alguma coisa.

Vovó dá uma olhada para a sala de estar. Eu sei que as duas brigam por causa desse assunto. Uma vez, vovó mandou uma matéria de revista que falava sobre as dificuldades financeiras que ex-mulheres de médicos passavam depois do divórcio. As duas ficaram vários meses sem se falar.

Mamãe vem até a cozinha. Olha o doce de gelatina.

– Mãe, pode dar comida de verdade para a menina, por favor?

– Ah, dá um tempo. Ela sabe se alimentar, já tem 19 anos. – Vovó pisca para mim, depois se vira para minha mãe. – Pode tirar os frios da geladeira?

Mamãe fuça a geladeira.

– Cadê o peito? São quase duas horas. Está quase na hora de servir.

– Ah, já está no forno.

– Mas desde que horas?

– Não se preocupe. Peguei uma receita ótima no jornal.

– Há quanto tempo está assando? – Mamãe abre a porta do forno. – Não é tão grande. Não deve levar mais de três horas. Tem que cobrir com papel-alumínio. E você está assando em fogo muito alto. Peito tem que assar em fogo baixo. O Sêder vai começar às cinco? Que horas foi para o forno?

– Não esquenta.

– Vai ficar uma borracha.

– Por acaso eu dou ordem na sua cozinha?

– Dá. O tempo todo. Mas eu não escuto. E graças a isso já escapamos de várias intoxicações alimentares.

– Chega dessas respostinhas.

– Acho que vou trocar de roupa – anuncio, mas nenhuma das duas presta atenção.

Vou até o quarto de hóspedes e encontro papai escondido, examinando uma camisa de golfe, melancólico.

– Quais são as chances de eu conseguir escapar para uma partida?

– Teria que primeiro jogar umas pragas para o faraó.

Olho pela janela e vejo uma faixa de mar azul e prateado.

Ele guarda a camisa de golfe de volta na mala. Como é rápida nossa submissão. Esse Sêder não significa nada para meu pai. Ele nem é judeu, por mais que comemore todos os feriados com mamãe. Pelo que sei, vovó ficou furiosa quando mamãe noivou, mas, depois da morte de vovô, começou a namorar Phil, que também não é judeu.

– Brincadeira – digo, apesar de não ser. – Por que você não vai e pronto?

Papai balança a cabeça.

– A sua mãe precisa de apoio.

Solto um grunhido de deboche, como se mamãe precisasse de alguma coisa de alguém.

– A gente viu a Melanie fim de semana passado – diz papai, mudando de assunto.

– Ah, foi?

– A banda dela foi tocar na Filadélfia, então ela nos brindou com uma rara aparição.

Ela agora tem uma *banda*? Para poder virar a Mel. 4.0. E eu tenho que ser eu mesma? Abro um sorriso tenso, fingindo que já estou sabendo.

– Frank, não consigo encontrar meu prato de Sêder – grita vovó. – Eu mandei polir.

– Visualize o último lugar onde guardou – responde papai.

Ele dá de ombros para mim e sai para ajudar. Depois que o prato de Sêder é localizado, ele ajuda vovó a descer as travessas, então ouço mamãe mandá-lo fazer companhia a Phil. Ele se senta e vai ver o jogo de basquete com Phil, que ainda cochila. Já era o golfe. Vou até a varanda e ouço a discussão entre mamãe e vovó competindo com o jogo na TV. Minha vida parece tão pequena que chega a incomodar, como um suéter de lã que pinica a pele.

– Vou dar uma volta – anuncio, embora esteja sozinha na varanda.

Calço os sapatos, saio pela porta e caminho até a praia. Tiro os sapatos e corro pela orla de uma ponta a outra. A batida ritmada dos meus pés na areia molhada parece revolver alguma coisa dentro de mim, expulsando-a no suor da pele pegajosa. Dali a pouco, eu paro, sento e fico olhando a água. Do outro lado está a Europa. Lá, em algum canto, está ele; e lá, em algum canto, está uma versão diferente de mim.

Quando volto, mamãe me manda tomar banho e pôr a mesa. Às cinco, todos nós nos sentamos, e tem início uma longa noite de recriação da fuga dos judeus da escravidão no Egito, o que em tese deveria ser um ato de libertação, mas, com mamãe e vovó se olhando de cara feia, sempre termina meio opressivo. Por fim, os adultos podem se embebedar. É preciso virar quase quatro taças de vinho durante a noite. Eu, claro, tomo suco de uva em meu próprio cálice de cristal. Pelo menos, é o que sempre acontece. Desta vez, quando bebo o primeiro gole, logo depois da primeira reza, quase engasgo. É vinho. Fico pensando que é um engano, mas vovó vê minha expressão e me dá uma piscadela.

O Sêder prossegue como de costume. Mamãe, que é respeitosa em todos os outros âmbitos da vida, veste o manto da adolescente rebelde. Quando vovó lê a parte sobre a travessia de quarenta anos dos judeus pelo deserto, mamãe solta que é porque Moisés se recusava a pedir informações. Quando o assunto passa a ser Israel, mamãe começa a entabular um falatório sobre política, por mais que saiba o quanto vovó fica louca com isso. Quando tomamos o caldo com bolinhas de matzá, elas discutem sobre o índice de colesterol das bolinhas.

Papai sabe muito bem que é melhor ficar quieto. Phil, tirando proveito da deficiência auditiva, dá umas boas cochiladas. Encho a taça de "suco" muitas, muitas vezes.

Depois de duas horas, passamos ao peito, o que significa pararmos de falar um pouco sobre o Êxodo, o que é um alívio, ainda que o peito esteja sofrível. Está tão seco que parece carne de sol esturricada. Fico revirando a comida no prato, enquanto vovó desanda a falar sobre o clube de bridge e o cruzeiro que ela e Phil vão fazer. Então pergunta sobre a nossa viagem anual à praia de Rehoboth; ela sempre passa uns dias lá com a gente.

– O que mais vocês planejaram para o verão? – pergunta para mim, em um tom displicente.

Na verdade, é só para puxar papo. *Tudo bem? Quais as novidades?* Estou prestes a responder "ah, tal e tal coisa", quando mamãe interrompe para dizer que vou trabalhar em um laboratório. E conta tudo a vovó. Um laboratório de pesquisa em uma empresa do ramo farmacêutico. Ao que parece, acabei de aceitar a proposta.

Não é como se eu não soubesse que ela faria isso. Não é como se ela não tivesse feito isso minha vida inteira. Não é como se eu não tivesse permitido.

A fúria que me domina é ao mesmo tempo escaldante e gélida, líquida e metálica, e me recobre as entranhas feito um segundo esqueleto, mais forte que o meu próprio. Talvez seja o que me dá forças para abrir a boca.

– Não vou trabalhar em laboratório *nenhum* durante o verão.

– Bom, agora é tarde – retruca mamãe. – Já liguei para o Dr. Baumgartner e recusei a oferta dele. Se você tinha preferência, teve três semanas para se pronunciar.

– Também não vou trabalhar para o Dr. Baumgartner.

– Você arrumou alguma outra coisa? – pergunta papai.

Mamãe bufa, incomodada, como se aquilo fosse inconcebível. E talvez seja. Nunca trabalhei, nunca precisei trabalhar. Nunca tive que fazer nada para mim mesma. Sou uma imprestável. Uma nulidade. Uma decepção. Minha inutilidade, minha dependência, minha passividade... sinto tudo isso se transformar em uma bolinha de fogo, que eu manipulo, pensando como algo feito de fraquezas pode trazer uma sensação de tanta força. A bolinha, no entanto, fica mais quente, tão quente, que a única coisa que consigo fazer é arremessar. Em cima dela.

– Acho que o seu laboratório não vai me querer, já que larguei a maioria das disciplinas de ciências e vou largar o restante no outono – revelo, cheia de ódio. – Não vou mais fazer medicina, entendeu? Sinto muito por *decepcionar*.

Meu sarcasmo paira no ar úmido, então flutua, como vapor, enquanto percebo que pela primeira vez na vida *não* sinto muito por decepcioná-la. Talvez seja o ódio, ou talvez o vinho secreto da vovó, mas me sinto quase feliz. Estou tão cansada de evitar o inevitável... já faz tanto tempo que sinto que estou decepcionando minha mãe.

– Você desistiu de fazer medicina? – pergunta ela, calma, naquela mistura letal de fúria e mágoa que sempre me derruba como um tiro no peito.

– Esse sempre foi o *seu* sonho, Ellie – retruca vovó, me protegendo. Ela se vira para mim. – Você ainda não respondeu à minha pergunta, Ally. O que *você* vai fazer no verão?

Mamãe parece tão frágil e raivosa. Sinto minha força começar a arrefecer, sinto que vou começar a ceder. Então, ouço uma voz – a minha voz.

– Vou voltar para Paris.

A frase simplesmente sai, como se a ideia estivesse totalmente amadurecida, algo planejado há meses, quando na verdade apenas saiu, da mesma forma que saíram todas aquelas confissões a Willem. No entanto, quando enfim sai, sinto-me quinhentas toneladas mais leve, e minha raiva se dissipa por completo, dando lugar a uma alegria que percorre meu corpo feito brisa e raios de sol.

Foi isso o que senti naquele dia em Paris, com Willem. E por isso sinto que é a coisa certa a fazer.

– E vou aprender francês – acrescento.

Então, por algum motivo, esse anúncio faz irromper um pandemônio à mesa. Mamãe começa a gritar comigo por ter mentido para ela e jogado o meu futuro no lixo. Papai grita sobre trocar de graduação, perguntando quem é que vai pagar meu intercâmbio para Paris. Vovó grita com mamãe por ter estragado mais um Sêder.

Com toda aquela comoção, é meio estranho que consigamos ouvir Phil, que mal abriu a boca desde a sopa.

– Voltar para Paris, Ally? – pergunta. – Helen não disse que a sua ida a Paris tinha sido cancelada por conta das greves? – Ele balança a cabeça. – Aquele povo vive de greve.

A mesa toda fica em silêncio. Phil pega um pedaço de matzá e começa a mastigar. Mamãe, papai e vovó me encaram.

Eu poderia contornar isso com a maior facilidade. A audição de Phil está prejudicada. Ele ouviu errado. Eu poderia dizer que quero *ir* a Paris, porque não pude conhecer a cidade durante a viagem. Já menti tantas vezes. O que é mais uma mentira?

Porém, não quero mentir. Não quero disfarçar. Não quero mais fingir. Naquele dia, com Willem, eu talvez tenha fingido ser alguém de nome Lulu, mas nunca tinha sido tão honesta em toda a minha vida.

Talvez seja essa a questão da libertação. Tem um preço. Quarenta anos cruzando o deserto. Ou provocar a ira de dois pais furiosos.

Respiro fundo. E reúno coragem.

– Sim, voltar para Paris – digo.

Vinte e seis

MAIO
Em casa

Faço uma nova lista.

- Passagem para Paris: 1.200 dólares
- Aulas de francês na faculdade comunitária: 400 dólares
- Dinheiro para duas semanas na Europa: 1.000 dólares

São 2.600 dólares no total. É a quantia de que preciso para ir à Europa. Meus pais não vão ajudar em nada, claro, e se recusam a me deixar usar o dinheiro da poupança, dos presentes que ganhei ao longo dos anos, porque esse dinheiro supostamente é para fins educacionais. Como são eles que controlam a conta, não tem discussão. Além disso, é só com a intervenção de vovó, somada à minha ameaça de ir passar o verão com Dee, que faz mamãe me deixar continuar morando em casa. É esse o grau de nervosismo. Ela já está braba desse jeito sem nem saber a história inteira. Contei a eles que fui a Paris. Não disse por quê, com quem nem por que preciso voltar; só disse que deixei uma coisa importante lá – eles acham que foi a mala.

Não sei o que a deixa mais furiosa: a enganação do verão passado ou o fato de que não quero contar tudo. Ela não fala mais comigo desde o Sêder, e quatro semanas se passaram sem que me dirigisse a palavra direito. Agora que voltei para casa, para o início do verão, está basicamente me evitando. Sinto, ao mesmo tempo, certo alívio e um pouco de medo, pois é a primeira vez que ela reage dessa forma.

Dee diz que 2.600 dólares é muito para dois meses, mas não é impossível. Sugere que eu desista das aulas de francês, mas sinto que preciso disso. Sempre quis aprender francês, e não vou voltar a Paris – enfrentar Céline – sem isso.

Pois bem, 2.600 dólares. É possível, se eu arrumar um emprego. A questão é que nunca precisei trabalhar. Nunca tive nada minimamente parecido com um emprego, exceto uns trabalhinhos como babá e secretária do consultório de papai, o que mal preenche o elegante currículo que imprimi. Talvez isso explique por quê, depois de distribuí-lo em todos os cantos da cidade, eu tenha conseguido zero respostas.

Decido vender minha coleção de relógios. Levo a um antiquário na Filadélfia. O cara oferece 500 dólares por tudo. Eu sem dúvida gastei o dobro nos relógios, ao longo dos anos, mas ele só me olha e diz que talvez eu tenha mais sucesso no eBay. Isso levaria meses, e quero me livrar dessas coisas, então vendo os relógios, menos o da Betty Boop, que mando para Dee.

Quando mamãe descobre o que fiz, balança a cabeça com tanto desgosto que é como se eu tivesse vendido meu corpo, não os relógios. A desaprovação se intensifica, pairando pela casa como uma nuvem radioativa. Nenhum lugar é bom para se esconder.

Eu *preciso* arrumar um emprego. Não apenas para juntar dinheiro, mas para escapar dessa casa. Pedir abrigo a Melanie não é uma opção, primeiro porque não estamos nos falando e segundo porque ela vai cursar um programa de música no Maine, na primeira metade do verão – segundo meu pai.

– Você tem que continuar tentando – aconselha Dee, quando ligo para ele do telefone fixo, pedindo conselhos. Como parte da minha punição, meu celular foi confiscado, e a senha da internet de casa foi bloqueada, de modo que preciso pedir acesso ou ir até a biblioteca. – Entrega o currículo em todos os cantos da cidade, não só nos lugares que estão anunciando vagas, pois em geral quem está desesperado a ponto de contratar gente feito você não tem nem tempo de anunciar.

– Valeu mesmo.

– Você quer um emprego? Engula o orgulho e pratique arremesso de currículos.

– Até no lava a jato? – brinco.

– Isso. Até no lava a jato. – Dee não está de brincadeira. – E peça para falar com o gerente, trate o sujeito como se ele fosse o Rei de Todos os Lava a Jatos.

Eu me imagino esfregando calotas. Então penso em Dee, que vai trabalhar em uma fábrica de travesseiros durante o verão e lava louça no bandejão durante a faculdade. Ele faz o que precisa fazer. No dia seguinte, imprimo cinquenta cópias do currículo e saio batendo de porta em porta, de livrarias a ateliês de costura, mercados, cartórios, lojas de bebidas e, sim, o lava a jato. Não me limito a entregar o currículo. Peço para falar com os gerentes. Às vezes os gerentes vêm, perguntam sobre minha experiência, perguntam quanto tempo desejo ficar empregada. Ouço minhas próprias respostas: nenhuma experiência em empregos anteriores. Dois meses. Entendo por que ninguém quer me contratar.

Já estou quase sem currículos quando passo em frente ao Café Finlay. É um pequeno restaurante no finzinho da cidade, todo decorado à moda dos anos 1950, com piso quadriculado preto e branco e uma miscelânea de mesas de fórmica. Sempre parecia fechado quando eu passava por lá.

Hoje, porém, ouço uma música altíssima lá dentro, tão alta que faz até as janelas vibrarem. Empurro a porta, que se abre. Grito um "olá". Ninguém responde. As cadeiras estão todas em cima das mesas. Em uma das cabines, vejo uma pilha de toalhas de mesa limpas. Os especiais de ontem estão rabiscados em um quadro a giz na parede. Coisas como halibute com laranja, tequila, jalapeño, beurre blanc com kiwi. Mamãe diz que a comida aqui é "eclética", seu eufemismo para esquisita, motivo pelo qual nunca frequentamos o lugar. Não conheço ninguém que frequenta.

– Você veio trazer o pão?

Eu me viro. Vejo uma mulher alta e grande, feito uma amazona, os cabelos ruivos, compridos e selvagens escapando debaixo de uma bandana azul.

– Não – respondo.

– Filho da *mãe*! – Ela balança a cabeça. – O que você quer?

Estendo um currículo. Ela dispensa.

– Já trabalhou em uma cozinha? – pergunta.

Faço que não.

– Desculpe. Não – diz a mulher.

Ela encara o relógio da Marilyn Monroe na parede.

– Jonas, eu vou te matar! – grita, brandindo o punho para a porta.

Eu me viro para sair, então paro.

– Qual foi o pedido de pão? – pergunto. – Eu corro lá e pego.

Ela olha o relógio e solta um suspiro dramático.

– É no Grimaldi's. Preciso de dezoito baguetes francesas, seis fatias de pão de forma e dois brioches de ontem. Pegou?

– Acho que sim.

– Acho que sim não me adianta de nada, amor.

– Dezoito baguetes, seis pães de forma e dois brioches de ontem.

– Confirma se o brioche é *velho*. Não dá para fazer pudim de pão com brioche fresco. E pergunta pelo Jonas. Fala que é para a Babs, diz que ele pode mandar o brioche de graça e descontar vinte por cento do resto, já que a bosta do entregador não chegou *de novo*. E eu não quero pão com fermento. Odeio aquilo.

Ela pega um maço de notas no caixa. Apanho o dinheiro e corro até a padaria o mais depressa que consigo. Encontro Jonas, recolho o pedido e corro de volta, o que é mais difícil do que parece, carregando trinta pedaços de pão.

Fico parada, ofegante, enquanto Babs confere o pedido.

– Você sabe lavar prato?

Faço que sim. Isso eu sei fazer.

Ela balança a cabeça, resignada.

– Vá até os fundos e peça para o Nathaniel te apresentar à Hobart.

– Hobart?

– Isso. Vocês vão se dar muito bem.

Descubro que Hobart é o nome do lava-louças industrial. Depois que o restaurante abre, passo horas ao lado dela, enxaguando os pratos com uma mangueira gigante, botando a louça na Hobart, tirando enquanto ainda está escaldante e repetindo todo o processo. Por um milagre, consigo acompanhar o fluxo interminável de louças, não deixo nada cair no chão nem queimo muito os dedos. Quando o movimento dá uma trégua, Babs me manda cortar pão, bater o chantilly à mão (ela insiste que fica melhor assim), limpar o chão ou ir pegar os filés em uma das câmaras frias. Passo a noite em pânico, cheia de adrenalina, achando que vou estragar tudo.

Nathaniel, o auxiliar de cozinha, me ajuda o quanto pode, apontando onde estão as coisas, ajudando a esfregar as frigideiras quando fico muito ocupada.

– Espera só até o fim de semana – adverte.

– Achei que ninguém comesse aqui – respondo, e na mesma hora levo as mãos à boca, sentindo que Babs ficaria muito irritada se ouvisse aquilo.

Nathaniel apenas ri.

– Está de brincadeira? A Babs é cultuada pelo pessoal gourmet da Filadélfia. Vem gente de longe só para comer aqui. Ela faria muito mais dinheiro se aceitasse mudar para lá, mas diz que seus cachorrinhos odiariam morar na cidade. Os cachorrinhos somos nós, claro.

Quando o último cliente vai embora, o pessoal da cozinha e os garçons suspiram aliviados, todos ao mesmo tempo. Alguém põe um Rolling Stones antigo para tocar no último volume. Algumas mesas são reunidas em um canto, e todos se sentam. Já passa da meia-noite, e terei uma longa caminhada até em casa. Começo a arrumar minhas coisas, mas Nathaniel faz um gesto para que eu me junte a eles. Eu me sento à mesa, meio tímida, embora tivesse passado a noite toda esbarrando naquele pessoal.

– Quer uma cerveja? – pergunta. – Tem que pagar, mas é preço de custo.

– Ou você pode tomar as sobras de vinho que os distribuidores trazem – sugere uma garçonete chamada Gillian.

– Pode ser um vinho.

– Parece que alguém morreu na sua mão – diz um dos garçons.

Eu olho para baixo. Minha saia e a blusa boas – o belo uniforme para procurar emprego – estão cobertas de molhos, que mais parecem fluidos corporais.

– Acho que quem morreu fui eu.

Nunca me senti tão cansada. Meus músculos latejam, doloridos. Minha mão está vermelha por conta da água escaldante. E os pés? Melhor nem começar.

Gillian ri.

– Falou a escrava da cozinha.

Babs aparece com grandes tigelas de massa fumegante e pedacinhos de sobras de peixe e bife. Meu estômago ronca alto. Os pratos são passados de mão em mão. Não sei se a comida é "eclética", mas está deliciosa – o molho de laranja, tequila e jalapeño é mais para defumado, não tão apimentado, e tem só um tracinho de laranja. Raspo o prato, depois limpo o resto do molho com um pedacinho do pão sem fermento de Jonas.

– E aí? – pergunta Babs, quando termino.

Todos os olhos se voltam para mim.

– É a segunda melhor comida que eu já comi – respondo. E é verdade.

Todo mundo solta um "ooh", como se eu tivesse insultado Babs, mas ela abre um sorrisinho e diz:

– Aposto que a melhor foi com um amante.

Fico vermelha como seus cabelos.

Babs me orienta a voltar no dia seguinte, às cinco, e a rotina toda recomeça. Trabalho como nunca, como uma refeição incrível e me jogo na cama. Não faço ideia se estou cobrindo a falta de alguém ou talvez sendo testada. Babs grita comigo o tempo todo: por usar sabão na frigideira de ferro fundido, por não tirar os batons das xícaras de café antes de botar na Hobart, por bater o chantilly muito ou pouco consistente, ou por não acrescentar a quantidade certa de extrato de baunilha. Na quarta noite, começo a aprender a não levar para o lado pessoal.

Na quinta noite, antes do agito do jantar, Babs me chama até os fundos, junto à câmara fria. Está bebendo vodca de uma garrafa, como faz antes de o movimento começar. A boca da garrafa está suja de batom.

Por um segundo, penso que acabou, que ela vai me demitir. Em vez disso, ela me entrega uma papelada.

– Formulários de impostos – explica. – Eu pago o salário mínimo, mas vocês ganham gorjeta. O que me faz lembrar: você anda esquecendo de pegar as suas. – Ela enfia a mão debaixo do balcão e apanha um envelope com o meu nome.

Abro o envelope. Tem um bolinho de notas lá dentro. Uns 100 dólares, fácil.

– Isso é *meu*?

Ela assente.

– A gente racha as gorjetas. Todo mundo leva uma parte.

Passo os dedos pelo dinheiro. As notas agarram na pele solta das unhas. Minhas mãos estão mais do que arrebentadas, mas eu nem ligo, porque estão arrebentadas por conta do meu trabalho, que me rendeu esse dinheiro. Sinto uma revolução em minhas entranhas, que na verdade nada tem a ver com passagens de avião, viagens para Paris ou dinheiro.

– No outono, aumenta ainda mais – diz Babs. – O verão é a estação mais devagar por aqui.

Eu hesito.

– Parece ótimo. Só que não vou estar aqui no outono.

Ela franze o cenho.

– Mas acabou de ser contratada.

Eu me sinto mal, culpada, mas está estampado na primeira linha do meu currículo. Objetivo: emprego de curto prazo. Babs, claro, nunca nem leu meu currículo.

– Eu faço faculdade – explico.

– A gente ajusta os seus horários. A Gillian também estuda e o Nathaniel vive entrando e saindo da escola.

– Em Boston.

– Ah. – Ela faz uma pausa. – Ah, bom, acho que o Gordon vai voltar depois do Dia do Trabalho.

– Espero ficar até o fim de julho. Mas só se conseguir juntar 2 mil dólares até lá.

Enquanto falo, faço as contas. Mais de 200 dólares por semana em gorjetas, além do salário... talvez eu consiga.

– Está juntando para comprar um carro? – pergunta, distraída. Toma outro gole de vodca. – Compre o meu. Aquele demônio ainda vai acabar comigo.

Babs dirige um Thunderbird superantigo.

– Não. Estou juntando para ir a Paris.

Ela baixa a garrafa.

– Paris?

Concordo com a cabeça.

– O que tem em Paris? – pergunta ela.

Eu a encaro. Pela primeira vez em algum tempo, penso nele. Com toda a loucura da cozinha, o assunto ficou um pouco esquecido.

– Respostas.

Ela balança a cabeça com tanta veemência que uns cachos se soltam da bandana.

– A pessoa não pode ir a Paris procurando respostas. Tem que ir procurando perguntas... ou, no mínimo, macarons.

– *Macaroons?* O biscoitinho de coco?

Penso nos substitutos nojentos de biscoito que comemos no feriado de Pessach.

– Macar*oons*, não. Macar*ons*. Biscoitinhos com massa de suspiro, em tons pastel. Parecem beijos de anjo. – Ela olha para mim. – Você precisa dessas 2 mil pratas até quando?

– Agosto.

Ela estreita os olhos. Babs está sempre com o olhar meio injetado, mas, por mais estranho que seja, isso é mais evidente no início da noite do que no final, quando seu olhar assume um brilho maníaco.

– Vamos fazer um trato. Se você não se incomodar de trabalhar dois turnos alguns dias, para cobrir uns brunches de fim de semana, eu garanto que você vai ter seus 2 mil em 25 de julho, que é quando fecho o restaurante por duas semanas, para as *minhas* férias de verão. Só tem uma condição.

– Qual?

– Todo dia, lá em Paris, você vai comer um macaron. Tem que ser fresco, então nada de comprar um pacote e ir comendo um por dia. – Ela para e fecha os olhos. – Eu comi o meu primeiro macaron lá em Paris, na minha lua de mel. Agora sou divorciada, mas alguns amores resistem ao tempo. Ainda mais quando acontecem em Paris.

Sinto um breve arrepio na nuca.

– Você acredita mesmo nisso? – pergunto.

Ela toma um gole de vodca, com um olhar astuto e cintilante.

– Ah, é dessas respostas que você está atrás. Bom, não posso ajudar com isso, mas, se for até a câmara e pegar creme e soro de leite, dou a resposta para a famosa pergunta de como fazer o crème fraîche perfeito.

Vinte e sete

JUNHO
Em casa

Eu me matriculo no curso de introdução ao francês, que acontece três vezes por semana, de onze e meia da manhã a uma da tarde, o que me dá mais uma razão para ficar longe da Casa da Condenação. Embora ultimamente eu esteja trabalhando cinco noites por semana no Café Finlay, além de passar sábado e domingo inteiros lá, nos dias de semana só entro mesmo depois das cinco. E o restaurante fecha às segundas e terças, então mamãe e eu temos tempo de sobra para nos evitarmos.

No primeiro dia de aula, chego meia hora mais cedo, pego um chá gelado no quiosque, encontro a sala de aula e começo a folhear meu livro. Tem muitas fotos da França, muitas de Paris.

Os outros alunos começam a entrar. Espero uma garotada universitária, mas todo mundo tem a idade dos meus pais. Uma loira platinada se aboleta na carteira ao meu lado, apresenta-se como Carol e me oferece um chiclete. Retribuo com prazer o aperto de mão, mas recuso o chiclete – não parece muito francês ficar mascando chiclete em sala de aula.

Uma mulher entra na sala. É pequenina feito um passarinho, com cabelos curtos e grisalhos. Parece saída de uma revista. Veste uma saia-lápis bem justa, de linho, e uma blusa de seda, tudo muito bem passado, o que parece impossível, considerando os noventa por cento de umidade lá fora. Além do mais, está usando um cachecol, o que também é estranho, considerando os noventa por cento de umidade.

A mulher é francesa, está bem claro. Se o cachecol não fosse prova suficiente, ela caminha até o centro da sala e começa a falar. Em francês.

– Será que a gente está na aula errada? – sussurra Carol.

Então a professora vai até o quadro e escreve seu nome, Madame Lambert, e o nome da aula, Introdução ao Francês. Também escreve em francês.

– Ai, não, que azar – diz Carol.

Madame Lambert se vira para nós e começa a falar, em inglês, no sotaque mais forte que já ouvi. Diz que esta é a turma de iniciação ao francês, e que a melhor forma de aprender é ouvindo e falando. Durante a hora e meia seguinte, essas são basicamente as únicas palavras que saem de sua boca em inglês.

– *Je m'appelle Thérèse Lambert* – diz, fazendo soar "The-rrez-Lãm-behr". – *Comment vous appelez-vous?*

A turma a encara. Ela repete a pergunta, apontando para si mesma, depois para nós. Ainda assim, ninguém responde. Ela revira os olhos e estala a língua. Aponta para mim. Estala de novo, faz um gesto para que eu me levante.

– *Je m'appelle Thérèse Lambert* – repete, com muitas pausas, apontando para o peito. – *Comment t'appelles-tu?*

Fico ali parada um segundo, sentido que é Céline balbuciando comigo, cheia de desdém. Madame Lambert repete a pergunta. Compreendo que está perguntando meu nome, mas não falo francês. Se falasse, não estaria aqui, na *introdução* ao francês.

Ela, no entanto, apenas espera. Não vai me deixar sentar.

– *Je m'appelle Allyson?* – arrisco.

Ela fica radiante, como se eu tivesse acabado de explicar as origens da Revolução Francesa – em francês.

– *Bravo! Enchantée, Allyson.*

Então percorre a turma, perguntando o nome de todo mundo.

Esse foi o primeiro round. Então, começa o segundo.

– *Pourquoi voulez-vous apprendre le français?*

Ela repete a pergunta, escrevendo no quadro, circulando as palavras e revelando sua tradução. *Pourquoi:* por quê. *Apprendre:* aprender. *Voulez-vous:* você quer. *Ah, entendi. Ela quer saber por que desejamos aprender francês.*

Não faço ideia de como responder. Bem, é para isso que estou aqui.

A professora prossegue.

– *Je veux apprendre le français parce que...*

Ela circula *Je veux:* Eu quero. *Parce que:* porque. Repete três vezes. Então aponta para nós.

– Essa eu consigo responder – sussurra Carol. – Conheço essa palavra dos filmes. – Ela levanta a mão. – *Je veux apprendre le français parce que...* – entoa, tropeçando nas palavras e com um sotaque terrível, sob o olhar ansioso de Madame. – *Parce que le divorce!*

– *Excelente!* – diz Madame Lambert, só que com um sotaquezinho francês, o que faz parecer ainda mais excelente.

Ela escreve *Le divorce* na lousa.

– *Divorce.* Divórcio. *Presque la même.*

Quase igual, escreve. Então, abaixo escreve: *le mariage,* e explica que é o antônimo.

Carol se aproxima de mim.

– Quando me divorciei, disse a mim mesma que ia engordar e aprender francês. Se eu tiver tanto talento para o francês quanto tenho para engordar, fico fluente até setembro!

Madame Lambert percorre a sala, e o povo começa a se enrolar para explicar seus motivos para aprender francês. Dois vão passar férias na França; uma vai estudar história da arte e precisa saber um pouco de francês; outra acha bonito. Em cada caso, Madame escreve a palavra, sua tradução e o oposto. Férias: *vacances.* Trabalho: *travail.*

Fui a primeira da outra pergunta, agora fico por último. Quando chega minha vez, já estou em pânico, pensando no que dizer. Como é que se diz *acidentes* em francês? Ou *porque acho que cometi um erro,* ou *Romeu e Julieta,* ou *para encontrar uma coisa que perdi,* ou *porque não quero competir, só aprender francês.* Mas não sei dizer nada disso em francês. Se soubesse, não estaria ali.

Então, eu me lembro de Willem. Nutella. Se apaixonar *versus* amar. Como foi que ele disse? *Mancha* em francês? *Sash*? *Tache*?

– Allyson – diz ela. – *Pourquoi veux-tu apprendre le français?*

– *Je veux apprendre le français* – começo, imitando o que acabei de ouvir de todos os colegas. Essa parte já entendi. – *Parce que...* – Paro para pensar. – *Le tache* – digo, por fim.

É uma coisa bem estranha a se dizer, se é que foi isso mesmo o que eu disse. Uma mancha. Não faz o menor sentido. Madame Lambert meneia a cabeça, muito austera, e escreve *la* tâche no quadro. Então, escreve *tarefa*. Fico pensando se acabei gravando a palavra errada. Ela me olha, repara minha confusão. Então, escreve outra palavra no quadro. *La tache*: mancha.

Faço que sim com a cabeça. Isso, é isso. Ela não escreve o oposto. Não há oposto para mancha.

Quando todos terminamos, Madame sorri e bate palmas.

– *C'est courageux d'aller dans l'inconnu* – diz, escrevendo no quadro.

Ela nos faz escrever também, e dissecamos a frase com um dicionário. *Courageux* vimos que é corajoso. *Dans* é dentro. *L'inconnu*, desconhecido. *D'aller*. Levamos vinte minutos, mas enfim conseguimos: *Coragem é adentrar um território desconhecido*. Quando a turma desvenda a frase, ficamos todos tão orgulhosos quanto Madame.

Mesmo assim, passo toda a primeira semana com medo de ser chamada. Todo mundo vive sendo chamado. Somos só seis alunos, e Madame adora fazer a turma participar. Toda vez que ficamos com vergonha, ela nos lembra: *C'est courageux d'aller dans l'inconnu*. Por fim, acabo superando o medo. Erro tudo toda vez que abro a boca, e agora estou assassinando a gramática e minha pronúncia é uma droga, mas estamos todos no mesmo barco. Quanto mais treino, menos constrangida fico, e se torna mais fácil simplesmente tentar.

– Eu me sinto uma idiota, mas talvez esteja funcionando – comenta Carol, certa tarde depois da aula.

Nós duas e alguns outros alunos começamos a nos reunir para um café ou para almoçar depois da aula, para praticarmos e para nos recuperarmos da artilharia verbal de Madame Lambert, mas também para tentar desvendar o real significado de seus "pffs", quando ela sopra o ar pela boca. Tem um idioma inteiro naqueles "pffs".

– Acho que sonhei em francês – diz Carol, sorrindo com a lembrança. – Eu falava poucas e boas ao meu ex em um francês perfeito.

– Não sei se estou tão avançada assim, mas com certeza estou pegando o jeito – comento. – Ou talvez esteja só pegando o jeito de me sentir idiota.

– *Un idiot* – diz Carol, em francês. – Metade das vezes, é só fazer o biquinho, que funciona, mas superar a sensação de ser *un idiot* talvez já seja metade da batalha.

Eu me imagino em Paris, sozinha. Terei que enfrentar tantas batalhas: viajar sozinha, encarar Céline, falar francês. Tudo é tão assustador que às vezes não acredito que vou mesmo fazer isso, mas acho que Carol pode ter razão: quanto mais eu erro e supero em sala de aula, mais me sinto preparada para a viagem. Não só para o francês. Para tudo. *C'est courageux d'aller dans l'inconnu.*

―

No restaurante, Babs espalha para a equipe que estou juntando dinheiro para ir a Paris encontrar meu amante e que estou aprendendo francês porque ele não fala inglês, então agora Gillian e Nathaniel resolveram assumir a tarefa de me ensinar. Babs está fazendo a parte dela, acrescentando um monte de itens franceses no cardápio de especiais do dia, incluindo os macarons, que aparentemente levam horas para ficar prontos – mas quando como... ah, meu Deus, dá para entender a comoção. São rosa-claro, firmes por fora, mas leves, aerados e delicados por dentro, com um delicioso recheio de framboesa.

Entre uma aula e outra, com os outros alunos e no trabalho, passo um bom tempo falando ou pensando em francês. Quando Gillian leva os pratos até a cozinha, indaga sobre as conjugações. "Comer", grita. "*Je mange, tu manges, il mange, nous mangeons, vous mangez, ils mangent*", grito de volta. Nathaniel, que não fala francês, mas namorou uma francesa, me ensina uns xingamentos. Especificamente para brigar com a namorada.

T'es toujours aussi salope? Você é sempre assim tão babaca?
T'as te règles ou quoi? Está menstruada, é?
E *ferme ta gueule!* Que ele diz que significa "para de defecar pela boca!".
– Não é possível que digam isso na França – argumento.
– Bom, talvez não seja uma tradução fiel, mas chega perto.
– Mas é tão grosseiro... E os franceses são tão classudos.
– Cara, os franceses canonizaram o Jerry Lewis. São humanos, que nem eu e você. – Ele para, então abre um sorriso. – Menos as mulheres. Elas são super-humanas.

Penso em Céline e sinto um embrulho no estômago.

Um dos outros garçons me empresta os CDs do curso Rosetta Stone, e começo a praticar com ele também. Depois de umas semanas, percebo que meu francês está melhorando, que, quando Madame Lambert me pede para descrever o que vou comer no almoço, consigo responder. Começo a falar frases, então sentenças completas, sem precisar organizar o que quero dizer antes, como faço com o mandarim. De alguma forma, está rolando. Estou conseguindo.

―

Certa manhã, mais perto do fim do mês, encontro minha mãe à mesa da cozinha. À frente dela, vejo o catálogo da faculdade comunitária e seu talão de cheques. Dou bom-dia e vou à geladeira pegar um suco de laranja. Mamãe fica olhando. Estava pensando em levar meu suco para o quintal dos fundos, que é o que venho fazendo quando papai não está em casa, para amenizar o climão – se ela está em um cômodo, vou para outro –, mas ela pede que eu me sente.

– O seu pai e eu resolvemos reembolsar suas aulas de francês – explica, arrancando a folha do cheque. – Isso não quer dizer que vamos apoiar essa viagem. Nem as suas mentiras. De jeito nenhum. Mas as aulas de francês são parte da sua educação, e você está obviamente levando isso a sério, então não precisa pagar.

Ela me entrega o cheque: 400 dólares. É muito dinheiro. Mas eu já juntei quase 1.000, mesmo tendo pagado as aulas, e acabei de agendar o pagamento da passagem para Paris – Babs me deu uma semana de adiantamento, para eu conseguir fechar a compra na semana que vem. E ainda tenho um mês inteiro para juntar. Os 400 dólares poderiam dar uma aliviada; a questão é que talvez eu não precise de uma aliviada.

– Não precisa – respondo, devolvendo o cheque. – Mas obrigada.

– Como assim? Você não quer?

– Não é isso. É que não preciso.

– Claro que precisa. Paris é uma cidade cara.

– Eu sei, mas estou juntando bastante dinheiro por conta do emprego, e não estou gastando nada este verão. Não tenho nem que me preocupar com gasolina – concluo, tentando fazer piada.

– Esse é outro assunto. Já que está trabalhando até altas horas, devia usar o carro à noite.

– Não precisa. Não quero deixar você sem carro.

– Bom, então me liga para ir te buscar.

– Eu saio tarde. E sempre consigo carona com alguém do trabalho.

Ela pega o cheque e o rasga com uma violência que me surpreende.

– Bom, então já não posso fazer mais nada por você, não é?

– Como assim?

– Você não quer meu dinheiro, nem meu carro, nem minha carona. Tentei ajudar a arrumar um emprego, só que você não precisa de mim.

– Eu tenho 19 anos – respondo.

– Eu sei muito bem a sua idade, Allyson. Fui eu que te pari!

A voz dela estala feito um açoite, o que a deixa tão assustada quanto eu.

Às vezes, só dá para sentir algo quando falta. É com a ausência, o espaço vazio que a coisa deixa para trás. Enquanto olho mamãe, toda tensa e irritada, enfim percebo que não é só nervosismo. Ela está magoada. Sou invadida por uma onda de compaixão, que ameniza um pouco da raiva. Quando a onda passa, percebo quanta raiva há dentro de mim. Quanta raiva sinto dela. Quanta coisa vem acumulando desde o último ano. Talvez há muito mais tempo.

– Eu sei que foi você quem me pariu.

– Só que passei 19 anos criando você, e agora estou sendo afastada da sua vida. Não posso saber nada a seu respeito. Não sei quais aulas você está cursando; não sei mais quem são os seus amigos; não sei *por que* você vai para Paris. – Ela emite um grunhido, entre um gemido e um suspiro.

– Mas *eu* sei. Será que, por enquanto, isso não basta?

– Não, não basta.

– Bom, vai ter que bastar.

– Então agora é você quem dita as regras, é isso?

– Não tem regra nenhuma. Não estou ditando nada. Só estou dizendo que você precisa confiar na educação que me deu.

– Deu. No passado. Queria que você parasse de falar como se estivesse me demitindo.

Fico espantada, não só por ela pensar em mim como um emprego como pela implicação de que estou em posição de demiti-la.

– Achei que você fosse voltar a trabalhar com RP.

– Eu ia, não ia? – Ela dá uma gargalhada. – Eu disse que voltaria na segunda metade do seu ensino fundamental, depois quando você começasse o ensino médio, depois quando tirasse a carteira de motorista. – Ela esfrega os olhos com a base das mãos. – Você não acha que, se eu quisesse voltar, já estaria trabalhando?

– Então por que não voltou?

– Não era o que eu queria.

– *O que* você quer, então?

– Que as coisas voltem a ser como antes.

Por alguma razão, isso me enche de raiva. Porque é, ao mesmo tempo, a verdade – ela quer me manter fossilizada – e uma enorme mentira.

– Mesmo quando as coisas eram "como antes", nunca foi suficiente. Eu nunca fui suficiente.

Mamãe ergue o olhar, a expressão com um misto de surpresa e cansaço.

– Claro que foi. Você é.

– Que saber o que me incomoda? Que você e o papai sempre dizem que pararam enquanto estavam ganhando. Não existe isso de parar enquanto se está ganhando. A gente para quando está perdendo. É por isso que a gente desiste!

Mamãe franze o cenho, exasperada; é seu olhar de interação com uma adolescente louca, um olhar que passei a conhecer muito bem no último ano – o último ano de minha adolescência. Pode parecer estranho, mas nunca tinha precisado lidar com isso. Agora percebo que talvez essa tenha sido parte do problema.

– Vocês queriam ter outros filhos – prossigo –, e tiveram que se contentar comigo. E passaram a minha vida inteira tentando fazer com que eu fosse suficiente.

Isso chama a atenção dela.

– De que você está falando? Você é suficiente.

– Não sou, não. Como é que eu posso ser? Eu fui a única chance, a herdeira *e* a reserva, então vocês precisam que o investimento gere retorno, porque não tem substituto.

– Isso é ridículo. Você não é um investimento.

– Vocês me tratam como se eu fosse. Jogaram todas as suas expectativas em cima de mim. Eu me sinto carregando sozinha toda a carga de sonhos e expectativas por todos os filhos que vocês não conseguiram ter.

Ela balança a cabeça.

– Você não sabe do que está falando – murmura.

– Sério? Eu quis fazer medicina aos 13 anos? *Fala sério!* Qual é a garota de 13 anos que quer cursar medicina?

Por um instante, mamãe parece ter levado um soco no estômago. Então põe a mão na barriga, como se protegesse o local do impacto.

– Esta garota de 13 anos.

– O quê?

Eu fico confusa. Então me lembro de que, na minha época de escola, quando eu precisava de ajuda com química ou biologia, papai sempre me mandava falar com minha mãe, mesmo sendo ele o médico. Ouço mamãe listando os requisitos para o curso de medicina, tudo de cabeça, quando chegou o catálogo da universidade. Penso em seu emprego na área de relações-públicas, mas para uma empresa de medicamentos. Então me lembro do que vovó disse a ela no desastre do Sêder: *Esse sempre foi o seu sonho.*

– Você? – pergunto. – *Você* queria ser médica.

Ela assente.

– Eu estava estudando para a prova de admissão ao curso de medicina quando conheci o seu pai. Ele estava no primeiro ano e arrumou um tempo para dar aulas, nos horários livres. Fiz a prova, me candidatei para dez escolas, mas não fui aceita em nenhuma. Seu pai dizia que era porque eu não tinha experiência em laboratório, então fui trabalhar na Glaxo e pensei em tentar de novo, mas daí o seu pai e eu nos casamos, e acabei migrando para a área de RP. Uns anos se passaram, decidimos começar uma família, e eu não queria que nós dois estivéssemos no meio dos estudos e da residência com um bebê pequeno. Ainda por cima começaram as questões de fertilidade. Quando a gente desistiu de ter o segundo filho, eu parei de trabalhar, porque dava para vivermos só com a renda do seu pai. Pensei em tentar a faculdade outra vez, mas comecei a perceber que gostava de passar meu tempo com você. Eu não queria me separar de você.

Minha cabeça gira.

– Você sempre disse que você e o papai se conheceram em um encontro armado.

– E foi. Armado pelo centro de tutoria do campus. Nunca contei toda a história porque não queria que você achasse que larguei tudo por sua causa.

– Você não queria era que eu soubesse que você parou enquanto estava perdendo – esclareço. Porque não foi exatamente isso o que ela fez?

Mamãe estende a mão e agarra meu punho.

– Não! Allyson, você está errada sobre parar enquanto se está perdendo. O que eu fiz foi me sentir grata. Paramos quando percebemos que o que temos é suficiente.

Não acredito totalmente.

– Se isso for verdade, então talvez seja melhor você desistir agora, enquanto está na vantagem. Antes que as coisas entre nós piorem de vez.

– Está me pedindo para desistir de ser sua mãe?

De início, acho que é uma pergunta retórica, mas então a vejo me encarando, os olhos arregalados e temerosos, e um pedacinho do meu coração se despedaça quando percebo que ela pode realmente estar pensando isso.

– Não – respondo, baixinho.

Ficamos um tempo em silêncio, enquanto reúno forças para dizer a próxima frase. Mamãe se enrijece, como se também se preparasse.

– Mas estou te pedindo para ser um tipo de mãe diferente – concluo.
Ela desaba na cadeira. Não sei dizer se é de alívio ou derrota.
– E o que eu ganho com isso?
Por um breve instante, imagino nós duas tomando chá algum dia, enquanto conto tudo o que aconteceu em Paris no último verão, o que vai acontecer na viagem que estou prestes a fazer. Um dia. Não ainda.
– Uma filha diferente – respondo.

Vinte e oito

JULHO
Em casa

Comprei minha passagem. Paguei o curso de francês. E, mesmo com esses dois gastos, consegui juntar 500 dólares, depois de um fim de semana de quatro de julho surpreendentemente cheio e lucrativo. O Café Finlay vai fechar no dia 25, mas, a não ser que aconteça um desastre nas próximas semanas, conseguirei juntar dinheiro suficiente.

Melanie volta para casa logo depois do feriado. Meus pais tinham me contado que ela estava voltando de algum acampamento e passaria uma semana com os pais, antes de partir para uma viagem de *rafting* no Colorado. Quando ela voltar do Colorado, já terei ido para Paris, e quando eu voltar da Europa, as aulas já estarão começando. Fico pensando se o verão vai ser como os últimos seis meses, se vamos passar separadas, como se a amizade nunca tivesse existido. Não digo nada quando vejo o carro de Melanie na entrada da garagem da casa dela. Mamãe também não, o que me diz que ela e Susan andaram conversando sobre nossa briga.

As aulas de francês acabam. Durante a última semana, cada um de nós tem que fazer uma apresentação oral a respeito de algum tema francês. A minha é sobre macarons, explicando sua origem e como são feitos. Visto um dos aventais de Babs, ponho aquele chapéu de chef na cabeça e, no fim, distribuo macarons que Babs fez especialmente para a turma, com cartões-postais do Café Finlay.

Estou voltando para casa no carro de mamãe, que peguei emprestado para levar todo o material da apresentação, quando vejo Melanie na entrada da garagem da casa dela. Melanie também me vê, e trocamos breves olhares. É como se perguntássemos: *a gente vai mesmo fingir que a outra não existe? Que nossa amizade nunca existiu?*

Mas existiu. Éramos amigas. Então aceno para ela e vou até a calçada, um território neutro. Melanie também se aproxima. Ela arregala os olhos, e só então me lembro do meu figurino idiota.

– Aula de francês. Quer um macaron?

Estendo um dos que sobraram, que estava levando para meus pais.

– Ah, obrigada.

Ela dá uma mordida e arregala os olhos outra vez. *Eu sei*, sinto vontade de dizer, mas, depois de todos aqueles meses, não digo. Porque talvez não saiba. Não mais.

– Aula de francês, é? – pergunta ela. – A gente se empolgou nos cursos de verão, hein?

– Ah, sim, você estava em Portland. Curso de música?

Ela fica radiante.

– Pois é. Foi intenso. Não só toquei, mas também compus e aprendi sobre as diferentes facetas da indústria da música. Vários profissionais foram trabalhar com a gente. Criei uma peça experimental, que vou produzir na faculdade no semestre que vem. – Seu rosto inteiro se ilumina. – Acho que vou me graduar em teoria da música. E você?

Balanço a cabeça.

– Não sei direito. Acho que gosto de línguas.

Este outono, além do mandarim, vou cursar francês, sem contar a nova matéria sobre Shakespeare com o professor Glenny. Introdução à semiótica. E dança africana.

Ela ergue os olhos e hesita por um segundo.

– Então nada de praia de Rehoboth este verão?

Vamos à mesma casa de praia desde que eu tinha 5 anos. Este ano, não.

– Meu pai foi convidado para uma conferência no Havaí e convenceu minha mãe a ir junto. Acho que estava querendo me fazer esse favor.

– Porque você vai para Paris.

– Isso. Eu vou para Paris.

Ficamos quietas. Ouço os filhos do vizinho tomando banho de mangueira, como eu e Melanie costumávamos fazer.

– Atrás dele.

– Preciso saber se alguma coisa aconteceu. Só preciso descobrir.

Eu me preparo para a zombaria; imagino que Melanie vai rir de mim ou fazer alguma gozação, mas ela só pensa um pouco sobre o que eu disse. Quando se pronuncia, não é nada sarcástico, apenas uma constatação.

– Mesmo que você o encontre, mesmo que ele não tenha sumido de propósito... ele não tem a menor condição de ser a pessoa que você imagina que ele seja.

Não é como se isso nunca tivesse me ocorrido. Compreendo que as chances de encontrá-lo são pequenas, mas as chances de encontrar o que me recordo dele são ainda menores. Mas não consigo esquecer o que meu pai vive dizendo: quando perdemos alguma coisa, o melhor é visualizar o último lugar em que a vimos e procurar lá. E eu encontrei – depois perdi – tantas coisas em Paris.

– Eu sei – respondo.

É estranho, pois não me sinto na defensiva. Fico até um pouco aliviada, pois quase parece que ela voltou a se preocupar comigo. E fico aliviada por *não estar* preocupada comigo mesma. Pelo menos não em relação a isso.

– E não sei se isso faz diferença – concluo.

Ela arregala os olhos, depois os estreita, me examinando de cima a baixo.

– Você está diferente.

Dou risada.

– Não. Ainda sou eu mesma. É só essa roupa.

– Não é a roupa – responde Melanie, quase ríspida. – Você só está diferente.

– Ah. Então... *obrigada*?

Olho para Melanie, e pela primeira vez percebo o jeito dela. É muitíssimo familiar. É a antiga Melanie de volta. O cabelo está crescendo, e ela voltou a usar a cor natural. Está de shorts cortados à mão e uma

244

camisetinha com bordado fofo. Sem argola no nariz. Sem cabelo multicolorido. Nenhuma roupa de piranha chique. Mas não é só porque está com a cara de antes que voltou a ser a pessoa de antes, claro. Neste momento, percebo que talvez Melanie tenha passado um ano tão conturbado quanto o meu, de formas que eu também não compreendo.

Ela ainda me encara.

– Me desculpa – diz, por fim.

– Pelo quê?

– Por te forçar a cortar o cabelo em Londres, quando você não estava pronta. Fiquei tão mal quando você chorou daquele jeito.

– Tudo bem. Fico feliz por ter cortado.

E fico mesmo. Sem o corte à la Louise Brooks, talvez ele nunca tivesse me notado. Ou talvez tivesse, e aí teríamos dito nossos nomes de verdade. Jamais saberei. Depois que os acidentes acontecem, não há como voltar atrás.

Ficamos as duas ali, na calçada, com os braços caídos ao lado do corpo, sem saber ao certo o que dizer. Ouço os filhos do vizinho gritando, brincando com as mangueiras. Penso em mim e na Melanie quando éramos pequenas, no trampolim da piscina do México. Sempre pulávamos de mãos dadas, mas, quando subíamos à superfície, soltávamos as mãos. Por mais que tentássemos, precisávamos nos soltar para nadar. Depois de subir à superfície, saíamos da piscina, escalávamos outra vez a escadaria do trampolim, dávamos as mãos e saltávamos de novo.

Estamos nadando separadas agora. Entendo isso. Talvez seja necessário, para subirmos de volta à superfície. Mas quem sabe? Talvez, um dia, a gente consiga sair da água, dar as mãos e pular outra vez.

Vinte e nove

Nova York

Meus pais insistem em me levar de carro até o aeroporto de Nova York, mas já planejei passar o dia com Dee antes do voo, então eles me deixam na estação da 30th Street, na Filadélfia. Vou pegar um trem – pela primeira vez em um ano – até Manhattan, e Dee vai me encontrar na Penn Station. Amanhã à noite, pego o voo para Londres, e de lá outro até Paris.

O trem é anunciado, e vamos andando até a plataforma. Papai bate o pé, impaciente, já vislumbrando os campos de golfe em Maui. Eles partem na segunda-feira. Mamãe vai andando normalmente. Quando os faróis do trem despontam, à distância, ela puxa uma caixinha da bolsa.

– Achei que não fosse ter presente desta vez.

Ano passado tivemos o jantar e vários presentinhos de última hora. Ontem à noite, foi mais modesto. Lasanha caseira. Mamãe e eu só ficamos revirando a comida no prato.

– É mais para mim do que para você.

Abro a caixa. Dentro, há um pequeno celular com um carregador e um adaptador de tomada.

– Você comprou um celular novo para mim?

– Não. Ou melhor, sim. É que assim... Vamos ativar o plano do seu telefone antigo quando você voltar, mas este aqui é especial, quadriband.

Com certeza funciona na Europa. Você só precisa comprar um... como é que chama mesmo? – pergunta ela a papai.

– Cartão SIM.

– Isso. – Ela mexe na parte de trás, que se abre. – Parece que são bem baratinhos. Aí você ativa um número local, para usar se for preciso, e pode ligar para a gente em caso de emergência, ou mandar mensagens de texto... mas só se quiser. É mais para você ter uma forma de entrar em contato. Se precisar. Mas não precisa...

– Mãe – interrompo –, tudo bem. Eu mando mensagem.

– Sério?

– Claro, oras! E vocês respondem lá do Havaí. Isso aqui dá pra tirar foto? – pergunto, examinando a câmera. – Eu mando umas fotos.

– Manda mesmo?

– Claro.

Pela cara que minha mãe fez, parecia que foi ela quem ganhou um presente.

⁓

A Penn Station está lotada, mas não é difícil encontrar Dee. Ele está parado sob o quadro de horários, usando short verde-limão e camiseta regata com os dizeres UNICÓRNIOS SÃO REAIS. Ele me abraça forte.

– Cadê sua mala? – pergunta.

Dou meia-volta, mostrando a mochila verde-oliva que comprei na Filadélfia, em uma loja de equipamentos militares.

Dee assobia.

– Como é que o vestido de baile coube aí?

– Dobrei bem dobradinho.

– Achei que seria uma mala maior, daí falei para a minha mãe que passaríamos em casa antes de explorar a cidade, então ela fez o almoço.

– Adoro almoço.

Dee ergue as mãos.

– Na verdade, minha mãe planejou uma festa-surpresa para você. Não diga que eu contei.

– Uma festa? Mas ela nem me conhece.

— Ela acha que conhece, de tanto que eu falo de você, e arruma qualquer desculpa para cozinhar. Minha família inteira vem, inclusive minha prima Tanya. Já falei dela?
— A que faz cabelo?
Ele assente.
— Perguntei se ela faria o seu. Ela também faz cabelo de meninas brancas, trabalha em um salão chique de Manhattan. Pensei que seria uma boa cortar curtinho outra vez, para fazer a Louise Brooks, que nem você estava quando conheceu o sujeito. Você tem que dar um jeito nessa tragédia aí. — Ele mexe no meu cabelo, que está, como sempre, preso para cima, com uma fivela.
Pegamos o metrô para o norte da cidade, até a última estação, então saímos e pegamos um ônibus. Olho pela janela, esperando ver as ruas feias e desordenadas do sul do Bronx, mas o ônibus cruza um monte de prédios fofos de tijolinhos, sombreados por árvores maduras.
— Isso é o sul do Bronx? — pergunto a Dee.
— Eu nunca disse que morava no sul do Bronx.
Eu me viro para ele.
— Está de sacanagem? Já ouvi você falar mil vezes que é do sul do Bronx.
— Só falei que *era* do Bronx. Em teoria, aqui é o Bronx. É Riverdale.
— Mas você disse à Kendra que era do sul do Bronx. Falou até que estudou na South Bronx High School... — Então paro, recordando a primeira conversa. — Que na verdade nem existe.
— Deixei a garota tirar suas próprias conclusões.
Ele abre um sorrisinho sagaz e toca o sinal para o motorista do ônibus. Descemos em uma rua movimentada, cheia de prédios de apartamentos. Não é chique, mas é bacana.
— Você é um mestre do disfarce, D'Angelo Harrison.
— Os mestres se reconhecem. Eu *sou* do Bronx. E *sou* pobre. Se as pessoas ouvem isso e pensam que sou do gueto, é por escolha delas. — Ele sorri. — Ainda mais se me presenteiam com bolsas de estudo.
Chegamos a um belo prédio de tijolos, com gárgulas rachadas adornando o alto da fachada. Dee toca o interfone, explicando que é para

saberem que estamos chegando, então pegamos um daqueles elevadores antigos, de porta pantográfica, até o quinto andar. Quando paramos em frente à porta, ele me olha de cima a baixo, então enfia umas mechas de cabelo solto atrás da minha orelha.

– Finja surpresa – sussurra, e abre a porta.

Entramos em uma festa. Quase dez pessoas espremidas em uma sala de estar, e uma faixa com os dizeres BON VOYAGE ALLYSON colada ao alto de uma mesa repleta de comida. Encaro Dee, os olhos arregalados.

– Surpresa! – diz ele, erguendo as mãos e balançando os dedinhos.

Sandra, a mãe de Dee, se aproxima de mim e me dá um abraço de urso. Ela cheira a gardênia.

– Ele contou, não contou? Essa foi a pior cara de surpresa que já vi na vida. Meu filhote não consegue segurar um segredo, nem que esteja grampeado na pele. Bom, venha entrando, conheça o pessoal, coma um pouquinho.

Sandra me apresenta a vários tios, tias e primos, então me entrega um prato de frango grelhado, macarrão com queijo e verduras, e me faz sentar a uma mesa.

– Agora, seja o centro das atenções.

Dee basicamente contou a todo mundo sobre Willem, então todos vêm me dar algum conselho sobre como encontrá-lo. Começam a me bombardear com perguntas sobre a viagem. Como vou chegar – um voo de Nova York até Londres, depois uma conexão até Paris –, onde vou me hospedar – em um albergue na área da Villette, onde eu e Willem circulamos, em um dormitório de 25 dólares por noite –, como vou me locomover – vou desbravar o metrô, com a ajuda de um guia. Perguntam sobre Paris, então conto o que vi da cidade ano passado, e eles se interessam muito em saber sobre a enorme diversidade cultural e sobre as áreas mais lotadas de africanos, o que dá início a um debate sobre que países africanos a França colonizou, até que alguém vai pegar um mapa para conferir.

Enquanto todos examinam o atlas, Sandra se aproxima de mim com um prato de torta de pêssego.

– Tenho uma coisinha para você – diz, me entregando um embrulho fino.

– Ah, não precisava...

Ela balança a mão, indicando que não é nada, não preciso me preocupar. Abro o embrulho. Dentro, há um mapa laminado de Paris.

– O vendedor falou que isso aí era "indispensável". Tem todas as paradas de metrô e um índice das ruas principais. – Ela abre o mapa e me mostra. – D'Angelo e eu passamos tantas horas olhando esse mapa, está repleto das nossas boas vibrações.

– Então nunca mais vou me perder.

Ela dobra o mapa e o coloca em minhas mãos. Sandra tem os mesmos olhos de Dee.

– Preciso agradecer por ter ajudado meu menino esse ano.

– Eu ajudei o Dee? – Balanço a cabeça. – Acho que você se confundiu.

– Não confundi coisa nenhuma.

– Não, sério. O Dee *me* ajudou demais. Chega a ser constrangedor.

– Deixa de bobagem. O D'Angelo é brilhante, e é abençoado nas estradas pelas quais a vida o está levando, mas não tem sido nada fácil. Nesses quatro anos de escola e um ano de faculdade, você é a única amiga de quem ele fala e ainda por cima traz para de casa.

– Estão falando de mim, não estão? – pergunta Dee, envolvendo cada uma em um braço. – Enaltecendo meu esplendor?

– Enaltecendo alguma coisa – respondo.

– Não acreditem em uma só palavra! – Ele se vira e me apresenta a uma moça alta e elegante com a cabeça cheia de trancinhas intrincadas. – Esta é a Tanya, de quem eu estava falando.

Nós nos cumprimentamos, e Sandra se afasta para pegar mais torta. Tanya estende a mão e solta meu cabelo da presilha. Toca as pontas e balança a cabeça, estalando a língua do mesmo jeitinho condenatório que Dee tanto usa comigo.

– Eu sei, eu sei. Já faz um ano que não mexo – digo.

Então percebo. Um ano.

– Estava curto ou comprido? – pergunta Dee. Ele se vira para Tanya. – Você vai ter que fazer um corte igualzinho, para quando ela encontrar o tal rapaz.

– Se eu encontrar – acrescento. – Estava por aqui. – Aponto para a base do crânio, onde o cabeleireiro de Londres cortou, no ano passado. Então baixo a mão. – Mas quer saber? Acho que não quero curtinho.

– Você não quer cortar o cabelo? – pergunta Tanya.

– Não, eu *adoraria* cortar o cabelo, mas não curtinho. Quero tentar algo totalmente diferente.

Trinta

Paris

Levo aproximadamente treze horas e seis fusos horários para surtar.

Acontece quando adentro o saguão de desembarque do aeroporto Charles de Gaulle. À minha volta, os outros passageiros são recepcionados por familiares afetuosos ou motoristas de plaquinha na mão. Não sou recebida por ninguém. Ninguém está à minha espera. Ninguém vai cuidar de mim. Sei que há pessoas que me amam no mundo, mas nunca me senti tão sozinha como agora, neste instante. Sinto aquela placa de neon piscando em cima da minha cabeça, a que antes dizia TURISTA. Só que agora ela também diz: O QUE FOI QUE VOCÊ FEZ?

Aperto as tiras da mochila sobre o peito, como se para me sentir abraçada. Respiro fundo. Ponho uma perna adiante da outra. Um passo. Mais um. E mais outro. Pego a lista de tarefas que preparei no avião. Número um: trocar o dinheiro.

Dirijo-me a uma das várias casas de câmbio e, em um francês hesitante, pergunto se posso trocar meus dólares.

– Claro. Isso aqui é um banco – responde o homem atrás do balcão, em francês.

Entrego 100 dólares; meu alívio é tamanho que nem me dou ao trabalho de contar os euros que recebo de volta.

Segundo item da lista: encontrar o albergue. Já mapeei a rota: um trem até a cidade, depois um metrô até a parada Jaurès. Procuro as placas do RER, o trem que vai até o centro de Paris, mas descubro que terei de pegar um trem aqui do aeroporto até a estação do RER. Sigo pelo caminho errado, acabo em um terminal diferente, e preciso voltar tudo de novo, por isso acabo levando quase uma hora só para chegar ao terminal ferroviário do aeroporto.

Quando me aproximo das máquinas automáticas, parece que estou enfrentando um inimigo. Mesmo escolhendo a opção de ler as instruções em inglês, é tudo muito confuso. Preciso de um bilhete de metrô? De trem? Dois bilhetes? Sinto a placa de neon em minha cabeça piscar com ainda mais força, agora mudando os dizeres para: O QUE VOCÊ FEZ?

Abro outra vez o guia de viagem e vou até a seção "Chegando a Paris". Beleza, um bilhete cobre o trajeto até Paris e a baldeação para o metrô. Examino o mapa do metrô. As linhas se emaranham feito cobras. Por fim, localizo minha parada, Jaurès. Traço uma linha do RER até o aeroporto, depois até o ponto de transferência, e percebo, espantada, que a baldeação é feita na Gare du Nord. Um lugar familiar, um lugar que me conecta àquele dia.

– Beleza, Allyson, não tem outra opção – digo a mim mesma.

Enfrento a máquina de bilhetes, toda empertigada, como se fôssemos oponentes de um duelo. Golpeio a tela sensível ao toque, enfio uma nota de 10 euros, e ela cospe de volta o troco e um bilhetinho. Uma pequena vitória contra um adversário impassível, mas, mesmo assim, fico muito satisfeita.

Sigo o fluxo da multidão até os portões, que funcionam como as catracas de entrada do metrô – só que é muito mais tranquilo de passar quando não se está arrastando uma mala gigante. Rá! Mais um inimigo derrotado.

Eu me perco outra vez na baldeação entre o Metrô/RER e a Gare du Nord, tentando encontrar a linha correta, depois esqueço onde guardei o bilhete, necessário não apenas para sair do RER, mas para entrar no metrô. Depois, quase pego o metrô para a direção oposta, mas percebo assim que as portas começam a se fechar e pulo de volta para fora. Quando enfim chego na minha parada, estou exausta e desorientada. Levo quase quinze minutos examinando o mapa, só para descobrir onde estou, e mais várias curvas erradas até chegar aos canais, o primeiro indício de que estou na área correta.

Mesmo assim, não faço ideia de onde fica o albergue, estou exaurida, frustrada e à beira das lágrimas. Não consigo nem encontrar o lugar onde vou ficar, e olha que tenho o endereço e um mapa. Onde eu estava com a cabeça de pensar que poderia encontrar *um cara*?

Quando estou prestes a perder as estribeiras, paro um instante, olho os canais e respiro. E o pânico diminui. Este lugar é familiar... Já estive aqui.

Dobro o mapa e guardo. Respiro mais um pouco. Olho em volta. Vejo umas bicicletas cinza. As mesmas mulheres estilosas e rebolativas, caminhando de salto alto pelas calçadas de pedras. Os cafés lotados, como se ninguém precisasse trabalhar. Respiro fundo outra vez, e uma memória sensorial retorna. Com isso, sabe-se lá como, descubro onde estou. À esquerda fica o parque com o lago, onde encontramos Jacques e os dinamarqueses. À direita, uns quarteirões para trás, está o café onde comemos crepe. Pego o mapa outra vez. Dali a cinco minutos, chego ao albergue.

Meu quarto fica no sexto andar, e o elevador não está funcionando, então subo por uma escadaria em espiral. Um sujeito com um deus grego tatuado no braço indica o salão de café da manhã, os banheiros compartilhados (e mistos) e o meu quarto, com sete camas. Ele me entrega um cadeado e mostra onde posso guardar minhas coisas. Então se despede com um *bonne chance*, que quer dizer boa sorte, e fico me perguntando se ele diz isso para todo mundo ou se percebeu que estou mesmo precisando de um pouco de sorte.

Sento-me na cama e pego o saco de dormir na mochila. Quando me deito no colchão de molas, fico me perguntando se Willem já se hospedou aqui, se já dormiu nesta cama. É pouco provável, mas não impossível. Foi esse bairro que ele me apresentou. Tudo parece possível, e uma certeza pulsa em minhas veias, me tranquilizando. Eu caio no sono.

Acordo umas horas depois, com baba no travesseiro e os cabelos para cima, de tanta estática. Tomo uma chuveirada morna, diluindo o jet lag no xampu. Tiro o excesso de água com uma toalha e aplico o gel, como Tanya tinha me ensinado – "é só lavar, não precisa de mais cuidado", explicara. Está muito diferente, todo cheio de camadas, e estou adorando.

No primeiro andar, no saguão, atrás de um enorme símbolo da paz pintado em spray, o relógio de parede marca sete da noite. Não comi nada desde o pãozinho com iogurte no voo vindo de Londres e estou morta de fome. O pequeno café no saguão só serve drinques. Sei que viajar sozinha também envolve comer sozinha e pedir comida em francês, o que pratiquei bastante com Madame Lambert. E já comi sozinha várias vezes no último ano, no bandejão da faculdade. Mas decido que foram muitas conquistas para um só dia. Hoje à noite, posso pegar um sanduíche e comer no quarto.

Em frente ao albergue, vejo um grupo de pessoas reunidas sob a garoa. Estão falando inglês, com um sotaque que parece australiano. Respiro fundo, caminho até lá e pergunto se eles conhecem algum lugar onde eu possa conseguir um bom sanduíche.

Uma garota musculosa, de rosto vermelho e cabelos castanhos com mechas loiras, vira-se para mim e responde, já abrindo um sorriso:

– Ah, tem um lugar perto do canal que faz uns sanduíches deliciosos de salmão defumado.

Ela aponta a direção, então volta a falar com o amigo sobre um bistrô que vende pratos a preço fixo, 12 euros, ou 15 com uma taça de vinho.

Minha boca se enche de água só de pensar. Na comida, na companhia. Parece muita pretensão me convidar para ir junto, é o tipo de coisa que eu jamais faria.

Por outro lado, estou sozinha em Paris, um território totalmente desconhecido. Cutuco o ombro bronzeado da garota e pergunto se posso comer com eles.

– É o meu primeiro dia de viagem, daí não sei direito aonde ir – explico.

– Sorte a sua – responde ela. – A gente já está aqui faz zilênios. É a nossa AI.

– AI?

– Aventura Internacional. É tão caro sair da Austrália que, quando sai, a pessoa não volta mais. Eu sou a Kelly, a propósito. Este é o Mick, este é o Nick, esta é a Nico, apelido de Nicola, e esta é a Shazzer. Ela é inglesa, mas nós a amamos mesmo assim.

Shazzer mostra a língua para Kelly e abre um sorriso para mim.

– Eu sou a Allyson.

– É o nome da minha mãe! – exclama Kelly. – E *acabei* de falar que estava com saudade da minha mãe! Não falei? É carma!

– É o destino – corrige Nico.

– Isso também.

Kelly olha para mim. Por meio segundo, fico ali, parada, porque ela não disse sim, e vou me sentir uma idiota se ela disser não. E, bem, depois de todo o treinamento durante a aula de francês, parei de me preocupar muito com a ideia de me sentir idiota. Eles saem andando, e tomo meu rumo para a tal loja de sanduíches. Kelly dá meia-volta e chama:

– Vem com a gente. Não sei você, mas eu comeria um cavalo inteiro.

– O que não seria impossível – comenta Shazzer –, já que aqui o povo come cavalo.

– Não come, não – retruca um dos caras, Mick ou Nick, não sei bem quem é quem.

– Isso é no Japão – concorda Nico. – É uma iguaria por lá.

Saímos andando, e vou escutando o grupo debater se os franceses comem ou não carne de cavalo. Durante a caminhada, enfim me dou conta: estou indo jantar. Em Paris. Com gente que conheci há cinco minutos. Fico impressionada comigo mesma, mais do que por qualquer coisa que aconteceu no ano passado.

Fazemos uma parada a caminho do restaurante, para eu poder comprar um cartão SIM. Então, depois de nos perdermos um pouco, encontramos o lugar e ficamos esperando por uma mesa que acomode o grupo todo. O cardápio está em francês, mas dá para entender. Peço uma deliciosa salada de beterraba, tão linda que tiro uma foto e mando para mamãe. Ela responde na hora, mandando uma foto do *loco moco* bem menos artístico que papai anda comendo no café da manhã. Para o prato principal, peço um peixe misterioso com molho apimentado. Eu me divirto tanto com aquelas pessoas, ouvindo suas histórias escandalosas de viagem, que só na hora da sobremesa é que me lembro da promessa que fiz a Babs. Confiro o menu, mas não tem macaron. Já são dez horas, e as lojas estão todas fechadas. Primeiro dia e já descumpri o prometido.

– Merda – solto. – Ou melhor, *merde*!

– O que foi? – pergunta Mick/Nick.

Explico a história dos macarons. O grupo escuta com atenção.

– Pergunta para o garçom – diz Nico. – Lá em Sydney, trabalhei em um restaurante que tinha um cardápio inteiro que ficava de fora do cardápio oficial. Só para os VIPs. – Todos a encaramos. – Não custa perguntar.

E eu pergunto. Explico, em um francês que deixaria Madame Lambert orgulhosa, sobre *ma promesse de manger des macarons tous les jours*. O garçom escuta com atenção, como se fosse um assunto muito sério, então vai até a cozinha. Volta trazendo a sobremesa do grupo – crème brûlée e musse de chocolate – e, por um milagre, um perfeito macaron cor de creme, só para mim. O recheio é uma pasta marrom, doce e granulosa, que acho que parece figo. Está salpicado de açúcar em pó, em um padrão tão artístico que parece uma pintura. Tiro outra foto. Então, como.

Às onze da noite, já estou quase dormindo em cima da mesa. O grupo me deixa de volta no hotel e parte para o show de uma banda feminina francesa. Vago em um sono profundo; quando acordo, de manhã, descubro que Kelly, Nico e Shazzer são minhas colegas de quarto.

– Que horas são? – pergunto.

– Está tarde! São dez da manhã – diz Kelly. – Você dormiu uma eternidade, e no meio de uma barulheira. Aqui tem uma russa que passa uma hora secando o cabelo, todos os dias. Estávamos esperando para ver se você quer sair com a gente. Vamos fazer um piquenique no cemitério de Père Lachaise. Achei a ideia supermórbida, mas parece que os franceses fazem muito isso.

É tentadora a ideia de ficar com Kelly e seus amigos, passar as duas semanas de Paris fazendo turismo, me divertindo. Não precisaria ir a boates xexelentas, não teria que enfrentar Céline, não arriscaria ter o coração despedaçado mais uma vez.

– De repente eu encontro vocês mais tarde – respondo. – Hoje tenho umas coisas para resolver.

– Beleza. Você está em uma busca por macarons.

– Pois é. Isso mesmo.

Passo um bom tempo examinando o mapa durante o café da manhã, tentando entender a rota entre o hotel e a Gare du Nord. Dá para ir a pé, então vou. O trajeto parece familiar, com o bulevar enorme com as ciclovias e a calçada no meio. À medida que me aproximo da estação, começo a sentir um enjoo, e o chá que tomei mais cedo ameaça subir, misturado à acidez do medo.

Enrolo um pouco na Gare du Nord. Entro na estação, vou caminhando até os trilhos do Eurostar. Tem um ali, parado, feito um cavalo aguardando para sair da baia. Lembro-me de quando estive ali, um ano atrás, apavorada, voltando para a Sra. Foley.

Eu me obrigo a sair da estação, mais uma vez me permitindo ser conduzida pelas lembranças. Saio da plataforma e adentro o bairro industrial. E lá está. A facilidade com que a encontro é meio chocante, depois de tantas buscas na internet. Fico pensando se por acaso não estava listada no Google – ou talvez estava, e talvez meu francês era tão ruim que ninguém me entendeu quando liguei.

Ou talvez não fosse nada disso. Talvez eu tivesse sido perfeitamente entendida, mas Céline e o gigante já não trabalhem mais aqui. Um ano é muito tempo, muita coisa pode mudar!

Abro a porta e encontro um rapaz bem novinho atrás do bar, os cabelos presos em um rabo de cavalo. Quase choro, tamanha a decepção. Cadê o gigante? E se ele não estiver aqui? E se *ela* não estiver aqui?

– *Excusez-moi, je cherche Céline ou un barman qui vient du Sénégal.*

Ele não diz nada. Não me responde. Continua lavando copos em água e sabão.

Será que eu falei mesmo? Foi francês? Tento outra vez, agora acrescentando um *s'il vous plaît*. Ele me dá uma olhadela rápida, pega o celular, digita qualquer coisa e retorna à louça.

– *Con* – resmungo, em francês, como Nathaniel ensinou.

Empurro a porta com tudo, movida pela adrenalina. Estou com tanta raiva do babaca atrás do balcão que não me respondeu, com tanta raiva por ter vindo até aqui para nada...

– Você voltou!

Olho para cima. É ele.

– Eu sabia que você ia voltar! – O gigante pega minha mão e me dá dois beijinhos na bochecha, tal e qual da última vez. – Veio pegar a mala, *non*?

Fico sem palavras. Concordo com a cabeça. E o envolvo em um abraço. Estou tão feliz em vê-lo outra vez! Faço questão de dizer isso a ele.

– Eu também. E muito feliz por ter guardado a sua mala. Céline insistiu para tirá-la daqui, mas eu disse que não, que você ia voltar para Paris e ia querer suas coisas.

Recupero a voz.

– Espera, como você sabia que eu estava aqui? Quer dizer, agora?

– Marco mandou uma mensagem dizendo que tinha uma garota americana atrás de mim. Só podia ser você. Entre.

Entro na boate com o gigante. O tal Marco agora está limpando o chão e nem ergue os olhos para mim. Tenho dificuldade em encará-lo, depois de xingá-lo de babaca em francês.

– *Je suis très desolée* – digo, tentando me desculpar.

– Ele é letão. Fala pouco francês, então ainda está meio tímido – explica Yves. – É o faxineiro. Desça aqui comigo, vamos pegar sua mala.

Olho para Marco. Lembro-me de Dee, de Shakespeare... lembro que as coisas raramente são o que parecem. Espero que ele não tenha entendido o xingamento. Peço desculpas outra vez. O gigante me chama para descer até o depósito. Minha mala está em um canto, atrás de uma pilha de caixas.

Encontro tudo como deixei. O saquinho com a lista; as lembrancinhas; meu diário de viagem; os cartões-postais em branco entre as páginas. Parte de mim espera encontrar tudo coberto de uma camada de poeira. Passo o dedo pelo diário, pelas lembrancinhas da viagem do ano passado. Não são as partes que importam. Levei as coisas importantes comigo, na memória.

– É uma mala muito boa – diz o Gigante.

– Quer ficar com ela?

Não quero carregar essa mala. Posso mandar as lembrancinhas pelo correio. A mala é só um trambolho a mais.

– Ah, não, não, não. É para você.

– Não posso levar. Vou pegar as coisas importantes, mas não tenho como levar tudo.

Ele me encara, muito sério.

– Mas eu guardei para você.

– Agradeço muito por isso, mas realmente não preciso mais.

Ele abre um sorriso cheio de dentes brancos e reluzentes.

– Bom, eu *vou* para Roché Estair na primavera, para comemorar a formatura do meu irmão.

Recolho as coisas mais importantes – meu diário, minha camiseta preferida, os brincos de que senti falta – e guardo na mochila. Boto todas as lembranças e os cartões em branco em uma caixa de papelão, para enviar pelo correio.

– Então leve essa mala para Roché Estair, para a formatura – digo. – Vou ficar muito feliz.

Ele assente, muito solene.

– Você não voltou para pegar a mala.

Balanço a cabeça.

– Você o tem visto?

O gigante me encara por um longo instante. Então assente outra vez.

– Uma vez. No dia seguinte ao que nos conhecemos.

– Sabe onde posso encontrá-lo?

O gigante afaga o cavanhaque, me encarando com uma compaixão desnecessária.

– Acho melhor você falar com a Céline – diz, depois de um momento.

Por fim, todas as coisas que eu já sei ficam subentendidas: que Willem e Céline têm uma história juntos, que talvez toda a minha desconfiança tivesse motivo. Se o gigante sabe de alguma coisa sobre o assunto, não abre a boca.

– Ela está de folga hoje, mas às vezes vem ver os shows à noite. A Androgynie vai tocar, e ela é muito amiga dos caras. Vou tentar descobrir se ela vem, aí aviso. E você vai poder descobrir o que precisa. Pode me ligar mais tarde, e eu digo se ela vai estar aqui.

– Ok. – Pego meu celular de Paris, e trocamos nossos números. – Ah, e você nunca me disse seu nome.

Ele ri.

— Não, não disse. Eu me chamo Modou Mjodi. E também não sei o seu. Procurei na mala, mas não encontrei nada.

— Pois é. Meu nome é Allyson, mas a Céline me conhece como Lulu.

Ele faz uma cara de espanto.

— E qual dos dois está certo?

— Estou começando a achar que os dois estão.

Modou dá de ombros, pega minha mão, me dá dois beijinhos na bochecha e diz *adieu*.

É quase hora do almoço quando me despeço de Modou; não tenho ideia de quando verei Céline, e isso me traz um estranho alívio, como se eu tivesse conseguido um adiamento. Realmente não planejava fazer turismo pela cidade, mas resolvo tentar. Desbravo o metrô, desço no Marais e me sento em um dos cafés da linda Place des Vosges, onde peço uma salada e um *citron pressé*, e desta vez ponho bastante açúcar. Passo horas ali, sentada, com medo de o garçom me expulsar, mas ele me deixa em paz. Peço a conta e passo em uma confeitaria, onde peço um macaron caríssimo – é laranja bem clarinho, feito os últimos sussurros do pôr do sol. Como e saio andando pelas ruas estreitas; passo por uma área animada repleta de judeus, com homens ortodoxos elegantes, de chapéu preto e terno justo. Tiro umas fotos, mando para mamãe e peço que encaminhe a vovó, que ela vai gostar. Continuo andando, olhando as butiques, admirando roupas nas quais não posso nem tocar. Quando as vendedoras perguntam, em francês, se preciso de ajuda, respondo, em francês, que estou só passeando.

Compro alguns cartões-postais, depois volto para a Place des Vosges e me sento no parque do interior da praça. Preencho todos os postais ali, entre mães brincando com seus bebês e velhos sentados, lendo jornal e tragando seus cigarros. Tenho muitos a enviar. Um para meus pais, um para minha avó, um para Dee, um para Kali, um para Jenn, um para o Café Finlay, um para Carol. E resolvo escrever um para Melanie também.

Está um dia perfeito. Sinto-me totalmente relaxada, e, embora não haja dúvidas do meu status de turista, também me sinto parisiense. Fico meio aliviada por não ter recebido notícias de Modou. Kelly manda uma mensagem, querendo combinar o jantar. Estou prestes a voltar para o albergue, quando meu telefone apita. É Modou. Céline vai estar na boate depois das dez.

Sinto o clima de sossego e relaxamento da tarde desaparecer sob uma nuvem de tempestade. São só sete horas. Tenho muito tempo para matar, e poderia ir jantar com a gangue australiana, mas estou nervosa demais. Saio andando, passeando pela cidade, tomada pelo nervosismo. Chego à boate às nove e meia e fico parada do lado de fora, sentindo o coração disparar sob as batidas fortes do baixo da música ao vivo. Céline já deve estar lá dentro, mas sinto que chegar antes da hora seria um tiro no pé. Dou um tempo do lado de fora, observando os estilosos parisienses que chegam à boate com roupas angulosas e cortes de cabelos modernos. Olho para mim: saia cáqui, camiseta preta, sandálias de couro. Por que não me vesti para a batalha?

Às dez e quinze, pago a entrada (10 euros) e me aventuro pela boate. Está lotada. Uma banda toca no palco, com guitarras pesadas, um violino berrando ao fundo e uma vocalista pequenina, asiática, de voz aguda e estridente. Nunca me senti tão deslocada quanto ali, sozinha, rodeada de tantos *hipsters*. Meu corpo inteiro grita para que eu saia dali antes de fazer papel de boba, mas não saio. Não vim até aqui para amarelar. Vou abrindo caminho até o bar; quando vejo Modou; cumprimento-o como um irmão. Ele sorri e me serve uma taça de vinho. Tento pagar, mas ele dispensa minha nota, e imediatamente me sinto melhor.

– Ahh, a Céline está ali – avisa, apontando para uma mesa logo à frente.

Ela está sentada, sozinha, fumando, observando a banda com estranha intensidade, rodeada pelos anéis de fumaça do cigarro.

Vou até a mesa. Ela não me cumprimenta, mas não sei dizer se é porque está me esnobando ou se está concentrada na banda. Paro junto à cadeira vazia, esperando que ela me convide para sentar, mas desisto. Puxo a cadeira e me sento. Ela dispensa um brevíssimo meneio de cabeça, traga o cigarro e sopra a fumaça na minha cara, o que imagino que seja um cumprimento. Então, volta a atenção outra vez à banda.

Ficamos ali, sentadas, ouvindo a música. Estamos bem perto dos alto-falantes, e o som é ensurdecedor; não demora para eu sentir os ouvidos estalarem. Não sei dizer se ela está gostando da música. Céline não bate os pezinhos, não se balança nem nada. Só assiste e fuma.

Por fim, quando a banda faz um intervalo, ela olha para mim.

– O seu nome é Allyson. – Ela pronuncia Aleeseesyoohn, o que o faz parecer bem ridículo, como nome de SUV americana, cheia de sílabas.

Assinto.

– Então não é francesa?

Balanço a cabeça. Nunca disse que era.

Nós duas nos encaramos, e percebo que ela não vai me entregar nada de graça. Terei que arrancar à força.

– Estou procurando o Willem. Sabe onde o encontro?

Eu pretendia chegar atirando, cuspindo meu francês, mas estou tão nervosa que recorro ao conforto da língua-mãe.

Ela acende outro cigarro e sopra mais fumaça em mim.

– Não.

– Mas... mas ele disse que vocês eram bons amigos.

– Ele disse isso? Não. Eu sou igualzinha a você.

Não consigo imaginar de que forma ela seria minimamente parecida comigo, exceto pelo fato de ambas possuirmos dois cromossomos X.

– Como... como é que nós somos iguais?

– Eu sou só uma das garotas. Somos muitas.

Não é como se eu não soubesse. Ele não escondeu nada. Mas ouvir aquilo em alto e bom som, saído de sua boca, me fez ser tomada pela exaustão. O jet lag me derruba, tal e qual um elevador em queda livre.

– Então você não sabe onde ele está?

Ela balança a cabeça.

– Nem sabe onde o encontro?

– Não.

– Se soubesse, contaria?

Ela ergue a sobrancelha naquele arco perfeito, soprando anéis de fumaça pela boca.

– Será que você pode pelo menos dizer o sobrenome dele? Pode me informar pelo menos isso?

Ela sorri. Mostrei todas as cartas que tenho deste joguinho que estamos jogando, que jogamos desde o verão passado. Que mão horrível. Ela pega uma caneta e um pedaço de papel e escreve qualquer coisa. Empurra o papel para mim. O nome dele está lá. O nome completo! Mas não darei a ela a satisfação de ver minha ansiedade; enfio tranquilamente o papel no bolso, sem nem olhar.

– Mais alguma coisa? – O tom dela, firme e altivo, consegue se sobressair ao ruído da banda, que recomeçou a tocar. Já posso vê-la rindo da minha cara com os amiguinhos *hipsters*.

– Não, você já fez bastante.

Ela me encara por um longo instante. Seus olhos são mais violeta do que azuis.

– O que você vai fazer?

Forço um sorriso arrogante, que acho que parece mais constipado que qualquer coisa.

– Ah, vou ver os pontos turísticos, essas coisas.

Ela sopra mais fumaça em mim.

– Sim, agora está livre para ser *touriste* – diz ela, como se turista fosse um epíteto. Então começa a enumerar todos os lugares que o povo de baixa estirpe gosta de visitar: a torre Eiffel, o Sacré-Coeur, o Louvre.

Eu a encaro, procurando intenções escusas em seu rosto. Será que ele contou sobre nosso dia? Posso imaginá-los rindo por eu ter arremessado o livro nos skinheads e dito a Willem que cuidaria dele.

Céline continua listando as coisas que posso fazer em Paris.

– Você pode ir fazer compras – diz ela. – Comprar uma bolsa nova, umas joias, outro relógio, sapatos.

Não consigo entender como alguém pode soar tão condescendente dando o mesmo tipo de sugestão que a Sra. Foley daria.

– Obrigada pela ajuda – digo, em francês.

A irritação me fez bilíngue.

Trinta e um

Willem de Ruiter.

O nome dele é Willem de Ruiter. Corro para um café com acesso à internet e começo a fazer buscas no Google, mas acontece que Willem de Ruiter é um nome muito comum na Holanda. Tem um cineasta holandês. Um diplomata famoso. E centenas de outras pessoas, não tão famosas, que por algum motivo estão listadas na internet. Vasculho inúmeras páginas em inglês, em holandês, mas não encontro qualquer conexão com ele, nenhuma pista de que de fato exista. Digito os nomes de seus pais. Bram de Ruiter. Yael de Ruiter. Naturopata. Ator. Tudo o que me vem à cabeça. Todas essas combinações. Fico empolgada quando aparece algo sobre um teatro estranho, mas, quando clico, o site está desativado.

Como pode ser tão difícil encontrar alguém? Talvez Céline tenha escrito o nome errado de propósito.

Então jogo meu próprio nome no Google, "Allyson Healey", e também não aparece nada. Para chegar à minha página do Facebook, preciso acrescentar o nome da minha faculdade.

Neste momento, percebo que não basta saber o nome de uma pessoa para encontrá-la.

É preciso saber quem ela é.

Trinta e dois

Na manhã seguinte, Kelly e seus amigos me convidam para ir ao museu Rodin e depois fazer compras. Quase aceito, porque de fato gostaria de ir, mas ainda tenho mais uma parada. Não que eu ache que vou descobrir alguma coisa, mas, já que estou enfrentando meus demônios, preciso ir até lá também.

Não sei exatamente onde fica, mas me lembro do cruzamento onde a Sra. Foley mandou o carro me buscar. Está marcado a ferro em minha mente: Avenida Simon Bolívar com a Rue de l'Equerre, o cruzamento da Derrota com a Humilhação.

Quando saio do metrô, nada parece familiar. Talvez porque eu estava surtando de tanto pânico da última vez que estive aqui. Mas lembro que não andei tanto até encontrar um orelhão, então não deve ser muito longe da ocupação artística. Começo subindo um quarteirão, depois desço o seguinte. Subo mais um. Nada me parece familiar. Tento pedir indicações, mas como é que se diz "ocupação artística" em francês? Prédio antigo cheio de artistas? Não adianta. Eu me lembro dos restaurantes chineses nos arredores e pergunto por eles. Um rapaz se empolga, e acho até que recomenda um restaurante ótimo na Rue de Belleville. Eu o encontro. Dali, vejo uma placa com o símbolo da dupla felicidade. Pode ser uma de muitas, mas tenho a sensação de que é a certa.

Passo mais quinze minutos circulando até encontrar a ocupação, em um trevo de ruas sossegadas. Está com os mesmos andaimes, os mesmos retratos distorcidos, talvez um pouco mais surrados. Bato à porta de ferro. Ninguém responde, mas obviamente tem gente lá dentro. Empurro um pouco a porta. Ela se abre com um rangido. Empurro um pouquinho mais e entro. Ninguém repara em mim. Subo as escadas, ouvindo o rangido dos degraus, indo até onde tudo aconteceu.

Vejo o gesso primeiro, branquíssimo, mas ao mesmo tempo dourado e quente. Lá dentro tem um homem trabalhando. É pequeno, asiático, um contraste ambulante: cabelos brancos com raízes pretas, roupas pretas e estranhamente antiquadas, como se tivesse saído de um romance de Charles Dickens. Está todo coberto pelo mesmo pó branco que me cobriu aquela noite.

Ele entalha um naco de argila com um escalpelo. Está tão concentrado que imagino que vá se assustar ao menor som. Pigarreio e bato de leve à porta.

O sujeito ergue a cabeça, embotado de concentração.

– *Oui.*

– *Bonjour* – começo.

E travo. Meu francês limitado não comporta tudo o que preciso explicar. Invadi esta ocupação junto com um cara e tive a noite mais íntima da minha vida. Então acordei completamente sozinha.

– Hum, estou procurando um amigo que talvez o senhor conheça. Ah, desculpe... *parlez-vous anglais?*

Ele assente de leve, com a delicadeza e o controle de um bailarino.

– Falo.

– Estou procurando um amigo. Será que de repente o senhor não o conhece? O nome dele é Willem de Ruiter. Ele é holandês.

Observo o rosto do homem, buscando algum indício de reconhecimento, mas ele permanece impassível, como as esculturas de barro ao nosso redor.

– Não? Bom, a gente passou uma noite aqui. Não foi só isso, exatamente...

Minha voz vai morrendo. Encaro o estúdio, e tudo volta à mente: o cheiro da chuva na calçada, o remoinho de pó, a madeira lisa da mesa de trabalho em minhas costas. Willem por cima de mim.

– Como é mesmo o seu nome?

– Allyson – ouço a minha própria voz, distante.

– Van – diz ele, alisando um velho relógio de bolso preso a uma corrente.

Encaro a mesa. Recordo a intensidade daqueles ângulos contra minhas costas, a facilidade com que Willem me levantou para cima dela. A mesa, assim como antes, está meticulosamente limpa, com a mesma pilha organizada de papéis, as peças inacabadas no canto, o porta-lápis com pedaços de carvão e canetas. Espera, como assim? Agarro as canetas.

– Essa caneta é minha!

– Perdão? – indaga Van.

Tiro a caneta do recipiente. É uma *roller ball* onde se lê RESPIRE BEM COM PULMOCLEAR.

– Essa caneta é minha! É do consultório do meu pai.

Van me encara, perplexo. Não está entendendo nada. A caneta estava na minha bolsa. Nunca a tirei de lá, ela simplesmente desapareceu. Eu estava com ela na barca, quando escrevi o símbolo da dupla felicidade. No dia seguinte, quando liguei para a Sra. Foley, a caneta tinha sumido.

– No último verão, o meu amigo Willem e eu… bem, a gente veio aqui, torcendo para que alguém nos acolhesse e nos deixasse passar a noite. Ele disse que as ocupações costumavam aceitar pessoas. – Faço uma pausa. Van assente, muito de leve. – Mas não encontramos ninguém aqui. Só que tinha uma janela aberta. Daí a gente dormiu aqui no seu estúdio, e, quando acordei, no dia seguinte, meu amigo tinha desaparecido.

Fico esperando que Van se irrite por termos invadido, mas ele só me encara, ainda tentando entender por que estou agarrando a caneta do Pulmoclear como se fosse uma espada.

– Esta caneta estava na minha bolsa, mas desapareceu… E agora está aqui. E fico me perguntando se ele de repente não escreveu um bilhete, algo assim…

Van permanece impassível. Estou prestes a pedir desculpas por ter invadido, antes e agora, mas vislumbro um levíssimo brilho em seus olhos, tênue feito um raio de luz antes da aurora. Seu rosto foi iluminado por uma lembrança. Ele encosta o indicador na ponte do nariz.

– Eu encontrei uma coisa, sim. Achei que fosse uma lista de compras.

– Uma lista de compras?

– Estava escrito... eu não lembro... acho que pão e chocolate?

– Pão e chocolate?

As comidas preferidas de Willem. Meu coração dispara.

– Não lembro. Achei que tivesse vindo junto com o lixo. Eu tinha passado o fim de semana fora, e estava tudo bagunçado quando voltei. Joguei o papel fora. Me desculpe – diz Van, meio consternado.

A gente invade o estúdio, bagunça tudo, e *ele* pede desculpas.

– Não, não peça desculpas. Você está me ajudando muito. Será que não poderia ser uma lista de compras sua? Tipo, será que não foi você mesmo quem anotou?

– Não. Eu não compro pão e chocolate.

Abro um sorriso.

– Será que essa lista poderia ser um bilhete?

– É possível.

– A gente ia comer pão e chocolate no café da manhã. E minha caneta está aqui.

– Por favor, leve a caneta.

– Não, *fique* com ela – respondo, e deixo escapar uma risada abafada. Um bilhete. Será que ele me deixou um bilhete?

Dou um abraço em Van, que a princípio se empertiga, surpreso, mas então relaxa e me abraça de volta. É um abraço gostoso, e ele tem um cheiro bom, de pintura a óleo, terebintina, pó e madeira velha – esse cheiro, como todo aquele dia, está entranhado em minha pele. E, pela primeira vez em muito tempo, isso não parece uma maldição.

Já está no meio da tarde quando me despeço de Van. Os australianos ainda devem estar no museu Rodin. Eu poderia encontrá-los, mas, em vez disso, resolvo tentar outra coisa. Vou até a estação de metrô mais próxima, fecho os olhos, rodopio e escolho uma parada. Cravo o dedo na estação Jules Joffrin e desvendo que trens preciso pegar até lá.

Acabo em uma vizinhança tipicamente parisiense, com muitas ladeirinhas estreitas e comércio local: sapatarias, barbearias, botecos de bairro. Sigo caminhando, sem ideia de onde estou, mas surpresa por curtir a sensação de estar perdida. Por fim, chego a uma escadaria larga, entalhada em uma colina íngreme, formando um pequeno cânion entre os prédios residenciais e o matagal verdejante de ambos os lados. Não tenho ideia de onde vai dar a escadaria. E ouço a voz de Willem: *mais um motivo para subir*.

Então subo. E subo, e subo. Logo que termina um patamar, começa outro. Bem no topo, cruzo uma ruela de pedras medievais e, *bingo!*, estou de volta ao mundo dos turistas. Carruagens paradas, cafés apinhados feito sardinha em lata, um sujeito tocando Edith Piaf no acordeom.

Acompanho a multidão e contorno a esquina. No fim de uma rua cheia de cafés, com cardápios em inglês, francês, espanhol e alemão, vejo uma imensa catedral de domo branco.

– *Excusez-moi, qu'est-ce que c'est?* – pergunto a um senhor parado à porta de um dos cafés.

Ele revira os olhos.

– *C'est Sacré-Coeur!*

Ah, a Sacré-Coeur, claro. Eu me aproximo e vejo os três domos, dois menores nos lados e um central, maior, que reina majestoso por sobre os terraços de Paris. Em frente à catedral, que reluz ao brilho dourado do sol vespertino, vejo uma encosta gramada, cruzada por escadarias de mármore, que vão descendo pelo outro lado da colina. Tem gente por todo lado: turistas com suas câmeras, mochileiros estirados sob o sol, artistas exibindo suas telas, jovens casais namorando, sussurrando segredos. Paris! Vida!

Ao final da excursão, jurei para mim mesma que jamais pisaria em outra igreja velha e embolorada, mas, por alguma razão, sigo a multidão lá para dentro. Apesar de todos os mosaicos dourados, as estátuas imensas e o povo que se aglomera, parece uma igrejinha de bairro, com gente rezando, quietinha, acariciando seus rosários, ou apenas perdida em pensamentos.

Vejo um suporte para velas. Para acender uma, basta pagar alguns euros. Não sou católica, nem tenho muita certeza de como proceder com esse ritual, mas sinto necessidade de comemorar isso tudo que aconteceu. Entrego algumas moedas e recebo uma vela; ao acender, penso que deveria entoar uma prece. Será que rezo por alguém que já morreu, tipo meu avô? Será que rezo por Dee? Pela minha mãe? Para encontrar Willem?

Mas nada disso parece certo. Só o que parece certo é *isto*. Estar aqui outra vez. Sozinha. Não sei bem como definir esse *isto*, mas rezo mesmo assim.

Estou ficando com fome, e o crepúsculo já desponta no céu. Resolvo descer a escadaria e tentar encontrar algum bistrô que não seja caro demais, só que primeiro preciso arrumar um macaron, antes que todas as confeitarias fechem.

Desço as escadas e sigo por algumas quadras, até que encontro uma confeitaria. Uma persiana cobrindo a porta de vidro me faz pensar que está fechada, mas ouço vozes, muitas vozes, e abro a porta, hesitante.

Parece estar rolando uma festa lá dentro. O ar está abafado, de tanta gente aglomerada, e há garrafas de bebida e buquês de flores. Vou recuando, mas o pessoal protesta com um fuzuê, então abro a porta outra vez, e todos acenam para que eu entre. Tem quase dez pessoas lá dentro, algumas com avental de cozinheiro, outras de roupas comuns. Todos seguram copos, os rostos vermelhos e cheios de empolgação.

Com meu francês balbuciante, pergunto se posso comprar um macaron. Depois de uma leve comoção, um macaron aparece na minha frente. Pego a carteira, mas meu dinheiro é recusado. Vou andando para a porta, mas, no caminho, alguém me entrega uma tacinha de papel cheia de champanhe. Ergo a taça, e todos brindam e bebem. Um sujeito robusto de bigode torcido começa a chorar, e o pessoal afaga suas costas.

Não faço ideia do que está acontecendo. Olho em volta, confusa. Uma das mulheres começa a falar muito depressa, com um sotaque muito carregado. Não entendo muita coisa, mas consigo pescar a palavra *bébé*.

– Bebê? – exclamo, em inglês.

O cara do bigode torcido me entrega o celular, e vejo a fotografia de

uma coisa pequenina, de rostinho vermelho e amassado, com uma touquinha azul.
– Rémy! – declara ele.
– Seu filho? – pergunto. – *Votre fils?*
Bigode Torcido assente, com os olhos cheios d'água.
– *Félicitations!* – digo.
Ele me abraça forte, e os outros gritam e aplaudem.
Uma garrafa de bebida cor de âmbar é passada de mão em mão. Depois que todos foram servidos, as pessoas erguem as taças e oferecem brindes, ou apenas entoam sua versão de "saúde". Quando chega minha vez, grito o que os judeus costumam dizer nessas horas: *"L'chaim!"*
– *L'chaim!* – E explico: – Quer dizer "à vida".
Neste momento, penso que talvez isso tivesse sido o objeto de minha oração, lá na catedral. A vida.
– *L'chaim* – os festeiros repetem para mim.
E bebemos.

Trinta e três

No dia seguinte, aceito o convite de Kelly e me junto aos australianos. Hoje vão desbravar o Louvre. Amanhã, planejam uma visita a Versalhes. Depois disso, pegam o trem para Nice. Sou convidada para acompanhá-los em tudo. Ainda tenho dez dias de viagem, e sinto que já encontrei tudo o que havia para encontrar aqui. Descobri que Willem me deixou um bilhete, o que é quase mais do que eu poderia esperar. Considero a possibilidade de ir com o pessoal para Nice. Depois do lindo dia que vivi, ontem, também considero passar uns dias sozinha em algum lugar.

Tomamos café da manhã e seguimos para o metrô, rumo ao Louvre. Nico e Shazzer mostram suas roupas novas, que compraram em uma feira de rua, e Kelly fica debochando das duas por irem a Paris comprar roupas feitas na China.

— Eu pelo menos comprei artigos locais — completa, erguendo o punho para exibir o novo relógio francês, supertecnológico. — Tem uma loja enorme na Vendôme que só vende relógio.

— E quem viaja precisa de relógio? — retruca Nick.

— Quantos trens a gente perdeu porque a droga do alarme do celular de alguém não tocou?

Nick dá razão a ela.

— Vocês deviam ver a loja. É gigantesca. E vende relógio de tudo quanto é canto. Tem uns que custam centenas de milhares de euros. Imagina só gastar isso em um relógio...

Kelly continua falando, mas paro de escutar, porque de repente começo a pensar em Céline, no que ela disse, que eu podia comprar *outro* relógio. Outro. Como se ela soubesse que eu tinha perdido o meu.

O metrô chega à estação.

– Desculpem – digo ao grupo. – Tenho que ir.

– Cadê o meu relógio? E cadê o Willem?

Encontro Céline no escritório da boate, rodeada de papelada, usando óculos de armação grossa que a deixam ao mesmo tempo mais e menos intimidadora.

Ela ergue os olhos, meio sonolenta e sem demonstrar surpresa, o que me irrita.

– Você disse que eu podia comprar *outro* relógio. Ou seja, você sabia que o Willem estava com o *meu* – explico.

Espero que ela negue, que zombe de mim. Em vez disso, ela simplesmente dá de ombros, como se não estivesse nem aí.

– Por que fez isso? – pergunta. – Por que deu um relógio tão caro para ele depois de um dia? Não é desespero demais, não?

– Desespero? Que nem mentir para mim?

Ela dá de ombros outra vez, então mexe no computador, indolente.

– Eu não menti. Você perguntou se eu sabia onde ele estava. Não sei.

– Mas também não me contou tudo. Você o viu, depois... depois que ele... que ele me largou.

Céline dá aquele meneio de cabeça, algo entre sim e não. Uma expressão perfeitamente ambígua. Uma muralha cravejada de diamantes.

Então, neste exato instante, outra das lições de francês de Nathaniel me vem à mente.

– *T'es toujours aussi salope?* – pergunto.

Céline ergue uma sobrancelha e apaga o cigarro.

– Você fala francês agora? – pergunta, em francês.

– *Un petit peu.*

Ela remexe a papelada e amassa o cigarro, ainda meio aceso.

– *Il faut mieux être salope que lâche* – retruca.

Não faço ideia do que ela disse, mas faço o possível para me manter séria enquanto tento encontrar as palavras-chave para desvendar a frase, como Madame ensinou. *Salope*, escrota; *mieux*, melhor. *Lâche*. Leite? Não, isso é *lait*. Então recordo o mantra de Madame sobre a coragem de nos aventurarmos no desconhecido, escrevendo, como sempre, os opostos na lousa. O oposto de *courageux*: *lâche*.

Céline acabou de me chamar de covarde? Sinto a indignação subindo da nuca, passando pelas orelhas, chegando ao topo da cabeça.

– Você não pode falar assim comigo – vocifero, em inglês. – *Não* me chame disso. Você nem me conhece!

– Conheço o suficiente – responde ela, em inglês. – E sei que foi você que entregou os pontos.

Entregou os pontos? Eu me vejo acenando uma bandeira branca.

– Entreguei os pontos? Como assim?

– Você fugiu.

– O que ele escreveu no bilhete? – grito praticamente.

Quanto mais me exalto, mais ela se distancia.

– Não sei de nada disso.

– Mas você sabe *alguma coisa*.

Céline acende outro cigarro e sopra a fumaça em mim. Abano o ar.

– Por favor, Céline, passei um ano pensando o pior, só que agora estou achando que presumi o pior errado.

Mais silêncio.

– Ele levou... Como é que se fala? Sue-tours.

– Sue-tours?

– Quando costuram a pele.

Ela aponta para a bochecha.

– Sutura? Ponto? Ele levou pontos?

– Isso, e estava com a cara muito inchada e o olho todo roxo.

– O que foi que houve?

– Ela não quis me contar.

– Por que você não me disse isso ontem?

– Você não perguntou isso ontem.

Eu queria estar furiosa. Não só por isso, mas por ela ter sido tão horrível comigo naquele primeiro dia em Paris e por me acusar de ser covarde. Compreendo, porém, que nada disso tem a ver com Céline nem nunca teve. Fui eu que declarei minha paixão por Willem. Eu que disse que cuidaria dele. E eu que fui embora.

Olho para Céline, que me encara com a expressão taciturna de um gato que observa um cachorro adormecido.

– *Je suis désolée* – digo.

Tiro o macaron da bolsa e entrego a ela. É de framboesa. Eu estava guardando como uma recompensa por enfrentá-la. Dá-lo de presente é quebrar a regra de Babs, mas sinto que ela aprovaria.

Céline encara o doce, desconfiada, então pega e o cutuca, como se fosse contagioso. Coloca-o com cuidado sobre uma pilha de CDs.

– Então, o que aconteceu? – pergunto. – Ele voltou aqui todo estropiado?

Ela apenas assente.

– Por quê?

Ela franze o cenho.

– Não quis contar.

Silêncio. Ela encara o chão, então olha de esguelha para mim.

– Ele revirou sua mala.

O que havia lá? Uma folha de papel com uma lista. Roupas. Lembrancinhas. Cartões-postais em branco. Minha etiqueta de viagem? Não, isso ficou no metrô de Londres. Meu diário? Agora está comigo. Eu o tiro da mala e folheio umas páginas. Tem algo escrito sobre Roma e os gatos ferais; Viena e o palácio de Schönbrunn; a ópera de Praga. Mas não tem nada, nada sobre mim. Nem o meu nome, nem endereço, nem e-mail. Nem o contato do pessoal da excursão. Ninguém se deu ao trabalho de fingir que manteria contato. Enfio o diário de volta na mochila. Céline me espia de soslaio, tentando disfarçar.

– Ele pegou alguma coisa da minha mala? Encontrou alguma coisa?

– Não. Ele só cheirava... – Ela para, como se sentisse dor.

– Cheirava o quê?

– Cheirava muito mal – diz, bem séria. – Pegou seu relógio. Mandei ele não mexer. Meu tio é joalheiro, então sei que era caro, mas ele não me ouviu.

Solto um suspiro.

– Onde é que eu posso encontrá-lo, Céline? Por favor. Pode pelo menos me ajudar com isso?

– Pelo menos? Eu já te ajudei à beça – retruca ela, ofendida, indignada. – E não sei onde ele está. Eu não minto. – Ela me encara, muito séria. – Eu disse a verdade, e a verdade é que Willem é o tipo de homem que aparece quando quer. E, na maioria das vezes, ele não quer.

Queria poder dizer que ela está errada, que comigo foi diferente, mas, se ele não continuou amando Céline, o que me faz pensar que, depois de um único dia, mesmo que tenha gostado de mim, eu não fui apagada de sua vida?

– Você não teve sorte? Na internet? – pergunta ela.

– Não – respondo, já pegando minhas coisas.

– Willem de Ruiter é um nome comum, *n'est-ce pas*?

Então ela faz algo que não pensei que fosse possível. Ela enrubesce. Neste momento, percebo que também o procurou, e também não encontrou, e fico pensando se não julguei Céline errado – talvez não completamente, mas pelo menos um pouquinho.

Pego um dos cartões-postais de Paris que sobraram. Escrevo meu nome, endereço e todos os detalhes, então o entrego a ela.

– Se vir o Willem... ou se estiver em Boston e precisar de um lugar para ficar... ou guardar suas coisas.

Ela pega o cartão, dá uma olhada e o enfia em uma gaveta.

– Boss-tone. Acho que prefiro Nova York – retruca, torcendo o nariz.

Fico quase aliviada por ela voltar a falar daquele jeito altivo.

Penso em Dee. Ele daria conta de Céline.

– A gente pode dar um jeito.

Quando chego à porta, Céline chama meu nome. Eu me viro. Vejo que ela deu uma mordida no macaron, que agora está em formato de meia-lua.

– Desculpa por chamar você de covarde.

– Beleza – respondo. – Às vezes eu sou mesmo, mas estou tentando ser mais corajosa.

– *Bon.* – Ela para. Se eu já não a conhecesse, acharia que estava cogitando abrir um sorriso. – Se encontrar o Willem de novo, você vai precisar de coragem.

Eu me sento à beira de um chafariz e reflito sobre as palavras de Céline. Não consigo saber se a intenção foi me apoiar ou me advertir; talvez as duas coisas. De qualquer forma, topei com um beco sem saída. Céline não sabe onde ele está. Posso tentar mais algumas buscas na internet, talvez enviar outra carta para a Arte de Guerrilha, mas, tirando isso, estou de mãos atadas.

Você vai precisar de coragem.

Talvez seja o melhor. Talvez eu pare por aqui. Amanhã vou a Versalhes com os australianos. Gosto da ideia. Pego o mapa que ganhei de Dee e Sandra e descubro o caminho de volta ao albergue. Não é muito longe, dá para ir a pé. Traço a rota com o dedo. Ao fazer isso, cruzo com não apenas um, mas dois grandes quadrados cor-de-rosa: são hospitais. Aproximo o mapa dos olhos. Vejo-os por toda parte. Paris é abarrotada de hospitais. Vou com o dedo até a ocupação artística. Também tem vários hospitais bem próximos da ocupação.

Se Willem se feriu ali por perto e levou pontos, há boas chances de o curativo ter sido feito em um desses hospitais.

– Valeu, Dee! – grito, em meio à tarde de Paris. – E valeu também, Céline – acrescento, um pouco mais baixo.

Então me levanto e vou.

No dia seguinte, Kelly me cumprimenta com frieza, e percebo que ela está se esforçando para ser legal. Peço desculpas por ter dado no pé ontem.

– Beleza – responde ela –, mas você vem hoje com a gente a Versalhes?

Faço uma careta.

– Não dá.

Ela parece magoada.

– Se não quer sair com a gente, tudo bem, mas não fica inventando história para não chatear o pessoal.

Não sei por que ainda não contei a ela. Parece meio bobo vir até aqui e passar por todo esse perrengue por causa de um cara que vi só por um dia, mas resolvo contar uma versão curta da longa história, incluindo a busca louca de hoje. Seu semblante vai ficando sério. Quando termino, ela meneia a cabeça de leve.

– Entendi – diz, solene. – Nós nos vemos lá embaixo, no café.

Quando chego ao salão de café da manhã, Kelly e o pessoal estão reunidos a uma das grandes mesas de madeira, com mapas espalhados. Pego meu croissant, um chá e um iogurte e me junto a eles.

– A gente vai com você – declara ela. – Todo mundo.

– Oi? Por quê?

– Porque você vai precisar de um exército para isso.

O restante do grupo bate uma continência desajeitada, então começam todos a falar ao mesmo tempo. Muito alto. Os outros olham, mas esses caras são incontroláveis. Só uma menininha branquela na ponta da mesa nos ignora, com a cara enfiada em um livro.

– Vocês têm certeza de que vão perder Versalhes?

– Versalhes é uma relíquia – insiste Kelly. – Não vai a lugar nenhum. Isso aqui é vida real. Romance real. Tem coisa mais francesa?

– A gente vai, quer você queira, quer não. Nem que a gente tenha que seguir você por todos os hospitais, daqui até Nice – diz Shazzer.

– Não acho que seja necessário – respondo. – Já olhei o mapa. Reduzi as opções a três hospitais mais prováveis.

A garota delicada olha para cima. Tem os olhos tão claros que parecem feitos de água.

– Desculpa, mas você disse que vai visitar um hospital? – pergunta.

Encaro meu exército de australianos descabelados, todos empolgadíssimos.

– Parece que sim.

A menina me encara com uma estranha intensidade.

– Eu conheço hospitais – diz, bem baixinho.

Eu retribuo o olhar. Honestamente, não consigo pensar em nada mais entediante, exceto talvez a fila do seguro-desemprego. Não posso imaginar por que ela poderia querer ir junto. Só se estiver sozinha. E isso eu entendo.

– Você... quer vir com a gente? – pergunto.
– Querer não quero, mas acho que devo.

Descobrimos que o primeiro hospital do mapa é particular. Depois de uma hora jogados de uma sala a outra, ficamos sabendo que existe um setor de emergências, mas não recebe casos direto da rua; esses são encaminhados aos hospitais públicos. Somos mandados para o Hôpital Lariboisière. Seguimos direto para o setor de *urgences*, a versão francesa do pronto-socorro. Recebemos uma senha e a orientação de aguardar, então passamos uma eternidade sentados em cadeiras desconfortáveis, fazendo companhia ao povo de braço quebrado e tosse com pinta de contagiosa.

O entusiasmo inicial do grupo começa a diminuir quando eles percebem que o setor de emergência francês é tão chato quanto o dos outros lugares. Todos tentam se distrair fazendo bolinhas de papel mascado e jogando cartas, o que não agrada os enfermeiros. Wren, a garota que nos acompanha, estranha, pálida e com carinha de duende, não participa de nada daquilo. Só fica lendo o livro.

Quando somos chamados ao balcão, os enfermeiros já tomaram ódio de nós, e a sensação é recíproca. Shazzer, que aparentemente tem o melhor francês, é consagrada embaixadora do grupo, e não sei se lhe faltam habilidades verbais ou diplomáticas, mas, dali a cinco minutos, ela já está discutindo com uma enfermeira, cheia de raiva, e, dali a dez, somos escoltados para o olho da rua.

São três da tarde. O dia já chegou à metade, e vejo que o grupo está impaciente, cansado, faminto e arrependido por não ter ido a Versalhes. Pensando bem, agora percebo o quanto isso é ridículo. A recepção do consultório do meu pai é coordenada por uma enfermeira chamada Leona, que não me deixa cruzar a porta se meu pai não estiver lá e à minha espera. Leona jamais me entregaria uma ficha médica. Se não daria essas informações nem à filha de seu chefe, que fala a mesma língua que ela, imagina a chance de fazer isso para uma estrangeira desconhecida.

– Essa ideia foi um erro – digo a eles, quando já estamos na calçada. A camada de nuvens que vinha se avultando no céu de Paris nos últimos dias se dissipou enquanto aguardávamos lá dentro, e o dia já está mais quente e claro. – Pelo menos vocês podem aproveitar o restante da tarde. Peguem algo para comer, vão fazer um piquenique nos jardins de Luxemburgo.

Percebo que a ideia é tentadora. Ninguém rebate.

– Mas a gente prometeu que ajudaria – diz Kelly. – Não podemos deixar você fazer isso sozinha.

Levanto as mãos, em rendição.

– Não vão deixar. Eu desisto. É uma causa perdida.

Todos pegam os mapas outra vez, debatem as rotas de metrô, listam os itens para o piquenique.

– As pessoas confundem os santos padroeiros, sabia?

Ergo os olhos. Wren, nossa companheira com carinha de duende, que passou o dia em silêncio, enfim abre a boca.

– Ah, é?

Ela assente.

– Santo Antônio é o padroeiro das *coisas* perdidas. São Judas Tadeu é o padroeiro das *causas* perdidas. É preciso pedir ajuda ao santo certo.

Todos encaram Wren. Será que ela é uma fanática religiosa?

– E quem é que cuida das pessoas perdidas? – pergunto.

Wren pensa um pouco.

– Daí depende. Que tipo de perda foi?

Não sei, não sei nem se ele está mesmo perdido. Talvez esteja exatamente onde deseja estar, talvez a perdida seja eu, indo atrás de alguém que não quer ser encontrado.

– Não sei direito.

Wren gira o bracelete, passando o dedo por pequeninos amuletos.

– Talvez seja melhor pedir para os dois.

Ela exibe os amuletos, um para cada santo padroeiro. Tem vários outros: uma tâmara, um trevo, um pássaro.

– Mas eu sou judia.

– Ah, eles não ligam. – Wren olha para mim. Seus olhos não estão tão azuis, parecem o céu logo antes da alvorada. – Peça ajuda aos santos e vá àquele terceiro hospital.

―

O Hôpital Saint-Louis é uma construção de 400 anos. Wren e eu adentramos a moderna ala adjacente. Mandei o restante do grupo para os jardins de Luxemburgo, e não houve muita discussão. A luz do sol entra pelo átrio de vidro, formando prismas de luz no piso.

A sala de emergência está tranquila, com apenas algumas pessoas sentadas entre fileiras de cadeiras vazias. Wren vai até dois enfermeiros atrás do balcão e começa a falar, com seu tom de voz melífluo e um francês perfeito. Paro atrás dela, e entendo que Wren está narrando minha história – e os homens ficam impressionados. Até o povo sentado nas cadeiras inclina o corpo para ouvir aquela voz delicada. Não sei o quanto Wren sabe da história; não contei nada a ela. Talvez tenha pescado alguma coisa no café, ou com o grupo. Quando ela para de falar, todos ficam em silêncio. Os enfermeiros a encaram, então olham para baixo e começam a digitar.

– Como é que você fala francês tão bem? – sussurro.

– Sou de Québec.

– Por que não foi nossa intérprete lá no outro hospital?

– Porque não era o certo.

Os enfermeiros me perguntam o nome dele. Eu informo. Soletro. Ouço os dois batucarem o teclado.

– *Non* – diz um dos homens. – *Pas ici.* – Ele balança a cabeça.

– *Attendez* – fala o outro. Espera.

Ele digita um pouco mais. Diz umas palavras a Wren. Perco o fio da meada, mas uma frase paira no ar: uma data. O dia seguinte ao que Willem e eu passamos juntos. O dia em que nos separamos.

Minha respiração para. Ele olha para cima e repete a data para mim.

– Isso – respondo. Esse teria sido o dia de sua passagem pelo hospital.

– *Oui.*

O enfermeiro diz alguma coisa, depois outra, que eu não compreendo. Eu me viro para Wren.

– Será que eles sabem onde podemos encontrá-lo?

Wren faz uma pergunta, então traduz para mim:

– Os prontuários são confidenciais.

– Mas não precisam entregar nada por escrito. Devem ter alguma informação a respeito dele.

– Falaram que está tudo no setor de faturamento, que aqui não tem muita informação.

– Mas alguma coisa precisa ter. Agora é a hora de pedir ajuda a São Judas Tadeu.

Wren alisa a medalhinha em seu bracelete. Dois médicos de jaleco e roupa de hospital cruzam as portas, segurando copos de café. Wren e eu nos entreolhamos. Parece que São Judas resolveu conceder uma graça dupla.

– Será que eu posso falar com um médico? – pergunto aos enfermeiros, com meu francês terrível. – Talvez o... – Eu me viro para Wren. – Como é que se diz "plantonista" em francês? Ou o médico que cuidou do Willem?

O enfermeiro deve entender um pouco de inglês, pois esfrega o queixo e retorna ao computador.

– Ahh, Dr. Robinet – diz, e pega um telefone.

Minutos depois, as portas duplas se abrem. Desta vez, São Judas Tadeu resolveu nos dar um bônus, pois o médico que surge mais parece um ator de TV de tão lindo: cabelos cacheados e grisalhos, um rosto ao mesmo tempo bruto e delicado. Wren começa a explicar a situação, mas percebo que, causa perdida ou não, preciso explicar minha própria história. Esforçando meu francês ao máximo, tento explicar: *amigo ferido. Neste hospital. Amigo perdido. Preciso encontrar.* Estou exausta e, com minhas frases básicas, devo estar parecendo uma mulher das cavernas.

O Dr. Robinet me encara durante um tempo, então pede que a gente o acompanhe. Cruzamos as portas duplas até um consultório vazio, onde ele indica que a gente se sente à mesa, enquanto apanha um banquinho com rodas.

– Eu compreendo o seu dilema – diz, em inglês, com um sotaque britânico perfeito –, mas não posso simplesmente fornecer informações a respeito de um paciente. – Ele se vira para mim. Tem os olhos verde-claros, ao mesmo tempo penetrantes e bondosos. – E sei que você veio dos Estados Unidos atrás dele, mas sinto muito.

– O senhor poderia pelo menos *contar* o que aconteceu com ele, sem precisar olhar o prontuário? Isso seria quebrar o protocolo?

O Dr. Robinet abre um sorriso, paciente.

– Eu atendo dezenas de pessoas por dia. Você disse que isso foi há um ano?

Faço que sim com a cabeça.

– Isso.

Escondo o rosto entre as mãos. A estupidez disso tudo me atinge outra vez. Um dia. Um ano.

– Quem sabe se você descrevesse o rapaz – sugere o Dr. Robinet, o que me dá uma ponta de esperança.

Eu a agarro.

– Era holandês. Muito alto, um metro e noventa. Setenta e cinco quilos. Cabelos muito claros, tipo cor de palha, e olhos muito escuros, feito carvão. Era bem magro. Tinha dedos compridos. E uma cicatriz em zigue-zague no peito do pé.

Enquanto vou descrevendo, detalhes que eu pensava ter esquecido voltam à mente, e um retrato dele emerge.

Mas o Dr. Robinet não visualiza. Parece intrigado, e percebo que, para ele, estou descrevendo um cara alto e loiro, uma pessoa igual a milhares.

– Você não tem uma foto?

Sinto a imagem que criei de Willem muito viva, ali, naquela sala. Ele realmente tinha razão sobre não precisarmos de câmera para registrar as coisas importantes. Ele permaneceu dentro de mim esse tempo todo.

– Não tenho. Ah, mas ele levou pontos. E chegou de olho roxo.

– A maioria das pessoas chega aqui assim – responde o Dr. Robinet. – Sinto muito.

Ele se levanta do banquinho. Algo cai no chão. Wren apanha uma moeda de um euro do chão e estende a mão para devolvê-la.

– Espera! Ele fazia uma coisa com as moedas – digo. – Remexia elas entre os dedos. Tipo assim. Me dá aqui.

Pego a moeda e mostro como Willem a manipulava.

Entrego o euro de volta ao Dr. Robinet; ele o segura, como se examinasse uma moeda rara. Então joga-a para cima e pega no ar.

– *Commotion cérébrale!* – exclama.

– O quê?

– Concussão! – traduz Wren.

– Concussão?

Ele ergue o dedo indicador e o vira lentamente, como se puxasse as informações de um poço profundo.

– Ele teve uma concussão. E, se me lembro bem, laceração facial. Queríamos deixá-lo em observação, já que concussão pode ser uma coisa séria, mas ele queria sair logo para fazer um boletim de ocorrência, porque tinha sido agredido.

– Agredido? Por quê? Por quem?

– Não sabemos. É de praxe que a pessoa preencha uma ficha policial, mas ele se recusou. Estava muito agitado. Agora me lembro! Não quis ficar mais de umas horas. Queria ir embora logo, mas insistimos para que fizesse uma tomografia. Assim que terminamos os pontos e constatamos que não havia nenhuma hemorragia cerebral, ele insistiu que precisava ir. Disse que era muito importante, que ia perder alguém. – Ele se vira para mim, arregalando os olhos. – *Você?*

– Você – diz Wren.

– Eu – confirmo.

Pontinhos pretos começam a dançar diante dos meus olhos, e minha mente se dissolve.

– Acho que ela vai desmaiar – comenta Wren.

– Ponha a cabeça entre as pernas – aconselha o Dr. Robinet.

Ele chama alguém no corredor, e um enfermeiro traz um copo d'água. Bebo. O mundo para de girar. Lentamente, consigo me sentar de volta. O Dr. Robinet me encara, e vejo sua máscara de profissionalismo desabar.

– Mas isso já faz um ano – comenta, baixinho. – Vocês se perderam um ano atrás?

Concordo com a cabeça.

– E você estava procurando por ele esse tempo todo?

Concordo outra vez. De certa forma, estava.

– Acha que ele também está procurando por você?

– Não sei.

E não sei mesmo. Ele ter tentado me encontrar um ano atrás não significa que deseje me encontrar agora, ou que deseje que eu o encontre.

– Mas você *tem que* saber – responde ele.

Por um minuto, penso que ele está me repreendendo, dizendo que era errado eu não saber, mas então ele pega o telefone e faz uma ligação. Quando termina, vira-se para mim.

– Você tem que saber – repete. – Vá até o segundo guichê do setor de faturamento. Não podemos liberar o prontuário, mas pedi que informem o endereço dele.

– Sério? Lá tem o endereço dele?

– Tem *um* endereço. Agora vá lá pegar e encontrar esse rapaz. – Ele me encara outra vez. – Não importa o que aconteça, você tem que saber.

Saio do hospital e cruzo a área externa onde os pacientes com câncer fazem quimioterapia sob o sol do fim de tarde. Minha mão agarra o papel com o endereço de Willem. Ainda não olhei. Digo a Wren que preciso ficar um pouco sozinha e vou caminhando até os muros do antigo hospital.

Junto ao gramado quadrado, em meio às antigas construções de tijolos, eu me sento em um banco. Abelhas dançam entre os arbustos floridos, e crianças brincam. Tem tanta vida nas paredes deste velho hospital. Olho o papel. Pode conter qualquer endereço. Ele pode estar em qualquer lugar do mundo. Até onde estou disposta a levar isso?

Penso em Willem, espancado – *espancado!* –, mas ainda tentando me encontrar. Respiro fundo. Absorvo o cheiro de grama recém-cortada, misturado ao pólen e à fumaça dos caminhões na rua. Olho minha marca de nascença.

Abro o papel, sem saber aonde vou depois daqui, sabendo apenas que vou.

Trinta e quatro

AGOSTO
Utrecht, Holanda

Meu guia da Holanda tem apenas duas páginas sobre Utrecht, então esperava uma área pequenina, feia ou industrial, mas o que vejo é uma cidade incrível, agitada e medieval, repleta de casinhas triangulares, canais com casas flutuantes e ruelas estreitas, que poderiam abrigar tanto humanos quanto bonecas. Não tem muitos albergues, mas, quando chego ao único que posso pagar, descubro que o prédio, antes de ser um albergue, abrigava uma ocupação. Então sinto como se um radar me conectasse a uma parte secreta do mundo: *sim, é aqui que você tem que estar.*

Os funcionários são simpáticos e prestativos e, como Willem, falam inglês perfeitamente. Um até se parece com ele – o mesmo rosto anguloso, lábios vermelhos e carnudos. Chego a perguntar se conhece Willem. Não conhece. E, quando explico que ele parece alguém que estou procurando, o sujeito ri e diz que metade da Holanda também deve parecer. Ele me entrega um mapa de Utrecht, explica como chegar ao endereço que o hospital forneceu, a poucos quilômetros dali, e sugere que eu alugue uma bicicleta.

Opto pelo ônibus. A casa fica fora do centro, em uma área cheia de lojas de discos, restaurantes étnicos exibindo comida em espetos giratórios, artes em grafite. Depois de umas esquinas erradas, encontro a rua, do lado oposto a uns trilhos de trem, onde se assenta um vagão de carga abandonado, quase todo coberto de pichações. Do outro lado da rua, bem na frente, vejo uma casa pequena, que, segundo minha folha impressa, é o último endereço conhecido de Willem de Ruiter.

Para chegar à porta da frente, pintada de azul-elétrico, preciso ultrapassar seis bicicletas acorrentadas ao corrimão. Hesito, então toco a campainha, que parece uma órbita ocular. Sinto uma estranha calma. Ouço a campainha e o som de passos pesados. Só passei um dia com Willem, mas reconheço que os passos não são dele; os dele seriam mais leves. Quem abre a porta é uma moça alta e bonita, de longas tranças castanhas.

– Oi. Você fala inglês? – pergunto.

– Sim, claro.

– Estou procurando Willem de Ruiter. Soube que ele mora aqui. – Ergo a folha de papel, como se fosse uma prova.

Por algum motivo, sei que ele não está ali. Talvez pela minha tranquilidade. Por isso, não me surpreendo ao ver a expressão impassível da moça.

– Não conheço. Só estou alugando a casa no verão. Desculpe.

Ela começa a fechar a porta.

A esta altura, já aprendi que *não*, *desculpe* e *não posso ajudar* são apenas um começo de conversa.

– Será que tem mais alguém que possa conhecê-lo?

– Saskia! – chama ela.

Do alto da escada muito estreita surge uma garota. Ela vem descendo. É loira, de rosto rosado e olhos azuis, e algo nela é vagamente fresco e campestre, como se tivesse acabado de andar a cavalo ou arar um campo, mesmo com os cabelos curtos e espetados e usando um suéter preto nada tradicional.

Mais uma vez, explico que estou procurando Willem de Ruiter. Então, por mais que não me conheça, Saskia me convida para entrar e me oferece uma xícara de chá.

Nós três sentamos a uma mesa de madeira bem bagunçada, repleta de pilhas de revistas e envelopes. Há roupas espalhadas por toda parte. Está muito claro que mora uma galera ali, mas Willem, ao que parece, não mora.

– Na verdade, ele nunca morou aqui – explica Saskia, depois de me servir chá e chocolates.

– Mas você o conhece?

– A gente já se viu umas vezes. Eu era amiga de Lien, que namorava um dos amigos do Robert-Jan. Mas não conheço o Willem muito bem. Mudei para cá agora no verão, que nem a Anamiek.

– Você sabe por que ele usava esse endereço aqui?

– Provavelmente por causa do Robert-Jan – responde Saskia.

– Quem é Robert-Jan?

– Ele estuda comigo na Universidade de Utrecht e morava aqui, mas se mudou. Agora ocupo o quarto dele.

– Claro – murmuro para mim mesma.

– Nas repúblicas de estudantes, o povo vem e vai. Mas o Robert-Jan vai voltar para Utrecht. Não para cá. Ele vai para um apartamento novo, mas não sei onde é. Só fiquei com o quarto dele.

Ela dá de ombros, como se dissesse "é tudo o que eu sei".

Batuco os dedos na velha mesa de madeira. Fito uma pilha de correspondências.

– Será que eu posso dar uma olhada na correspondência, para ver se encontro alguma pista?

– Pode olhar – diz Saskia.

Remexo a pilha. São basicamente contas, revistas e catálogos endereçados a várias pessoas que moram ou já moraram neste endereço. Conto pelo menos dez nomes, incluindo o de Robert-Jan. Para Willem, porém, não vejo nada.

– O Willem *algum dia* recebeu correspondência aqui?

– Às vezes chegavam umas cartas – responde Saskia. – Mas alguém organizou tudo tem uns dias, então talvez tenha jogado as dele fora. Como eu disse, já faz uns meses que ele não aparece.

– Espera – diz Anamiek. – Acho que vi alguma coisa com o nome dele. Ainda está na caixa perto da porta.

Ela volta com um envelope. Não é só propaganda. É uma carta, com o endereço escrito à mão. Os selos são da Holanda. Quero encontrá-lo, mas não a ponto de abrir sua correspondência pessoal. Ponho o envelope junto dos outros da pilha, mas acabo dando outra olhada. O endereço de retorno, no cantinho esquerdo superior, escrito em uma caligrafia floreada e desconhecida, é o meu.

Pego o envelope e o ergo contra uma lâmpada. Dentro dele há outro envelope. Abro o envelope de fora e encontro minha carta, a que enviei à Arte de Guerrilha, na Inglaterra, procurando Willem. Pelo aspecto dos selos, dos endereços e da fita do envelope, parece que foi encaminhada algumas vezes. Abro a carta original para ver se alguém acrescentou alguma coisa, mas não. Só foi lida e passada adiante.

Mesmo assim, fico contente. Todo esse tempo, minha cartinha também estava tentando encontrá-lo. Quase a beijo, pela tenacidade.

Mostro a carta para Saskia e Anamiek. As duas leem, então me encaram, confusas.

– Escrevi essa carta faz cinco meses – explico. – Quando tentei encontrá-lo pela primeira vez. Mandei para um endereço na Inglaterra, e parece que ela chegou aqui, que nem eu.

Enquanto explico, volta aquela mesma sensação. Minha carta e eu aterrissamos no mesmo lugar, por mais que tenha sido o lugar errado.

Saskia e Anamiek se entreolham.

– A gente vai dar uns telefonemas – diz Saskia. – Com certeza conseguiremos ajudar a encontrar o Robert-Jan.

As garotas somem escada acima. Escuto um barulhinho de computador. Ouço um dos lados de uma conversa: é Saskia, ao telefone. Dali a vinte minutos, as duas descem de volta.

– Como é agosto, quase todo mundo está viajando, mas tenho certeza de que consigo passar o contato do Robert-Jan daqui a um ou dois dias.

– Obrigada.

Vejo um brilho nos olhos dela. Não gosto da forma como as duas me olham.

– Mas talvez eu tenha uma forma mais rápida de achar o Willem.

– Sério? Como?

Ela hesita.

– A namorada dele.

Trinta e cinco

Ana Lucia Aureliano. É esse o nome dela. A namorada de Willem. Ela cursa alguma especialização em uma instituição ligada à Universidade de Utrecht.

Durante toda a minha busca, jamais pensei que chegaria tão longe, por isso não me permiti acreditar que de fato o encontraria. Ainda que o tivesse imaginado com *várias* garotas, nunca achei que pudesse haver apenas uma, o que, pensando bem, parece uma baita idiotice.

Não é como se eu tivesse vindo até aqui para retomar as coisas com ele. Não é como se houvesse algo a retomar. Mas já cheguei até aqui, tão perto, eu me arrependeria pelo resto da vida se desse meia-volta agora.

Ironicamente, são as palavras de Céline que enfim me convencem a ir falar com a namorada: *Você vai precisar de coragem.*

O campus é pequeno e tranquilo e fica nos arredores da cidade, ao contrário da Universidade de Utrecht, que se espalha pelo centro, como explicou Saskia. No caminho para lá, na bicicleta cor-de-rosa que Saskia insistiu em me emprestar, ensaio o que direi se encontrá-la. Ou se encontrá-lo.

A escola tem pouquíssimos alunos, e todos moram no campus. Ela é internacional: atrai estudantes de todo o mundo e tem todas as aulas ministradas em inglês. Ou seja, só preciso perguntar a duas pessoas por Ana Lucia, e consigo descobrir onde ela mora.

A república mais parece uma loja da IKEA do que uma residência de estudantes. Espio pela porta de correr envidraçada; o ambiente é todo de madeira lustrosa, com mobília moderna, nada parecido com o quartinho mequetrefe que divido com Kali. As luzes estão apagadas, e ninguém atende quando bato à porta. Do lado de fora tem um degrauzinho de cimento com algumas almofadas bordadas, então me sento e espero.

Acho que acabo cochilando, pois acordo caindo para trás. Alguém abre a porta. Olho para cima. A garota – Ana Lucia, presumo – é bonita, com cabelos longos, castanhos e ondulados e lábios rosados, acentuados por um batom vermelho. Eu devia estar lisonjeada em figurar ao lado dela e de Céline, mas não é o que sinto no momento.

– Pois não? – pergunta, de cima, me olhando como se eu fosse um vagabundo dormindo em sua porta.

O sol desponta por trás das nuvens, refletindo na janela de vidro, que brilha. Protejo os olhos com as mãos e me levanto.

– Desculpe, eu devo ter cochilado. Estou procurando Ana Lucia Aureliano.

– Eu sou Ana Lucia – responde ela, enfatizando a pronúncia correta. E estreita os olhos, me analisando. – A gente já se conhece?

– Ah, não. Eu sou Allyson Healey. Eu... me desculpe, isso é meio estranho. Sou americana, e estou tentando encontrar uma pessoa.

– É o seu primeiro semestre aqui? Tem um diretório estudantil on-line.

– O quê? Ah, não. Não estudo aqui. Estudo em Boston.

– Quem você está procurando?

Não quero dizer o nome dele. Poderia inventar um, e ela não saberia de nada. Não teria que ouvi-la perguntar, naquele lindo sotaque, por que estou procurando o namorado dela. Mas eu voltaria para casa sem saber de nada, e não vim de tão longe à toa.

– Willem de Ruiter.

Ela me encara por um longo instante, então fecha a cara, contraindo os lábios de propaganda de cosmético. E, daqueles lábios perfeitos, sai uma série do que imagino serem xingamentos. Não consigo ter certeza pois as palavras são em espanhol, mas ela balança os braços e fala muitíssimo depressa, com o rosto todo vermelho. *Déjame, puta!* Então me agarra pelos ombros e me empurra para longe, como um segurança expulsando um bêbado. Joga minha mochila em cima de mim, e todo o conteúdo se esparrama no chão. Ela bate a porta com toda a força com que é possível bater uma porta de vidro. E tranca. E baixa a persiana.

Fico ali, parada, boquiaberta. Aturdida, começo a reunir meus pertences de volta na mochila. Examino o cotovelo, que está arranhado, e o braço, que exibe as marcas de meia-lua das unhas dela.

– Tudo bem com você?

Ergo os olhos e vejo uma linda menina de dreadlocks, que se ajoelha ao meu lado e me entrega meus óculos de sol.

Faço que sim.

– Não precisa de gelo nem nada? Tem no meu quarto.

Ela se levanta e vai voltando para a própria porta.

Boto a mão na cabeça. Sinto um galo nascendo, mas nada sério.

– Estou bem, obrigada.

Ela me encara e balança a cabeça.

– Por acaso você estava perguntando sobre o Willem?

– Você o conhece? Conhece o Willem?

Vou até a porta dela. No degrauzinho em frente, vejo um notebook e um livro didático. É de física. Está aberto em um capítulo sobre entrelaçamento quântico.

– Já vi por aí. Estou no segundo ano, então não o conheci quando ele estudou aqui, mas só tem uma pessoa que enlouquece a Ana Lucia desse jeito.

– Espera. *Aqui?* Ele fez faculdade aqui?

Tento conectar o Willem que conheci, ator nômade e itinerante, com um estudante de alguma especialização, e mais uma vez me dou conta de como o conheço pouco.

– Por um ano. Antes de eu vir para cá. Acho que estudava economia.

– O que aconteceu?

Minha pergunta era sobre a faculdade, mas ela começa a contar sobre Ana Lucia. Diz que ela e Willem reataram o namoro ano passado, mas ela descobriu que ele a traía com uma francesa. A garota conta tudo na maior tranquilidade, como se nada daquilo fosse surpresa.

Minha cabeça está a mil. Willem estudou *aqui*. Estudou *economia*. Levo um tempo para digerir a última parte, a parte em que ele traiu Ana Lucia com uma francesa.

– Uma francesa?

– Pois é. Parece que o Willem ia encontrar a mulher lá na Espanha, acho, em algum encontro secreto. A Ana Lucia o pegou procurando passagem no computador dela, achou que ele estava planejando levá-la para lá de surpresa, porque ela tem parentes na Espanha. Então cancelou a viagem de férias para a Suíça e contou tudo à família, e todos planejaram uma superfesta. Daí ela descobriu que as passagens não eram para ela coisa nenhuma, eram para a tal francesa. Ela surtou, confrontou Willem bem no meio do campus... Foi uma baixaria. Ele não aparece aqui desde esse dia, claro. Tem certeza de que não quer botar um gelo nessa cabeça?

Desabo no degrauzinho, ao lado dela. Céline? Ela disse que não via Willem desde o ano passado. Mas depois falou um monte de coisas, inclusive que nós duas éramos apenas portos que ele visitava. Talvez ele tenha várias mulheres por aí. Uma francesa. Ou duas, ou três. Uma espanhola. Uma americana. Toda uma nação de garotas, cada uma acenando de um porto. Penso nas últimas palavras de Céline, que agora parecem bem sinistras.

Eu sempre soube que Willem era um cafajeste, que eu era uma de muitas. Agora, porém, sei também que ele não me largou naquele dia. Ele deixou um bilhete. Por mais que não tivesse se esforçado muito na busca, ainda assim tinha tentado me encontrar.

Penso no que minha mãe me disse sobre sermos gratos pelo que temos, em vez de ficar desejando ir atrás de mais coisas. Ali, no campus onde ele um dia caminhou, acho que enfim compreendo essas palavras. Acho que enfim compreendo o que de fato significa parar enquanto está ganhando.

Trinta e seis

Amsterdã

Sempre em frente. Esse é meu novo lema. Sem arrependimentos. E sem volta.

Cancelo a conexão Londres-Paris da volta para casa, vou direto de Londres. Não quero retornar a Paris, quero ir a outro lugar. Ainda tenho cinco dias na Europa, e várias companhias aéreas vendem passagens baratas. Posso conhecer a Irlanda. Ou a Romênia. Posso pegar um trem até Nice e encontrar os australianos. Posso ir a qualquer lugar.

Mas, para ir a qualquer um desses lugares, preciso primeiro ir para Amsterdã. Então, é para lá que vou, na bicicleta rosa.

Quando fui devolver a bicicleta a Saskia, com uma caixa de chocolates em agradecimento, disse a ela que não precisava mais do contato de Robert-Jan.

– Encontrou o que procurava? – perguntou ela.

– Sim e não.

Ela pareceu compreender. Aceitou os chocolates, mas disse que eu podia ficar com a bicicleta. Não era de ninguém, e eu precisaria de uma em Amsterdã. De lá, poderia transportá-la no trem ou passar adiante, para outra pessoa.

– Uma bicicleta branca, só que cor-de-rosa – comentei.

Ela abriu um sorriso.

– Você conhece as bicicletas brancas?

Concordei com a cabeça.

– Queria que ainda existissem – comentou ela.

Pensei em minhas viagens, em tudo que recebi de outras pessoas: amizade, ajuda, ideias, incentivo, macarons.

– Acho que ainda existem. – Foi minha resposta.

Anamiek me ensinou como ir pedalando de Utrecht a Amsterdã. São só quarenta quilômetros, e todo o caminho é margeado por uma ciclovia. Quando chegar à ponta leste da cidade, preciso encontrar a linha nove do bonde, daí é só seguir rente a ela até a Centraal Station, que é onde ficam quase todos os albergues mais baratos.

Quando saio de Utrecht, a paisagem assume um jeitão mais industrial, depois mais campestre. Vacas pastando em gramados verdes, imensos moinhos de pedra – até passo por um fazendeiro calçado naqueles tamanquinhos típicos –, mas logo a paisagem bucólica se mistura aos prédios comerciais, e adentro a periferia de Amsterdã. Passo por um estádio enorme, que, pelo letreiro, pertence ao Ajax. Então, a ciclovia me joga no meio da rua, e as coisas ficam meio confusas. Ouço a sineta de um bonde; é o número nove, como Anamiek falou. Eu o sigo por um bom tempo, passando pelo Oosterpark e o que presumo ser o zoológico – um grupo de flamingos cor-de-rosa bem no meio da cidade –, mas me confundo ao chegar ao cruzamento de um enorme mercado de pulgas e me perco do bonde. Atrás de mim, as motos buzinam, e o tráfego de bicicletas parece duas vezes maior que o dos carros. Continuo tentando encontrar o bonde, mas sinto que estou andando em círculos, e os canais são todos idênticos, com margens altas de pedras e tudo quanto é tipo de barco – casas flutuantes, caiaques, barcas de turismo com teto envidraçado – nas águas salobras. Cruzo casinhas estreitíssimas de teto triangular e cafés acolhedores, cujas portas abertas revelam paredes amarronzadas centenárias. Viro à direita e paro em um mercado de flores, com lindos botões colorindo a manhã cinzenta.

Pego meu mapa e viro o papel nas mãos. A cidade inteira parece girar em círculos, e os nomes das ruas são um emaranhado de todas as letras do alfabeto: Oudezijds Voorburgwal, Nieuwebrugsteeg. Totalmente perdida, pedalo até um sujeito alto de jaqueta de couro que está prendendo uma criancinha loira a um assento de bicicleta. Quando vejo seu rosto, tenho que piscar algumas vezes para me recompor: é mais um clone de Willem, só que mais velho.

Peço ajuda, e ele me acompanha até a praça Dam e de lá aponta o caminho até a Warmoesstraat. Sigo pedalando em meio ao tráfego enlouquecedor, passando por uma rua cheia de sex shops, com suas vitrines coloridas e descaradas. Ao fim do quarteirão, encontro um dos albergues mais baratos da cidade.

O saguão está fervilhando: tem gente jogando sinuca e pingue-pongue, tem um carteado rolando, e todo mundo está com uma cerveja na mão, mesmo não sendo nem hora do almoço. Peço um dormitório coletivo; sem dizer uma palavra, a menina de olhos escuros no balcão pega meu passaporte e meu dinheiro. No quarto, no andar de cima, apesar da placa com a mensagem PROIBIDO O USO DE DROGAS NOS QUARTOS, o ar está denso, cheio de fumaça de haxixe, e um sujeito de olhos embotados fuma qualquer coisa através de um tubo de papel-alumínio, o que imagino que não seja nem haxixe, nem legal. Tranco minha mochila no armário, volto ao térreo e ando até um café lotado, para usar a internet.

Pago por meia hora de uso do computador e vou conferir os sites das companhias aéreas mais baratas. Hoje é quinta-feira. Meu voo para casa sai de Londres na segunda. Tem uma passagem para Lisboa por 46 euros, outra para Milão e outra para uma cidade da Croácia! Digito "Croácia" no Google e encontro fotografias de praias rochosas e faróis antigos. Tem até hotéis baratinhos nos faróis. Posso me hospedar em um farol! Posso ir a qualquer lugar!

Não sei quase nada sobre a Croácia, então decido ir para lá. Pego meu cartão de débito para pagar a passagem, mas percebo que chegou um e-mail. Troco de aba. É Wren. Na linha do assunto, leio: CADÊ VOCÊ?

Respondo mais que depressa, dizendo que estou em Amsterdã. Quando me despedi de Wren e dos australianos em Paris, ela planejava pegar um trem para Madri, e Kelly e o pessoal estavam indo para Nice. Todos tinham combinado de se encontrar em Barcelona, então fico meio surpresa quando, trinta segundos depois, recebo a resposta dela: MENTIRA. EU TAMBÉM!!! E manda um número de celular.

Ligo para ela com um sorriso no rosto.

– Eu sabia que você estava aqui! – diz ela. – Eu senti! Onde é que você está?

– Em um café com internet na Warmoesstraat. E você? Achei que fosse para a Espanha!

– Mudança de planos. Winston, a gente está muito longe da Warmoesstraat? – pergunta. – Winston é um cara gatinho que trabalha aqui – sussurra para mim. Escuto uma voz masculina ao fundo. Wren solta um gritinho. – Estamos a cinco minutos de distância! Me encontra na praça Dam, na frente da torre branca que parece um pênis.

Fecho o navegador. Dez minutos depois estou abraçando Wren como se ela fosse uma irmã há muito perdida.

– Cara, esse Santo Antônio trabalha rápido – diz ela.

– Pois é!

– Então, o que aconteceu?

Conto um resumo do encontro com Ana Lucia, do quase encontro com Willem e da decisão de não o procurar mais.

– Daí resolvi ir para a Croácia.

Ela faz cara de decepção.

– Ah. Quando?

– Eu ia amanhã de manhã. Estava comprando a passagem quando recebi seu e-mail.

– Ah, fica aqui mais uns dias. A gente pode explorar a cidade juntas! Alugar duas bicicletas... Ou alugar uma só e pedalarmos juntinhas, como as holandesas.

– Eu já *tenho* uma bicicleta – respondo. – É rosa.

– Tem garupa, para eu ir junto?

O sorriso de Wren é contagiante.

– Tem.

– Ai, você tem que ficar! Estou em um albergue pertinho do Jordaan. O meu quarto é do tamanho de uma banheira, mas é uma gracinha, e a cama é de casal. Fica lá comigo!

Olho para cima. Está ameaçando chover outra vez, está superfrio para agosto, e vi na internet que na Croácia está o maior sol e fazendo cerca de trinta graus. Mas Wren está aqui, e quais eram as chances de isso acontecer? Ela acredita em santos. Eu acredito em acidentes. Acho que acreditamos basicamente na mesma coisa.

Tiramos meus pertences do meu quarto no albergue, onde o tal cara agora está apagado, e vamos para o dela. É bem mais acolhedor que o meu, ainda mais porque somos recebidas por Winston, o moreno alto e sorridente. No andar de cima, a cama está tomada por guias de viagem – não apenas da Europa, mas do mundo inteiro.

– Que tanta coisa é essa?

– O Winston me emprestou. Estou preparando uma lista final.

– Lista final?

– De todas as coisas que eu quero fazer antes de morrer.

Eu me lembro da frase enigmática que Wren disse em Paris, quando se meteu em minha busca. *Eu conheço hospitais.* Só passei um dia e meio com ela, mas é suficiente para que a ideia de perdê-la seja inconcebível. Wren deve perceber minha expressão, pois toca meu braço delicadamente.

– Não se preocupa, ainda pretendo viver muito tempo.

– Então por que está preparando uma lista de coisas a fazer antes de morrer?

– Porque se a gente esperar a hora que realmente está morrendo, fica tarde demais.

Olho para ela. *Eu conheço hospitais.* Os santos.

– Quem era? – pergunto, baixinho.

– Minha irmã, Francesca.

Ela pega uma folha de papel. Tem vários nomes e lugares: *La Belle Angèle (Paris), A aula de música (Londres), A Ressurreição (Madri). E por aí vai.*

– Não entendi. – Devolvo o papel.

– Francesca não teve chance de praticar muitas coisas, mas sempre foi uma artista muito dedicada. Mesmo no hospital, com o cateter de quimioterapia, vivia grudada ao bloco de desenho. Fez centenas de pinturas e desenhos. Gostava de dizer que eram seu legado, pois viveriam depois que ela morresse... nem que fosse no sótão.

– Nunca se sabe – respondo, pensando nas pinturas e esculturas da ocupação artística, que um dia poderão estar no Louvre.

– Bom, é exatamente isso. Ela achava muito reconfortante o fato de que artistas como Van Gogh e Vermeer passaram a vida desconhecidos, mas conquistaram a fama depois da morte, e queria ver as pinturas dele ao vivo. Então, na última remissão, fizemos uma peregrinação até Toronto e Nova York e vimos várias obras. Depois disso, ela fez uma lista maior.

Olho a lista outra vez.

– Qual é a que está aqui? Van Gogh?

– Tinha uma do Van Gogh na lista dela, *A noite estrelada*, que vimos juntas em Nova York, e tem também algumas do Vermeer, mas a que ela mais amou fica em Londres. Só que essa é a lista *dela*, que vem sendo adiada desde Paris.

– Não estou entendendo.

– Eu amo a Francesca, e um dia *vou* ver essas pinturas. Só que eu já passei muito tempo vivendo à sombra dela. Teve que ser assim... mas agora ela se foi... e parece que ainda estou vivendo à sombra dela, sabe?

Pode parecer estranho, mas entendo.

– Quando vi você em Paris, senti uma coisa estranha. Você era uma garota normal, fazendo uma coisa meio esquisita, e aquilo me inspirou. Mudei meus planos, e agora comecei a me perguntar se conhecer você não foi toda a razão dessa viagem. Talvez a Francesca e os santos quisessem que a gente se conhecesse.

Sinto um arrepio.

– Acha mesmo?

– Acho que sim. Não se preocupe, não vou contar para os meus pais que você é o motivo de eu voltar para casa com um mês de atraso. Eles estão um tantinho aborrecidos.

Dou risada. Também compreendo isso.

– E o que tem na sua lista?

– É bem menos nobre que a da Francesca.

Ela pega o diário de viagem e puxa um pedaço de papel amassado:

Beijar um cara no topo da torre Eiffel, rolar em um campo de tulipas, nadar com golfinhos, ver a aurora boreal, escalar um vulcão, cantar em uma banda de rock, remendar minhas próprias botas, cozinhar um banquete para 25 amigos. Fazer 25 amigos.

– Ainda não está pronta. Não paro de acrescentar coisas, e já tive alguns percalços. Vim para cá por causa dos campos de tulipa, mas só florescem durante a primavera. Então agora tenho que encontrar outra coisa para fazer aqui. Ah, sim, posso ver a aurora boreal em um lugar chamado Bodø, na Noruega.

– Você conseguiu beijar um cara no topo da torre Eiffel?

Ela dá um sorrisinho travesso.

– Consegui. Subi lá na manhã em que você foi embora. Tinha um grupo de italianos. Eles são muito gentis, os italianos. – Ela baixa a voz a um sussurro: – Não perguntei nem o nome.

– Às vezes nem precisa mesmo – sussurro de volta.

Trinta e sete

Almoçamos tarde, em um restaurante indonésio que serve *rijsttafel*, uma daquelas refeições gigantescas, e nos empanturramos. Na bicicleta, de volta ao albergue, tenho uma ideia. Não é o campo de flores de Keukenhof, mas talvez dê para o gasto. Levo uns vinte minutos tentando achar o caminho, até que encontro o mercado de flores por onde passei de manhã. Os vendedores estão fechando as baias e descartando muita coisa. Wren e eu pegamos um monte de flores e depositamos na calçada acima da borda do canal. Ela rola em cima, toda feliz. Dou risada, tiro umas fotos com nossos celulares e mando para minha mãe.

Os vendedores ficam olhando, achando graça, como se esse tipo de coisa acontecesse pelo menos duas vezes por semana. Então um sujeito grande e barbudo, usando um suspensório por cima da barrigona redonda, se aproxima de nós com algumas lavandas murchas.

– Pode pegar essas também.

– Aqui, Wren. – Jogo as flores lilases e perfumadas em cima dela. – Valeu – agradeço.

Então começo a explicar sobre Wren, sua lista de coisas para fazer antes de morrer e os grandes campos de tulipa que ainda não floresceram, por isso precisamos nos contentar com isso.

Ele encara Wren, que tenta limpar as pétalas e folhas do suéter. Enfia a mão no bolso e puxa um cartão.

– Não é tão fácil encontrar tulipas em agosto, mas, se você e a sua amiga não se importarem de acordar cedo, talvez eu consiga levar vocês a um pequeno campo.

Na manhã seguinte, Wren e eu acordamos às quatro da manhã. Quinze minutos depois, descemos as escadas e encontramos Wolfgang na rua deserta, nos esperando em seu minicaminhão. Todas as advertências de meus pais sobre não entrar em carros com estranhos me vêm à cabeça. No entanto, por mais improvável que seja, percebo que Wolfgang não é um estranho. Nós três nos espremos no banco da frente e rumamos para uma estufa em Aalsmeer. Wren está praticamente pulando de empolgação, nada natural para quatro e quinze da manhã, e ela ainda nem tomou café – embora Wolfgang tenha sido superatencioso e nos trazido uma garrafa de café, além de ovos cozidos e pão.

Passamos a viagem ouvindo pop europeu ruim e as histórias de Wolfgang, que serviu à Marinha Mercante por trinta anos antes de se mudar para o bairro de Jordaan, em Amsterdã.

– Nasci na Alemanha, mas quero morrer em Amsterdã – diz, escancarando um sorriso cheio de dentes.

Às cinco da manhã, chegamos ao Bioflor, que parece muito pouco com as fotografias do jardim Keukenhof, com seus carpetes coloridos, mas se assemelha a uma fazenda industrial. Olho para Wren e dou de ombros. Wolfgang encosta o carro junto a uma estufa do tamanho de um campo de futebol, com uma fileira de painéis solares no topo. Somos recebidos por um sujeito de rosto rosado chamado Jos. Quando ele abre a porta, meu queixo desaba e o de Wren também.

Há fileiras e mais fileiras de flores, de todas as cores. Uma vastidão. Cruzamos os estreitos caminhos por entre os leitos, sorvendo o ar cheio de umidade e adubo, até que Wolfgang aponta para um grupo de tulipas fúcsia, amarelo-vivo e de um tom cítrico explosivo, feito um laranja--avermelhado. Eu me afasto, deixando Wren com suas flores.

Ela fica um tempão ali.

– Isso é *incrível* – diz. – Você está *vendo*?

Wolfgang olha para mim, mas não respondo, pois sinto que não é conosco que ela está falando.

Wren corre por essa estufa e por outra, repleta de frésias perfumadas, e tiro um monte de fotos, até que Wolfgang avisa que precisa voltar. Vamos ouvindo Abba. Wolfgang diz que Abba significa felicidade em esperanto e que a ONU deveria tocar essas músicas em todas as assembleias gerais.

Quando chegamos a um depósito, nas cercanias de Amsterdã, percebo que a caçamba do caminhão de Wolfgang está vazia.

– Você não comprou flores para a sua baia?

Ele balança a cabeça.

– Ah, não compro flores direto das fazendas. Compro em um leilão de atacado que entrega aqui.

Ele aponta, e vejo um pessoal carregando os caminhões de flores.

– Você foi até lá só para levar a gente?

Ele dá de ombros, como se dissesse "claro, por que mais?". A essa altura, realmente não tenho mais o direito de me surpreender com a bondade e a generosidade de ninguém, mas, mesmo assim, me surpreendo com aquilo. Nunca deixo de me maravilhar.

– Podemos agradecer levando você para jantar? – pergunto.

Ele balança a cabeça.

– Hoje, não. Vou ver uma peça no Vondelpark. – Ele olha para nós. – Vocês deviam vir. É em inglês.

– Por que uma peça na Holanda seria em inglês? – pergunta Wren.

– É a diferença entre os alemães e os holandeses – responde Wolfgang. – Os alemães traduzem Shakespeare. Os holandeses deixam em inglês.

– *Shakespeare?* – pergunto, sentindo todos os pelinhos de meu corpo se arrepiarem. – Qual peça?

Já começo a rir antes que Wolfgang termine de dizer o título. Porque é simplesmente impossível, é mais impossível achar aquela agulha específica em uma fábrica de agulhas. Mais impossível que encontrar uma estrela solitária no universo, mais impossível que encontrar, entre tantos bilhões de pessoas, uma única a quem amar.

    Hoje à noite, no Vondelpark, será encenada *Como gostais*. E eu sei, com uma certeza que não consigo explicar, mas na qual apostaria minha vida, que ele estará lá.

Trinta e oito

Depois de um ano, eu o vejo como vi pela primeira vez: em um parque, sob o crepúsculo ardente, entoando as palavras de William Shakespeare.

Hoje à noite, porém, um ano depois, tudo está diferente. Não há mais Arte de Guerrilha. Esta é uma montagem profissional, com palco, assentos, iluminação, plateia – e das grandes, tanto que, quando chegamos, somos conduzidos a um canto do pequeno anfiteatro, junto a uma parede baixa.

Este ano, ele não é coadjuvante. Este ano, é um astro. Interpreta Orlando, como eu sabia que seria. É o primeiro ator a entrar no palco, e, desse instante em diante, domina a cena. É hipnotizante. Não só para mim, para todos. Um silêncio irrompe na plateia assim que ele entrega o primeiro solilóquio e perdura por toda a apresentação. O céu escurece, as mariposas e os mosquitos bailam sob os holofotes, e o Vondelpark de Amsterdã se transforma na floresta de Ardenas, um lugar mágico onde o que foi perdido pode ser encontrado.

Eu o encaro, Parece que somos apenas nós dois, só Willem e eu. Tudo o mais some. O som das sinetas das bicicletas e os apitos dos bondes desaparecem. O zumbido dos mosquitos em torno da fonte no laguinho desaparece. O alarido dos caras bagunceiros sentados perto de nós desaparece. Os outros atores desaparecem. O último ano desaparece. Todas as minhas dúvidas desaparecem. A sensação de estar no caminho certo preenche cada parte de mim. Eu o encontrei. Aqui. Como Orlando. Tudo me trouxe até aqui.

O Orlando dele é diferente do que interpretamos em sala de aula, diferente de como o ator da montagem que vi em Boston interpretou. É sensual e vulnerável; seu desejo por Rosalinda é tão palpável que se materializa, um feromônio que emana dele paira pelo emaranhado de refletores e pousa em minha pele, úmida e receptiva. Sinto meu desejo, meu fervor – e, sim, meu amor – chegando em ondas, flutuando em direção ao palco, onde imagino que o nutram, que nutram suas falas.

Ele não tem como saber que estou aqui, mas, por mais louco que pareça, sinto que ele sabe. Sinto que ele me percebe nas palavras que entoa, da mesma forma que o senti quando entoei aquelas linhas na aula do professor Glenny.

Eu me lembro de tantas falas de Rosalinda e de Orlando que vou mexendo os lábios com os atores. Parece um jogo de perguntas e respostas entre mim e Willem.

> *Desejara que estivesse convosco o pouco de força que eu tenho.*
> *Passai bem; pedi ao céu que eu me tenha enganado!*
> *Nesse caso, ama-me, Rosalinda.*
> *E aceitas-me como esposo?*
> *Não sois bom?*
> *Creio que sim.*
> *Dizei-me agora: por quanto tempo pretendeis ficar com ela depois que ela for vossa?*
> *A eternidade e mais um dia.*

A eternidade e mais um dia.

Entrelaço minhas mãos nas de Wren e Wolfgang. Fazemos uma corrente, nós três, e ficamos assim até o fim da peça, até que todos conquistem seus finais felizes: Rosalinda se casa com Orlando; Célia se casa com Olivério, que se reconcilia com Orlando; Febe se casa com Sílvio; o duque malvado se redime; o duque exilado retorna para casa.

Depois do solilóquio final de Rosalinda, a peça termina. O público vai à loucura, endoidece, aplaude, assobia. Eu me viro e abraço Wren, depois Wolfgang, enfiando o rosto em sua camisa de algodão de lã, inspirando o cheiro suave de tabaco misturado a terra e néctar de flor. Então alguém abraça Wren e a mim: é um dos rapazes bagunceiros que estavam perto de nós.

– Esse é o meu melhor amigo! – grita um deles. Tem olhos azuis e travessos, e é uma cabeça mais baixo que os outros, mais hobbit que holandês.

– Quem? – pergunta Wren, que agora abraça, um a um, os baderneiros holandeses com aspecto de bêbados.

– Orlando! – responde o hobbit.

– Ah – diz Wren, com os olhos pálidos e arregalados, que mais parecem pérolas. – *Ah* – diz ela a mim.

– Você por acaso seria o Robert-Jan? – pergunto.

O hobbit fica meio surpreso por um instante, então abre um sorriso.

– Broodje, para os amigos.

– Broodje – repete Wolfgang, com uma risadinha. Ele se vira para mim. – É um tipo de sanduíche.

– Que o Broodje adora comer – comenta um de seus amigos, dando batidinhas na barriga dele.

Broodje/Robert-Jan empurra a mão do amigo.

– Venham à nossa festa hoje à noite. Vai ser a maior festa de todas. Ele foi incrível, não foi?

Wren e eu assentimos. Broodje/Robert-Jan dispara a falar de como Willem estava espetacular, e seus amigos dizem alguma coisa em holandês. Algo sobre Willem, acho.

– O que ele falou? – sussurro para Wolfgang.

– Falou que não via o Orlando, eu acho, tão feliz desde... não ouvi direito, alguma coisa sobre o pai dele.

Wolfgang tira um pacote de tabaco de uma bolsinha de couro e começa a enrolar um cigarro.

– Acho que os atores saem por ali – diz ele, agitado, sem olhar para mim. Aponta para o portãozinho de ferro do lado oposto ao palco.

Ele acende o cigarro. Seus olhos cintilam. Ele aponta outra vez para o portão.

Meu corpo já não é matéria sólida. São partículas de pó. Eletricidade pura. E vão dançando, me conduzindo pelo teatro em direção à lateral do palco. Um grupo de pessoas aguarda para cumprimentar os atores. Gente segurando buquês de flores, garrafas de champanhe... A atriz que interpretou Célia recebe aplausos e abraços. Então vem Adão, depois Rosalinda, que ganha um monte de buquês. Meu coração começa a palpitar. Será que cheguei tão perto e vou perdê-lo?

Então eu o escuto. Está rindo, como sempre, mas desta vez de algum comentário do ator que interpretou Jaques. Vejo seus cabelos, mais curtos que antes, os olhos, ao mesmo tempo escuros e claros, e uma pequena cicatriz na bochecha, que só o deixa mais incrivelmente lindo.

Minha respiração fica presa na garganta. Quando eu me lembrava dele, pensava estar imaginando-o mais bonito do que era. Na verdade, é o oposto. Eu tinha me esquecido de como ele é lindo. Tão essencialmente Willem.

Willem. Seu nome se forma em minha garganta.

– Willem! – O nome sai, em alto e bom som.

Mas a voz que o entoa não é a minha.

Toco minha garganta, para ter certeza.

– Willem!

Ouço a voz outra vez. E reparo em um movimento ligeiro. Do meio da multidão, uma jovem sai correndo, atira-se nos braços dele, largando um buquê de flores no chão. E ele a recebe; ergue-a do chão, em um abraço forte. Afaga seus cabelos avermelhados, rindo de algo que ela sussurra em seu ouvido. Os dois rodopiam, um emaranhado de alegria. De amor.

Fico ali, cravada ao chão, observando aquela exibição pública de intimidade. Por fim, alguém se aproxima de Willem e dá um tapinha em seu ombro, e ele baixa a mulher ao chão. Ela apanha as flores – girassóis, exatamente o que eu teria escolhido – e espana a sujeira. Willem desliza o braço em torno dela e beija sua mão. Ela o abraça pela cintura. Então percebo que não estava errada sobre o amor que ele exalava durante a apresentação; só me enganei em relação ao objeto desse amor.

Os dois saem andando. Sinto a brisa quando ele passa. Estamos tão próximos, mas ele não me vê, pois só tem olhos para ela. Os dois se afastam, de mãos dadas, em direção a um gazebo, longe da algazarra. Simplesmente fico ali, parada.

Sinto alguém cutucando meu ombro. É Wolfgang. Ele olha para mim e inclina a cabeça para o lado.

– Acabou? – pergunta.

Olho outra vez para Willem e a garota. Talvez seja a tal francesa, Ou outra, uma nova. Os dois estão sentados, um de frente para o outro, de mãos dadas, os joelhos encostados, conversando. É como se o restante do mundo não existisse. Foi assim que me senti ano passado, na companhia dele. Talvez, se alguém de fora nos observasse, teria visto exatamente a mesma coisa. Agora, porém, quem está de fora sou eu. Olho para os dois outra vez. Mesmo daqui, percebo que ela é especial para ele. É alguém que ele ama.

Aguardo o golpe derradeiro, o colapso de um ano de esperanças, o clamor da tristeza. E sinto a tristeza de perdê-lo, de perder a ideia que tinha dele. Junto a essa dor, porém, vem mais uma coisa. É uma sensação sutil, mas presto atenção a ela. Ouço o barulho de uma porta se fechando, muito lentamente. Então, a coisa mais incrível acontece: a noite está calma, mas sinto uma rajada de vento, como se milhares de outras portas resolvessem se abrir no mesmo instante.

Dou uma última olhada para Willem. Então me viro para Wolfgang.

– Acabei.

No entanto, desconfio de que seja o oposto. A verdade é que estou apenas começando.

Trinta e nove

Acordo com o clarão do sol. Estreito os olhos e vejo o alarme de viagem. É quase meio-dia. Vou sair daqui a algumas horas. Wren resolveu ficar mais uns dias. Tem vários museus estranhos que acabou de descobrir e gostaria de ver, um dedicado à tortura medieval, outro de bolsas, e Winston disse que conhece uma pessoa que pode ensiná-la a remendar sapatos, por isso ela ainda deve ficar mais uma semana por aqui. Mas só tenho três dias, e decidi ir à Croácia.

Só chegarei lá à noite e terei que voltar na segunda-feira bem cedinho, para voar de volta para casa. Terei um dia inteiro lá. Mas agora sei o que pode acontecer em apenas um dia: qualquer coisa.

Wren acha que estou cometendo um erro. Ela não viu Willem com a ruiva e fica argumentando que pode ser qualquer pessoa – irmã dele, por exemplo. Não conto que Willem, assim como eu – e agora como ela própria – é filho único. Ela passou a noite de ontem me implorando para irmos à festa, para vermos como a noite seguiria.

– Eu sei onde é, o Robert-Jan contou. É na... ai, não consigo lembrar o nome da rua, mas ele disse que significa 'cinto' em holandês. Número um, oito, nove.

Eu só ergui a mão, implorando:

– Para! Não quero ir.

– Mas imagina só – argumentou ela. – Se você nunca tivesse conhecido o Willem, e o Broodje tivesse convidado a gente, e vocês dois se conhecessem e acabassem se apaixonando? Talvez isso aconteça.

É uma boa teoria. E não consigo deixar de imaginar o que *teria* acontecido. Se tivéssemos nos conhecido hoje, teríamos nos apaixonado? Será que realmente me apaixonei por ele, para início de conversa? Ou será que foi apenas uma paixonite alimentada pelo mistério?

No entanto, também estou começando a me perguntar outra coisa: se o propósito dessa busca ensandecida em que me enfiei não era encontrar Willem. Talvez o propósito fosse encontrar outra pessoa, totalmente diferente.

―

Estou me vestindo quando Wren abre a porta, segurando um saco de papel.

– Oi, dorminhoca. Fiz café da manhã para você, ou melhor, o Winston fez. E falou que é muito holandês.

Pego o saco.

– Obrigada. – Olho para Wren, que exibe um sorriso de orelha a orelha. – O Winston, hein?

Ela enrubesce.

– Ele acabou de sair do trabalho e vai me levar para dar uma volta de bicicleta e me apresentar ao amigo sapateiro assim que você sair – conta, o sorriso ameaçando dividir o rosto em dois. – E falou que amanhã a gente tem que ir em um jogo de futebol do Ajax. – Ela para e reflete. – Não estava na minha lista, mas nunca se sabe.

– Não, nunca se sabe. Bom, é melhor eu ir. Vou deixar você com... é... com os seus sapatos.

– Mas seu voo ainda vai demorar um tempão.

– Tudo bem. Quero sair bem cedo, ouvi dizer que o aeroporto é incrível.

Termino de guardar minhas coisas e desço com Wren. Winston me indica a direção do terminal ferroviário.

– Tem certeza de que não quer companhia até a estação, ou até o aeroporto? – pergunta Wren.

Balanço a cabeça. Quero ver Wren indo embora na bicicleta rosa, como se fosse vê-la amanhã. Ela me abraça bem forte e me dá três beijinhos, como fazem os holandeses.

– *Tot ziens* – diz. – Quer dizer "até logo" em holandês, porque a gente não vai dizer adeus.

Engulo o nó na garganta. Winston sobe em sua grande bicicleta preta, Wren sobe na cor-de-rosa, e os dois saem pedalando.

Pego a mochila e faço uma breve caminhada até o terminal. Os trens rumo a Schiphol saem de quinze em quinze minutos. Compro um bilhete e uma xícara de chá, então me sento sob o ruidoso quadro de partidas e chegadas para comer meu café da manhã. Quando vejo o que tem dentro, dou risada. Winston preparou um sanduíche de *hagelslag*. Apesar de toda aquela conversa, nunca cheguei a provar a iguaria.

Dou uma mordida. O *hagelslag* é crocante, mas logo derrete na manteiga e no pão ainda morno. O gosto que sobra é parecido com o dele.

Na mesma hora, compreendo enfim o que significa a fluidez do tempo, pois, naquele único instante, o ano inteiro passa diante de meus olhos, condensando e expandindo. Estou aqui em Amsterdã, comendo *hagelslag*, e ao mesmo tempo em Paris, com a mão dele em meu quadril, e naquele primeiro trem para Londres, olhando a paisagem campestre passar, e na fila para *Hamlet*. Vejo Willem. Na bacia do canal, olhando para mim. No trem, a calça jeans ainda sem mancha, eu ainda sem mancha. No trem para Paris, com suas risadas em milhares de tons.

O quadro de destinos se embaralha. Olho para ele, imaginando uma versão diferente do tempo, uma versão na qual *Willem* para enquanto está ganhando, uma versão na qual ele nunca comenta sobre meu café da manhã. E outra, na qual ele se despede de mim naquela plataforma de Londres, em vez de me convidar para ir a Paris, e mais outra, na qual ele nem sequer se dirige a mim em Stratford-upon-Avon.

Neste momento, compreendo que *me manchei*. Não importa se ainda estou apaixonada por ele, se ele *algum dia* se apaixonou por mim, não importa por quem ele esteja apaixonado agora. Willem mudou minha vida. Ele me ensinou a me perder, e pude ensinar a mim mesma a me encontrar.

Talvez acidente não seja a palavra certa, no fim das contas. Talvez a palavra seja milagre.

Ou talvez não seja um milagre, talvez seja simplesmente a vida. Só precisamos estar abertos a ela. Adentrarmos seu caminho. Dizermos sim.

Como posso chegar até aqui e não dizer a ele – a quem mais compreenderia tudo isso – que, ao me entregar aquele folheto, ao me convidar a desistir de *Hamlet*, ele me ajudou a perceber que a questão não é *ser ou não ser*, mas *como* ser?

Como posso chegar até aqui e não ter essa coragem?

– Com licença – digo a uma mulher de vestido de bolinhas e botas de caubói. – Tem alguma rua em Amsterdã com nome de cinto?

– Ceintuurbaan – responde ela. – Linha 25 do bonde, logo na saída da estação.

Saio do terminal e pulo no bonde, perguntando ao motorista onde desço para ir à Ceintuurbaan, número um, oito, nove.

– Perto do Sarphatipark – responde ele. – Eu aviso.

Vinte minutos depois, desço no parque. Lá dentro, vejo um pequeno playground com um quadradinho de areia, e me sento sob uma árvore para reunir coragem. Duas crianças dão os toques finais em um elaborado castelinho de areia de vários centímetros de altura, com canais e torres grandes e pequenas.

Eu me levanto e caminho até o prédio. Nem sei ao certo se ele mora mesmo aqui; só confio na certeza dentro de mim, que nunca esteve tão forte. Vejo três campainhas. Aperto a de baixo. Um interfone apita, e eu ouço uma voz de mulher.

– Olá – digo.

Antes que eu diga outra coisa, a porta se escancara.

Entro no corredor escuro e embolorado. Uma porta se abre; o meu coração dispara, mas não é ele. É uma mulher mais velha, com um cachorrinho a seus pés.

– Willem? – pergunto.

Ela aponta o polegar para cima e fecha a porta.

Subo a escada íngreme até o segundo andar. Há dois outros apartamentos no prédio, então o dele pode ser este ou o de cima. Paro um instante em frente à porta, tentando escutar os sons do outro lado. Está silencioso, exceto por uma melodia bem fraquinha. Meu coração bate rápido e forte, como um radar: *sim, sim, sim*.

Bato à porta, com a mão meio trêmula, e a primeira batida sai fraca, feito um toque em um tronco de madeira oca. Reúno força no punho e bato outra vez. Ouço os passo dele. Eu me lembro da cicatriz no pé. Era no esquerdo ou no direito? Os passos se aproximam. Sinto meu coração acelerar, excedendo o ritmo das passadas.

Então a porta se abre, e ele aparece.

– Willem.

Seu corpo alto se avulta sobre mim, tal e qual naquele primeiro dia – o único dia, na verdade, o dia em que nos conhecemos. Seus olhos se arregalam, escuros, tão escuros que encobrem todo um espectro de segredos, e ele fica boquiaberto. E solta um arquejo, completamente chocado.

Fica ali, parado, ocupando todo o vão da porta, me encarando como se eu fosse um fantasma – o que acho que sou mesmo. Se ele compreende o mínimo que seja a respeito de Shakespeare, porém, sabe que os fantasmas sempre vêm nos assombrar.

Olho para ele, vejo seu rosto invadido por todas as perguntas e respostas. Quero dizer tanta coisa a ele. Por onde começar?

– Oi, Willem. Meu nome é Allyson.

Ele não responde. Só fica ali, parado, olhando para mim. Então dá um passo para o lado e escancara a porta para que eu entre.

E eu entro.

Agradecimentos

Este livro começa com Shakespeare; portanto, meus primeiros agradecimentos são para Tamara Glenny. Assim que contei que estava escrevendo algo inspirado em Shakespeare, ela se prontificou a me indicar peças e conseguiu vários ingressos – inclusive para aquela montagem decisiva de *Como gostais* –, e ainda respondeu, com seu habitual entusiasmo e bom humor, a várias perguntas ridículas e nebulosas.

O livro então segue para a França, e gostaria de agradecer a Céline Faure e Philippe Robinet por me ajudarem a descobrir a Paris de Allyson e Willem e não pestanejarem diante de pedidos de traduções como "para de defecar pela boca". Laurence Checler auxiliou, de muito bom grado, em inúmeras outras traduções no livro. Marie-Elisa Gramain me ajudou a encontrar o nome perfeito para uma banda francesa. Meu agradecimento também a Taly Meas, pelo passeio no hospital, e a Willy Levitanus, Patricia Roth e Julie Roth, por orquestrarem tudo.

Passamos então à Holanda, e agradeço a Heleen Buth e Emke Spauwen, que me apresentaram à fantástica Utrecht e me brindaram com tantos detalhes para rechear as histórias de Allyson e Willem. Meu cunhado, Robert Schamhart, ajudou com as sutilezas holandesas e me permitiu roubar partes importantes de sua identidade, inclusive o apelido. *Hartelijk bedankt!*

Nos Estados Unidos, minha incomparável editora Julie Strauss-Gabel mais uma vez me ajudou a desvendar o livro que eu *pretendia* escrever, além de manter a força, a constância e o otimismo quando eu começava a achar que jamais o escreveria. "Não me preocupo com você", ela sempre diz, quando ameaço surtar. Que palavras mais reconfortantes. Obrigada por não se preocupar – e por se preocupar. Agradeço também a Liza Kaplan, outra extraordinária integrante da equipe da Dutton, além de Scottie Bowditch, Danielle Delaney, Eileen Kreit, Deborah Kaplan, Kristin Gilson, Rosanne Lauer, Elyse Marshall, Emily Romero, Don Weisberg e todo o pessoal da Penguin Young Readers Group: a incrível equipe de vendas e marketing, o maravilhoso departamento de escolas e bibliotecas, o brilhante departamento digital e todos os fantásticos representantes externos, tão entusiastas dos autores que publicam.

Sarah Burnes é minha agente, minha advogada, minha conexão com a realidade, minha Mamãe Urso e, sobretudo, minha amiga sábia e generosa. Sou muito grata por ter ao meu lado alguém que me compreende por inteiro – e que, por extensão, compreende meus personagens e livros. O poderoso trio Logan Garrison, Rebecca Gardner e Will Roberts impulsionou meus livros a lugares que jamais sonhei. Nunca houve um grupo de buldogues mais espertos e maravilhosos!

Obrigada a Isabel Kyriacou, que, entre tantas outras coisas, me ajudou a ficar proficiente nos xingamentos em espanhol. Obrigada a meus colegas da divisão de jovens adultos, em especial Libba Bray e Stephanie Perkins, que me brindaram com o equivalente literário de uma terapia: muita escuta, combinada com perguntas eventuais, comentários e insights certeiros feito laser. (Acredito que elas aceitem quase todos os planos de saúde.) Obrigada também a Nina LaCour, E. Lockhart, Sandy London, Margaret Stohl, Courtney Sheinmel, Robin Wasserman e todos que me ouviram tagarelar sobre aspectos intrincados da trama. Obrigada a Onome Edodi-Disowe, Victoria Hill e todas as moças da equipe do BK/BNS, por segurarem as rédeas para que eu pudesse soltá-las. Obrigada a Veronica Brodsky, por me ajudar a entender qual era o verdadeiro assunto deste livro. E a Rebecca Haworth, por fazer aquela primeira viagem comigo. Tivemos nossos momentos Melanie, mas sobrevivemos. Marjorie Ingall, obrigada por ler, por me dar a mão e por se empolgar comigo a respeito de Shakespeare.

A propósito, sei que ele está morto há muito tempo e que ninguém recebe direitos autorais nem elogios do túmulo, mas, mesmo assim, preciso agradecer a Shakespeare por me conceder a surpresa deste livro e me fornecer uma peça que ainda funciona, sob tantos aspectos. Obrigada à Royal Shakespeare Company, por levar *Como gostais* a Nova York bem no momento em que eu começava a trabalhar neste livro. Obrigada à Fiasco Theatre Company, por despertar minha paixão por *Cimbelino* – e por toda a ajuda com este livro e o seguinte.

Obrigada a meus pais, por passarem adiante seu amor pelas viagens, por se orgulharem quando parti para a Europa sem data de volta, uma semana depois de me formar na escola, para estudar na "Universidade da Vida", e por me ensinarem a ser autossuficiente o bastante para passar os anos seguintes viajando sozinha e com meu próprio dinheiro. Obrigada a meus irmãos, Tamar e Greg, por serem entusiastas e apoiadores de sua irmã mais nova e por me ensinarem, cada um a seu modo, a dizer sim. Obrigada a Karen e Detta, Rebecca, Hannah, Liam, Lucy e toda a minha família estendida.

Obrigada a todas as pessoas que conheci em minhas viagens ao longo dos anos – com algumas mantive contato, outras mencionei neste livro, outras mudaram o rumo da minha vida. Sem vocês, eu não estaria aqui, escrevendo estas palavras.

Obrigada a meus leitores, por estarem mentalmente dispostos a partir comigo em mais uma viagem. Sem vocês, eu não estaria aqui, escrevendo estas palavras.

Por fim, obrigada a Nick, Willa e Denbele: é com vocês que viajo agora. E como é incrível e empolgante esta jornada.

CONHEÇA O OUTRO TÍTULO DA SÉRIE

Apenas um ano

Quando abre os olhos, Willem não sabe onde está... pode ser Praga, Dubrovnik ou sua cidade, Amsterdã. Só o que sabe é que está sozinho outra vez e que precisa encontrar um garota chamada Lulu.

Os dois compartilharam uma noite mágica em Paris e algo naquele dia, naquela garota, faz Willem pensar que os dois talvez estejam destinados a ficar juntos. Ele viaja o mundo inteiro, do México à Índia, torcendo para reencontrá-la. Mas, conforme os meses se passam, Lulu permanece um mistério, e Willem começa a questionar se a mão do destino é mesmo tão forte quanto imagina...

CONHEÇA OS LIVROS DA AUTORA

Eu estive aqui
O que há de estranho em mim
Eu perdi o rumo
Se eu ficar
Apenas um dia

Para saber mais sobre os títulos e autores da Editora Arqueiro,
visite o nosso site e siga as nossas redes sociais.
Além de informações sobre os próximos lançamentos,
você terá acesso a conteúdos exclusivos
e poderá participar de promoções e sorteios.

editoraarqueiro.com.br